Silke Nowak

GREENFIELD

Mord auf dem Golfplatz

VIKTORIA
PUBLISHING

Besuchen Sie mich im Internet:
www.silkenowak.de

Umschlaggestaltung: Büro Ziegler, Köln
Satz: Sascha Bühler, Tübingen

ISBN 9798854797900

Über das Buch

Alle nennen ihn Hector. Seit ein paar Wochen auch Kommissar Hector. Nachdem er sein Studium beim Bundeskriminalamt beendet hat, reist Hector an den Bodensee, um den Sommer auf *Greenfield Hall* zu verbringen. Der herrschaftliche Landsitz der Familie von Freybach verfügt über einen eigenen Golfplatz. Doch die erhoffte Erholung endet abrupt, als im Wassergraben eine stark verweste Leiche entdeckt wird.

Die Ermittlungen vor Ort leitet der erfahrene Hauptkommissar Allgaier. Eine DNS-Analyse kann die Identität der Wasserleiche klären. Das Ergebnis lässt Hectors Welt aus den Fugen geraten. Während der vermeintliche Täter schnell gestellt wird, bleiben Zweifel, die durch das Verschwinden der Tochter des Hauses bestärkt werden.

Hector ahnt, dass hinter den Mauern von Greenfield Hall ein dunkles Geheimnis lauert. Gemeinsam mit der Psychologin Irene Adler beginnt er, die Puzzleteile neu zu ordnen. Am Ende müssen sich alle Beteiligten ihren Ängsten stellen, als die Suche nach der Wahrheit zu einer Reise in die Vergangenheit wird, deren Aufklärung die Gegenwart verändert.

Greenfield ist ein packender Krimi, der die Grenzen zwischen Schuld und Unschuld, Liebe und Verrat verschwimmen lässt und den Leser bis zur letzten Seite in Atem hält.

Über die Autorin

Dr. Silke Nowak, 1975 in Ravensburg geboren, ist Schriftstellerin, Germanistin und Psychologin. Ihre Doktorarbeit schrieb sie an der Freien Universität Berlin über moderne Lyrik und Poetik mit dem Schwerpunkt auf dem Werk der deutsch-jüdischen Dichterin Gertrud Kolmar. Sie arbeitete als Dozentin für Germanistik und als Unternehmensberaterin im Bereich der Neuen Medien.

Seit 2013 schreibt Silke Nowak Krimis, die es immer wieder auf die e-Book-Bestsellerliste bei Amazon schaffen.

Heute lebt Silke Nowak nach 20 Jahren Berlin wieder am Bodensee in Oberschwaben.

Inhalt

„Golf ist ein gefährlicher Sport,
wenn man die Etikette nicht einhält."
Yves Cédric Ton-That

1. Kapitel

Ein verhängnisvolles Golfspiel

„Fuck“, rief Joana.

„Aber, aber“, erwiderte ich. „Ein verschlagener Ball ist noch lange kein Grund, wie ein Kesselflicker zu fluchen.“

„Wie ein Kesselflicker?“ Joana lachte. „Du redest ja schon wie mein Vater. Dabei bist du doch eigentlich ganz anders.“ Sie blickte mich lange an, als sie fragte: „Oder täusche ich mich, Herr Kommissar?“

Mit diesem Wortwechsel begann im vergangenen Sommer die Geschichte, die mein Leben verändern sollte. Erst heute, sechs Monate später, schreibe ich alles auf.

Joana und ich hatten uns auf dem Golfplatz von *Greenfiel• Hall* verabredet. Ich erinnere mich nicht nur an jedes Wort, das wir sprachen, sondern auch an die eigenartige Färbung des Himmels, der in rötlichen Fetzen über uns hing.

Es war ein Sonntagmorgen, der 19. Juni, kurz nach sieben. Die Sonne lag noch hinter der Hügelkette verborgen und der Rasen dampfte, als atmete er die vergangene Nacht aus. Joana hatte die frühe Uhrzeit vorgeschlagen, damit wir ungestört waren. Wir hatten uns fast fünf Jahre nicht mehr gesehen und am Vorabend auf der Geburtstagsfeier ihrer Mutter war kaum Gelegenheit gewesen, zu reden.

Tatsächlich war außer uns niemand da.

Nur ein paar Vögel krächzten.

Der Golfplatz war privat und gehörte Joanas Eltern. Er bestand aus sechs Loch, zwei Bunkern und einem beeindruckenden Baumbestand. Die größte Herausforderung war das Wasserhindernis. Es handelte sich um einen alten Weiher, der zu den Rändern hin sumpfartig auslief.

Trotz der frühen Morgenstunde war Joana perfekt gestylt. Sie trug ein weißes, ärmelloses Shirt und eine elegante Hose. Ihre langen, blonden Haare hatte sie zu einem hohen Pferdeschwanz gebunden, der ihr bis auf die Schultern herabfiel. Auch wenn mir das Gemachte ihrer Erscheinung auffiel, kam ich nicht umhin, ihre Schönheit zu bewundern.

Sie wirkte so elegant.

Ganz anders als früher.

Natürlich hatte ich Joana die Ehre des ersten Abschlags überlassen. Doch sie hatte den Ball so unglücklich getoppt, dass er über den Rasen getorkelt und nach nur wenigen Metern liegen geblieben war. Nun zog sie einen neuen Ball aus der Tasche und meinte:

„Ich schlage noch mal ab."

„Aber", protestierte ich schwach. „Das entspricht nicht den Regeln."

„Ich kenne die Regeln, Herr Kommissar."

„Dann solltest du dich auch daran halten."

Wieder lachte sie. Und wieder sah sie mich lange an,

als sie sagte: „Nur wer die Regeln beherrscht, kann sie brechen. Ist es nicht so?"

Noch bevor ich etwas erwidern konnte, holte sie zu einem zweiten Schlag aus. Diesmal flog der Ball fast hundert Meter und kam geschätzte fünf Meter vor der Fahne zum Liegen.

„Nicht schlecht", gab ich zu.

„Nicht schlecht?" Sie hielt sich den Golfschläger wie ein Mikrophon vor den Mund und sprach zu einem fiktiven Publikum: „Haben Sie gehört, meine Damen und Herren, nicht schlecht! So klingt es, wenn Ihnen ein deutscher Kommissar Komplimente macht."

Nun lachte auch ich. Für einen Moment blitzte die alte Vertrautheit zwischen uns auf, doch dann machte mich ihre Schönheit wieder befangen. Lange suchte ich in meiner Golftasche nach dem richtigen Schläger. Da der Herrenabschlag vorübergehend gesperrt war, schlug auch ich bei Joana ab. Obwohl ich in den letzten Jahren kaum gespielt hatte, gelang mir ein perfekter Schlag. Mit einem satten Geräusch traf mein Driver auf den Ball.

Beide blickten wir der kleinen, weißen Kugel hinterher. Sie schlug auf dem Grün auf und rollte an Joanas Ball vorbei bis auf zwei Meter an die Fahne heran. Triumphierend drehte ich mich zu ihr um.

„Timo Hector", sagte sie und verzog ihren schönen Mund. „Immer noch der alte Streber, was?"

„Joana von Freybach", erwiderte ich lächelnd. „Immer noch die alte Revoluzzerin, hm?"

Wir grinsten uns an. Dann schulterten wir unsere Golftaschen und machten uns auf den Weg. Eine Weile gingen wir schweigend nebeneinander her durch das noch feuchte Gras.

Joanas trotzig aufgeworfene Lippen hatten mich für einen Moment wieder an das rebellische Mädchen erinnert, das sie wenige Jahre zuvor noch gewesen war. Früher hatte sie ihre blonden Haare schwarz gefärbt, an den Seiten abrasiert und in der Nase ein Piercing getragen.

Verstohlen beobachtete ich sie.

Nun war nicht mal mehr das Einstichloch zu erkennen.

Fünf Jahre waren eine lange Zeit. Joana war erwachsen geworden. Sie schien den Widerstand gegen das Leben, das ihre Eltern für sie vorgesehen hatten, aufgegeben zu haben. Auch ich hatte mich verändert – das Studium beim Bundeskriminalamt hatte mich verändert. Ich war nicht mehr der unsichere Junge von damals, auch wenn Joana mich wieder dazu machte. Seit einer Woche hatte ich meinen Master mit Auszeichnung in der Tasche. Aus diesem Grund nannte mich Joana auch nur noch *Herr Kommissar*. Sie tat es stets ein wenig spöttisch mit leicht gekräuselter Oberlippe.

Ich wollte zur Kripo.

Natürlich hatte ich während meines Studiums vernommen, dass Joana geheiratet hatte und vor wenigen Monaten sogar selbst Mutter geworden war. Ihr Ehemann war fünfzehn Jahre älter als sie, ein erfolgreicher Unternehmer und leidenschaftlicher Jäger. Ich kannte Alfred Miller nur flüchtig, doch das, was ich über ihn gehört hatte, genügte. Zur Hochzeit war ich nicht erschienen.

„Du magst Alfie nicht, stimmt's?" Joana sah mich an als hätte sie meine Gedanken gelesen.

„Ich würde mir nie ein Urteil über ihn erlauben."

„Du hältst ihn für einen kalten Strategen, der über Leichen geht."

„Ich kenne ihn ja kaum."

„Und trotzdem glaubst du, er hat mich nur wegen meines Namens geheiratet."

„Das habe ich nicht gesagt."

Mein Blick wanderte zum gegenüberliegenden Hügel, auf dem das alte Herrenhaus thronte. *Greenfield Hall* befand sich seit Jahrhunderten in Besitz der Familie von Freybach und verdankte seinen Namen der grünen, sanft geschwungenen Bodenseelandschaft, in die es eingebettet lag. Die Freybachs waren ein altes, schwäbisches Adelsgeschlecht, das erstmals im Jahre 1041 in der Chronik eines Mönches des Klosters Reichenau erwähnt wurde. Der Familienlegende nach gingen die schwäbischen Hohenzollern aus der angeblich viel älteren Linie der Freybachs hervor, auch wenn das historisch nie belegt werden konnte.

Ich inhalierte die frische Luft.

Der Bodensee und die Alpen waren von hier aus nicht zu sehen, der Wald versperrte den Blick. Dennoch bildete ich mir ein, den Schnee und das Wasser bereits riechen zu können. Greenfield Hall lag zwischen Überlingen und Meersburg und hatte eine bewegte Geschichte. Die steinerne Fassade mit den hohen Säulen wirkte stolz und gedankenvoll, als wunderte sie sich selbst ein wenig darüber, tatsächlich die Bauernaufstände, Napoleon und den Zweiten Weltkrieg überlebt zu haben. Heute gehörte zu dem Anwesen neben dem Golfplatz auch ein Künstlerhaus, das Musikern, Tänzern und Künstlerinnen aus der ganzen Welt die Möglichkeit bot, für ein paar Monate auf Greenfield Hall zu leben und zu arbeiten. Auch ich hatte dort einst meine Leidenschaft für die Bildhauerei entdeckt. Allerdings hatte ich nicht den Mut gehabt, sie zu meinem Beruf zu machen und mich schließlich für die höhere Beamtenlaufbahn bei der Kripo entschieden.

„Daddy ist übrigens sehr stolz auf dich", sagte Joana. „Er hat gestern überall rumerzählt, dass du als Jahrgangsbester abgeschlossen hast."

„Wirklich?"

„Ja." Sie lächelte mir zu.

Ich blickte auf die Kappe meiner Turnschuhe, die sich im feuchten Gras dunkel zu färben begannen.

Johannes von Freybach war ein beeindruckender Mann, dem ich viel verdankte. Der alte Herr hatte mich im Studium finanziell unterstützt und war mittlerweile so etwas wie ein Freund von mir geworden. Mein eigener Vater war gestorben, als ich drei Jahre alt gewesen war. Er war als italienischer Gastarbeiter von Rom nach Deutschland gekommen und bei einem Arbeitsunfall auf dem Bau verunglückt. Es gab ein Foto, auf dem er mit nacktem Oberkörper und einer Maurerkelle in der Hand in die Kamera lächelte. Sein markantes Gesicht wurde von dunklen Locken umrahmt. Er wirkte zu groß für den kleinen Raum, in dem er stand. Die kraftvolle Statur hatte ich von ihm geerbt. Doch die blauen Augen und die zuweilen pedantische Korrektheit kamen von meiner Mutter. Ihr großer Traum war es gewesen, Archäologie zu studieren, doch nach dem Tod meines Vaters hatte sie sich nicht mehr getraut, ihn zu verwirklichen.

Vor allem deshalb bewunderte ich Johannes von Freybach, weil er es aus eigener Kraft bis ganz nach oben geschafft hatte. In gewisser Weise hatte er sich selbst geadelt, indem er Annabell von Freybach geheiratet und ihren Namen angenommen hatte. Johannes war ein geborener Johannes Häfele aus Sipplingen am Bodensee, doch erst als Graf von Freybach kamen seine hohe, athletische Gestalt und das edel geschnittene Gesicht wirklich zur Geltung. Der elegante Schwung, mit dem er Golf spielte, zog sich seitdem durch sein ganzes Leben.

„Warum bist du gestern Abend so plötzlich verschwunden?“ Joanas Frage riss mich aus meinen Gedanken. „Du fühlst dich nicht wirklich wohl unter diesen Snobs, stimmt's?“

„Ich schätze die Freunde deiner Eltern sehr“, erwiderte ich. „Ich war nur müde von der langen Reise.“

Joana kräuselte ihre Lippen und schwieg.

Am Abend zuvor hatte auf Greenfield Hall eine mondäne Party anlässlich des 56. Geburtstags von Gräfin Annabell stattgefunden. Man hatte bis spät in die Nacht gefeiert und getrunken. Vor allem Alfie. Joanas Ehemann war ein Mann, der nie die Kontrolle verlor, wenn er trank. Nur etwas konnte er dann nicht mehr beherrschen, und das war sein Blick. Voller Verachtung hatten mich seine Augen durch den Raum verfolgt. So wie man Ungeziefer verfolgt. Noch bevor das Feuerwerk gezündet worden war, hatte ich die Gesellschaft verlassen.

Für einen kurzen Moment blieb ich stehen.

Die Sonne war hinter der Hügelkette aufgetaucht. Ihre Strahlen fielen fächerartig über den Platz. Die Tautropfen in einem Spinnennetz begannen zu funkeln. Die Schönheit der Natur hatte für mich schon immer etwas Befreiendes gehabt. Doch auch die Fliege, die sich in dem Netz verfangen hatte, schillerte grün und blau.

Wir erreichten das Ende der ersten Bahn und begaben uns auf das Grün, wie man die Rasenfläche mit dem extrem kurz getrimmten Gras rund um die Fahne nannte. Beim Versuch, ihren Ball einzulochen, schlug Joana viel zu lang und der Ball rollte am Loch vorbei auf die andere Seite. In diesem Augenblick wurde mir klar, dass etwas mit ihr nicht stimmte. Ich wusste ja, dass sie eigentlich eine gute Golfspielerin war. Doch sie schien in Gedanken ganz woanders zu sein – und jetzt verstand ich auch, wo.

„Hast du was von Conny gehört?", fragte sie.

„Nein."

„Nicht mal eine Whatsapp?"

„Nein."

Ich fokussierte mich auf meinen Ball. Er lag anderthalb Meter vom Loch entfernt, das Grün ging leicht bergan.

„Beunruhigt dich das denn gar nicht?"

„Kannst du bitte kurz still sein?"

Ich kniff die Augen zusammen, gab dem Ball einen sanften Schubs und lochte ihn ein. Damit hatte ich die erste Bahn, ein Par-3-Loch, mit nur zwei Schlägen geschafft.

„Du darfst mir zu einem Birdie gratulieren", sagte ich und strahlte.

Joana verdrehte amüsiert die Augen, doch die Sorge um Conny stand ihr ins Gesicht geschrieben.

„Ich habe zuletzt vor zehn Tagen mit Conny gesprochen", erklärte ich. „Wir wollten uns gestern zu Annabells Geburtstag auf Greenfield Hall treffen. Doch er war ja nicht da. Er hat mir auch keine Whatsapp geschrieben und abgesagt. Das ist in der Tat ein wenig merkwürdig."

„Ein *wenig* merkwürdig?" Joana runzelte die Stirn. „Nein, Hector. Das ist mehr als ein wenig merkwürdig. Da muss was passiert sein. Warum antwortet er nicht? Ich sehe doch, dass er meine Nachrichten gelesen hat. Warum schreibt er nicht zurück?"

Joana brauchte noch zwei weitere Schläge, um einzulochen.

„Bitte!" Joana sah mich flehend an. „Du kennst Conny. Das ist nicht seine Art. Da ist etwas passiert, glaub mir, Hector."

Diesmal sagte sie nicht *Herr Kommissar* und kräuselte auch nicht ihre Oberlippe. Nachdenklich folgte ich ihr zur zweiten Bahn.

Conny war mein bester Freund, außerdem war er Joanas Cousin. Ihr Vater Johannes war der Bruder von Connys Mutter Susanne, die seit dreißig Jahren mit dem Fabrikanten Thomas Seifried in Friedrichshafen verheiratet war. Eigentlich hieß Conny ja Konrad, doch er hatte diesen Namen nie gemocht. Obwohl die Seifrieds selbst über beträchtliches Vermögen verfügten, waren sie sparsame und bodenständige Menschen, die ganz für ihren Betrieb lebten. Einzig Conny war aus der Art geschlagen. Er verbrachte seine Zeit lieber auf Greenfield Hall bei seinem Onkel, dem er wie aus dem Gesicht geschnitten war. Über die Ähnlichkeit erklärte ich mir auch die Anhänglichkeit, mit welcher Johannes an seinem Neffen hing, zumal er keinen eigenen Sohn hatte.

Die Sonne stieg weiter. Der Himmel verlor sein intensives Rot und ging in ein Rosa über, das sich an den Rändern bereits hellblau zu färben begann. Über uns kreiste ein Milan. Er schraubte sich hoch empor und ließ sich mit kurzen, hellen Schreien wieder fallen.

An der Zwei schlug ich zuerst ab, dann begleitete ich Joana zum Damenabschlag. Beide waren wir nicht zufrieden mit unseren Schlägen, doch diesmal nahmen wir sie kommentarlos hin.

Conny hatte zunächst ein paar Semester Jura studiert, dann BWL, auch Philosophie, Kunstgeschichte und Informatik. Er war ein Bummelstudent gewesen, ein Taugenichts, wie sein Vater Thomas ihn nannte, wenn er wütend auf ihn war; und das war oft der Fall. Am liebsten hätte Conny ja Freie Malerei studiert. Doch das hatte sein Vater nicht akzeptiert. Aus Angst, Conny könnte sich eines Tages gegen das Leben entscheiden, das Thomas führte, beschimpfte der Vater alles, was sein Sohn liebte.

„Was ist los?", fragte ich. „Steckt Conny in Schwierigkeiten?"

„Ich glaube schon."

„Du glaubst es? Oder weißt es?"

„Ich befürchte es."

„Warum?"

„Ich weiß nicht recht. Aber er hat stark abgenommen in letzter Zeit."

„Hm."

Die zweite Bahn war ein Par-5-Loch und zog sich lange hin. Während wir spielten, hingen wir schweigend unseren Gedanken nach.

Vor acht Monaten hatte Conny überraschend einen hoch dotierten Job in der Firma von Joanas Ehemann bekommen. Im Hause Seifried hatte man erleichtert aufgeatmet. Thomas schien zum ersten Mal stolz auf seinen Sohn zu sein, wenn er erzählte, Konrad sei nun als Unternehmensberater in Zürich tätig. Für ihn war das ein logischer Schritt in Richtung Familienbetrieb. Doch bereits nach wenigen Monaten schien es Probleme gegeben zu haben. Conny hatte seiner Mutter gesagt, er überlege, die Stelle wieder zu kündigen. Daraufhin war sein Vater ausgerastet. Er habe die Faxen dicke, hatte er mir am Telefon gesagt, der Junge müsse endlich vernünftig werden. So gehe das nicht weiter. Wenn Konrad die Stelle kündigte, müsse er sehen, wie er zurechtkomme. Von ihm würde Konrad keinen Pfennig mehr erhalten. Das sollte ich ihm bitte ausrichten.

Konrad. Bis heute weigerte sich Thomas, seinen Sohn Conny zu nennen – und den Pfennig Cent.

Nach dem Tod meines Vaters war meine Mutter Haushälterin bei den Seifrieds geworden. Conny und ich waren beide Einzelkinder und wie Brüder aufgewachsen. Je mehr Conny gegen das harsche Regime seines Vaters rebelliert hatte, desto mustergültiger war ich geworden. Obwohl Conny mit meiner Entscheidung für eine Beamtenlaufbahn nicht viel anfangen konnte, war er mir bis heute aus vollem Herzen zugetan. Wenn es darauf ankam, hörte er auf meinen Rat. Deshalb hatten mich Thomas und Susanne gebeten, mit ihm zu reden.

Inzwischen hatten wir die dritte Bahn erreicht. Eingerahmt von alten Apfelbäumen fiel sie zunächst sanft ab, tat dann einen scharfen Knick und führte geradewegs auf den Weiher zu. Als ich mich für den Abschlag bereit machte, erkannte ich zum ersten Mal die Angst in Joanas Augen.

„Willst du mir nicht sagen, was du befürchtest?"

„Ich weiß es doch nicht!", behauptete sie. „Aber er war in letzter Zeit oft bei Irene draußen."

„Bei Irene?"

„Irene Adler. Erinnerst du dich nicht an sie?"

Diesmal war ich es, der den Ball verschlug. Ich toppte ihn so hart, dass er wie ein Torpedo einen Meter über dem Boden dahinschoß.

Irene Adler lebte noch nicht lange in der Gegend. Ich war ihr im vergangenen Winter erstmals auf Greenfield Hall begegnet. Bei einer musikalischen Soirée hatte sie klassische Lieder von Bach und Chopin interpretiert. Seitdem war sie mir nicht mehr aus dem Kopf gegangen. Sie war eine beeindruckende Frau, von der niemand genau wusste, was sie eigentlich tat. Johannes behauptete, sie sei Psychotherapeutin. Doch ich hatte im Internet recherchiert und war auf keinen Eintrag und keine Seite gestoßen. Das musste nichts bedeuten, dennoch fand ich es ungewöhnlich. Vielleicht nahm sie ja nur wenige, exklusive Klienten oder war erst dabei, sich neu einzurichten.

Wir näherten uns dem Weiher. Der angrenzende Wald lag noch im Schatten, die Wasseroberfläche spiegelte schwarz. Der Schlag über das Gewässer musste sitzen, man brauchte eine gute Strategie, um hinüberzukommen. Also riet ich Joana, den Ball mit dem Eisen Acht kürzer zu schlagen, um noch näher an den Weiher heranzukommen, sodass sich ihre Chancen, beim nächsten Mal auf die andere Seite zu gelangen, deutlich erhöhten.

Joana wirkte abwesend.

Sie nahm das falsche Eisen und schlug, wie ich

vorhergesagt hatte, den Ball ins Wasser. Er landete irgendwo am Ufer in der Nähe des Waldes, wo das Schilf am höchsten stand. Zwei Enten flogen schnatternd auf.

„Habe ich es nicht gesagt?" Ich schüttelte den Kopf. „Du hättest das Eisen Acht nehmen müssen!"

„Du redest wirklich schon wie mein Vater!" Joana kniff die Augen zusammen und stapfte los.

Verblüfft starrte ich ihr hinterher.

Wollte sie etwa den Ball suchen? Dieses Vorhaben war absurd. Ein Ball, der im sumpfigen Randgebiet des Weihers aufschlug, war für immer verloren. Joana wusste das.

Kopfschüttelnd beobachtete ich, wie sie am Ufer entlangging und mit dem Schläger prüfend die Halme zur Seite bog.

„Er ist weiter links gelandet", schrie ich ihr nach, „in der Nähe vom Steg."

Joana steuerte auf den Steg zu. Es war ein langer, schmaler Holzsteg, der nicht in den See hineinführte, sondern sich durch das sumpfige Gebiet am Waldrand entlangzog. Nachdem Joana aus meinem Blickfeld verschwunden war, nahm ich mein Handy aus der Tasche und fragte mich, wie viel Zeit ich ihr für diese sinnlose Suchaktion noch geben sollte.

Es war 08:15 Uhr, als ich ihren Schrei hörte.

In diesem Schrei lag soviel Schmerz, dass ich zunächst annahm, Joana sei von einem Tier gebissen worden. Alarmiert rannte ich los. Noch bevor ich sie erreicht hatte, taumelte sie mir bereits entgegen. Sie war kreidebleich, deutete mit zitternder Hand in Richtung Steg und stammelte: „Ich habe ihn ... gefunden."

Dann erbrach sie sich ins Gras.

Während ich auf den Steg zusteuerte, schaltete mein Gehirn in den Maschinenmodus um. Ich war hellwach im Kopf und doch zugleich wie betäubt. Ich fühlte nichts. Die Luft verdichtete sich zu einem Flirren. Noch bevor ich wusste, wo genau ich suchen sollte, fokussierten meine Augen bereits die Stelle, an der das hohe Schilf von etwas Großem zurückgedrängt worden war.

Meine Schritte klopften laut auf den Holzplanken. Falls dort etwas war, das fliehen wollte, gab ich ihm hiermit die Chance. Doch nur eine Ratte huschte unter dem Steg in Richtung Wald davon. Ihr feuchter, öliger Rücken glänzte im Morgenlicht.

Je näher ich kam, desto lauter wurde das Wasser. Es blubberte, gurgelte und schmatzte. Und es stank. Stechend süß und ekelerregend. Die Luft wurde schwarz vor Mücken, ich wagte kaum mehr zu atmen. Das Schilf klaffte auseinander. Zwischen den Halmen spannten sich glitzernde Spinnweben, als hätte die Natur bereits versucht, die Wunde zu schließen.

Ich blickte hinab.

Etwa einen Meter unter der Wasseroberfläche erkannte ich verschwommen eine weißliche Gestalt. Sie hatte zwei Arme und zwei Beine. Der unförmige Leib ähnelte einer zerklüfteten Höhlenlandschaft. Um den Schädel tanzten Algen, die kaum mehr an Haare erinnerten. Aus einer Augenhöhle zappelte das glitschige Hinterteil eines Fischs, der sich im Innern des Gehirns satt zu fressen schien. Darunter öffnete sich ein Loch, das einmal ein Mund gewesen sein musste.

Erst als ich die Kappe erkannte, die im Schilf lag, erwachte mein Herz aus der Betäubung. Sie gehörte Conny. Ich hatte sie ihm erst vor wenigen Wochen zum

Geburtstag geschenkt. Zu seinem siebenundzwanzigsten Geburtstag.

Nun war ich es, der schrie.

Mein Schrei stieß hell wie der Schrei des Milans in den Himmel, wo er ohne Antwort verhallte.

2. Kapitel

Greenfield Hall

Und ihr seid euch ganz sicher, dass es ein Mensch ist?", fragte Johannes. „Kann es sich nicht um ein Tier handeln? Vielleicht ein Reh, das im Wald verendet ist? Und sich noch bis ans Wasser geschleppt hat?"

Johannes von Freybach und seine Gattin Annabell standen in ihre Morgenmäntel gehüllt im Herrenzimmer. Beide waren hoch und schlank von Gestalt und unterschieden sich kaum von den gotischen Säulen, welche die Gewölbedecke trugen. Ihre schockierten Gesichter glichen dem unbewegten Stein. Beide hatten noch geschlafen, als wir ihnen mit der Nachricht von dem grausigen Fund nicht gerade ein sanftes Erwachen bereitet hatten.

„Manchmal kommt das Wild bis an den Golfplatz heran", nahm Annabell den Gedanken ihres Gatten dankbar auf. Doch ihre weit aufgerissenen Augen blickten bereits der Wahrheit ins Gesicht.

„Der Leichnam ist stark deformiert", bestätigte ich. „Aber es besteht kein Zweifel, dass es sich um einen Menschen handelt."

„Mama", flüsterte Joana. „Es ist ein Mensch, eindeutig!" Sie kauerte mit angezogenen Knien in einem Sessel am Kamin, in dem kein Feuer brannte. „Aber habt ihr denn nicht gehört, was ich vorhin gesagt habe?“ Sie sah ihre Eltern an: „Es ist Connys Basecap, ich bin mir ganz sicher!“

Für einen Moment stand Connys Name wie ein angeschossenes Reh im Raum. Es schleppte sich noch einen Meter dahin, bevor es zusammenbrach und mit einem letzten seelenvollen Blick auf unser Herz zielte.

Gräfin Annabell schwankte. Johannes fasste sie am Arm und begleitete sie zu ihrem Sessel, in den sie apathisch niedersank. Der schwarze Samtsessel gehörte Annabell, ich hatte noch nie jemand anderen darin sitzen sehen.

„Daddy.“ Joana wandte sich jetzt an ihren Vater: „Was, wenn es wirklich Conny ist?“

„Werde jetzt nicht hysterisch“, ermahnte Johannes seine Tochter. „Die Mütze beweist noch gar nichts. Es wäre möglich, dass sie nur zufällig dort abgelegt wurde.“

„Zufällig?“ Joana krümmte sich, als hätte sie Schmerzen. „Aber sein Golfschläger lag auch da! Ich bin selbst darüber gestolpert! Und dass Conny seit Montag verschwunden ist, soll dann auch Zufall sein?“

Johannes strafte sie mit einem harten Blick. „Ich gehe jetzt raus und schau mir das an“, entschied er. „Wenn es so ist, wie ihr sagt, rufe ich die Polizei. Ich kenne Hauptkommissar Allgaier seit Jahren. Er wird wissen, was zu tun ist.“ Dann sah er seine Frau an und sein Blick wurde weicher, als er fragte: „Möchtest du mitkommen, Darling?“

Gräfin Annabell schüttelte stumm den Kopf.

„Ich begleite dich, Johannes“, bot ich an.

„Nein“, entschied er abermals. „Jemand sollte bei den

Frauen bleiben. Der Kadaver liegt unten beim Steg, sagst du?"

Ich nickte. „Etwa fünf Meter vom Ufer entfernt."

„Du riechst es sofort", fügte Joana hinzu.

Annabell rümpfte erschrocken die Nase.

Johannes ging ins Nebenzimmer, wir hörten alle, wie er den Waffenschrank öffnete und wieder verschloss. Dann verhallten seine Schritte in der Halle in Richtung Ausgang.

„Was will er denn mit der Waffe?" Joana sah ihre Mutter an. „Denkt er etwa, da draußen läuft ein Mörder rum, oder was?"

Annabell saß regungslos da und betrachtete ihre langen, feingliedrigen Hände. „Vielleicht habt ihr euch doch getäuscht", sprach sie zu ihren Fingern, die sich wie über eine Tastatur bewegten. „Vielleicht war es nur ein schlechter Traum."

„Mama!", kreischte Joana. „Da draußen liegt eine Leiche! Papa hat ein Gewehr! Conny ist weg! Das ist kein Traum!" Joana schien ihre Mutter aufrütteln zu wollen, doch Annabell reagierte nicht.

„Wir sollten rational bleiben", ermahnte ich. „Johannes hat recht. Allein der Umstand, dass Connys Kappe im Teich liegt, beweist rein gar nichts. Wenn ich es recht bedenke, spricht es sogar dagegen, dass es sich um Conny handelt. Warum sollte er nur seine Mütze getragen haben? Und sonst nichts? Das ergibt doch keinen Sinn."

Annabell blickte mich verloren an. „Ja hat er denn keine Kleider angehabt?", fragte sie schließlich.

„Hörst du mir denn gar nicht zu?" Joana hatte ihren Pferdeschwanz gelöst und raufte sich die langen, blonden Haare. „Das habe ich doch schon gesagt! Er war nackt!"

Annabell starrte an ihrer Tochter vorbei auf ein Gemälde an der Wand.

„Es wäre zwar möglich", beschwichtigte ich, „dass sich die Kleidung im Wasser bereits zersetzt hat. Wir wissen ja nicht, wie lange die Leiche schon dort liegt. Ihrem Zustand nach zu urteilen, muss es aber sehr lange sein." Ich klammerte mich an diesen Gedanken, der gegen den Tod von Conny sprach. Vor wenigen Tagen war er ja noch lebendig gesehen worden.

Joana umklammerte ihre Knie.

Annabell starrte auf den Boden.

Betont forsch fuhr ich fort: „Wir sollten die Gelegenheit nutzen, schon mal die Informationen zusammenzutragen, die uns bekannt sind. Damit erleichtern wir der Polizei nachher die Arbeit."

Für einen Moment blickte Annabell mich fragend an, als wüsste sie nicht mehr, wer ich sei.

„Also." Ich räusperte mich. „Ihr habt gesagt, dass ihr Conny zuletzt am Montag gesehen habt. Das war der 13. Juni. Heute haben wir den neunzehnten. Das war also vor sechs Tagen. Stimmt das?"

Die Frauen tauschten einen Blick, bevor sie gleichzeitig nickten.

„Das heißt nein", korrigierte Annabell. „Am Montag habe ich ihn nicht mehr gesehen, wenn ich es recht bedenke. Ich habe zuletzt am Abend zuvor mit ihm gesprochen, bei dem Klavierkonzert. Da hat er mir gesagt, dass er Constanze am nächsten Morgen zum Flughafen fahren würde, weil er ohnehin nach Zürich musste." Sie betrachtete wieder ihre Hände. „Als ich dann am

Montagmorgen ins Speisezimmer kam, das war so gegen acht gewesen, war Conny nicht mehr da. Ich nahm an, die beiden seien bereits aufgebrochen."

„Und du?" Ich sah Joana an. „Hast du ihn am Montag noch gesehen?"

Joanas Blick flackerte, dann erlosch er im Kamin. „Nein", sagte sie tonlos. „Ich habe ihn auch zuletzt am Sonntagabend bei dem Konzert gesehen. Danach bin ich mit Alfie nach Hause gefahren."

Das junge Ehepaar wohnte in einer Villa nur wenige Kilometer von Greenfield Hall entfernt. Mit dem Auto fuhr man zwölf Kilometer über die Bundesstraße, doch zu Fuß führte ein romantischer Seeweg am Bodensee entlang, der nur halb so lang war.

„Montag bin ich wie jeden Morgen mit dem Baby spazieren gewesen", erinnerte sich Joana. „Noah wacht ja immer sehr früh auf, leider, dann ist an Schlaf nicht mehr zu denken. Also drehe ich mit ihm eine Runde am See bis nach Greenfield Hall, wo ich dann meist mit meinen Eltern frühstücke. Alfie arbeitet ja so wahnsinnig viel und nimmt sich nie Zeit für ein Frühstück." Sie redete schneller: „Am Montag war es so, wie Mama gesagt hat. Als ich kurz nach acht auf Greenfield Hall kam, war Conny schon weg. Auch ich nahm an, dass er mit Constanze bereits auf dem Weg nach Zürich war."

„Constanze", sagte ich nachdenklich. „Sie ist also eine Pianistin, die als Stipendiatin auf Greenfield Hall war. Habe ich das richtig verstanden?"

Annabell nickte. „Constanze von Kodály ist eine hochbegabte junge Pianistin, die noch eine große Zukunft vor sich hat", erklärte sie mir. „Sagt dir ihr Name denn nichts? Sie stammt aus der bekannten ungarischen Musikerfamilie. Ihr Großvater Gustav von Kodály war eine Legende."

„Hm." Ich hatte den Namen noch nie gehört.

Annabell war selbst eine gute Klavierspielerin. Als Kind hatte ich sie oft spielen gehört, danach immer seltener. Sie schien es vorzuziehen, junge Talente in ihrer Entwicklung zu fördern. Auch jetzt belebten sich ihre Gesichtszüge merklich, während sie sprach: „Constanze hat bereits mit sechs Jahren ihr erstes Konzert gegeben, eine bezaubernde Interpretation der *Lieder ohne Worte.*" Sie seufzte. „Leider musste sie privat große Schicksalsschläge verkraften. Ihre Eltern waren schon relativ alt, als sie auf die Welt kam, beide über fünfzig. Vor ein paar Jahren starben sie in kurzem Abstand nacheinander. Seitdem ist die junge Frau ganz auf sich allein gestellt. Bei dem Konzert ging es darum, Sponsoren für ihren nächsten Karriereschritt zu gewinnen. Sie möchte in den USA noch ein zweites Studium bei Richard von Sontonjew beginnen."

Ich nickte. Auch diesen Namen hatte ich noch nie gehört.

„Das Konzert war ein voller Erfolg", schwärmte Annabell. „Es war nicht schwer, die Leute von ihr zu überzeugen. Ihr Schicksal ist rührend, ihr Talent enorm, und jeder, der sie spielen hört, ist bezaubert. Constanze lebt in ihrer Musik, ihr Spiel ist reine Seele, vollkommen gereinigt von den Schlacken des niederen Fleisches."

Joana verdrehte die Augen. „Mama meint damit, dass Constanze keinen Busen und keinen Arsch hat."

„Joana!"

„Stimmt doch."

Annabell schüttelte den Kopf. „Es gibt Klavierspielerinnen, die setzen ihren Sex-Appeal bewusst ein. Constanze tut das nicht. Auf mich wirkt sie beinahe geschlechtslos, körperlos. Nichts lenkt von ihrer Musik ab. Es ist ein geistiger Genuss, ihr zuzuhören."

Ich blickte auf meine Schuhe, die noch immer an den Kappen feucht waren. Eine Diskussion über die Brüste einer Klavierspielerin führte jetzt wirklich nicht weiter. „Wir sollten bei den Fakten bleiben", sagte ich. „Ihr habt Conny beide zuletzt Sonntag vor einer Woche gesehen. Also am 12. Juni. Weil er am Montag nicht mehr da war, habt ihr also angenommen, er hätte Constanze von Kodály zum Flughafen gefahren. Wisst ihr, ob Constanze überhaupt geflogen ist?"

„Ganz sicher!" Joana nickte. „Sie hat mir aus den USA eine Nachricht zukommen lassen, dass sie gut gelandet sei. Und dass sie sich noch mal für alles herzlich bedankt und so."

„Dann hat Conny sie nach Zürich gefahren", überlegte ich. „Auch das spricht doch, wenn ich es recht bedenke, gegen die Annahme, dass es sich bei der Leiche um Conny handelt."

„Und was, wenn er wieder zurückgekommen ist?", fragte Joana. „Wenn er erst abends ermordet wurde? Oder am nächsten Tag?"

„Joana!" Annabell maß ihre Tochter mit einem strengen Blick. „Warum redest du immer von Mord? Nichts, aber wirklich rein gar nichts, spricht für einen Mord!"

Joana raufte sich die Haare und kräuselte die Oberlippe.

„Alle lieben Conny", fuhr Annabell fort. Sie sah mich

an und lächelte. Es war ein Lächeln, aus dem eine aufrichtige Liebe für ihren Neffen sprach. „Du weißt das, Hector. Du hättest dabei sein müssen bei seinem letzten Geburtstag. Er und Constanze haben zusammen im Künstlerhaus gefeiert, weil sie nur einen Tag nach ihm Geburtstag hat. Es war ein wirklich schöner Abend, bis …" Erschrocken blickte sie auf ihre Hände. Dann sah sie mich wieder an. Ihr Blick verfinsterte sich, als sie sagte: „Bis dieser Lennox auftauchte." Sie schüttelte den Kopf. „Warum habe ich diesen Kerl nicht einfach rausgeworfen? Dauernd war er betrunken. Und wenn er betrunken war, pöbelte er alle an. Bevorzugt Conny. Einmal hat er ihn sogar mit dem abgeschlagenen Flaschenhals einer Bierflasche bedroht!"

„Wer ist Lennox?", fragte ich.

„Ach, irgend so ein furchtbarer Maler", sagte Annabell. „Johannes dachte, ein gutes Werk tun zu müssen und hat ihm ein Stipendium gegeben. Wir waren alle entsetzt, wie er sich hier aufgeführt hat." Sie starrte lange ins Nichts, dann schüttelte sie den Kopf und stammelte: „Aber … oh Gott … er wird doch nicht Conny etwas angetan haben … nein … also das wäre … nein … das kann doch nicht sein, oder?"

„Wir sollten rational bleiben", wiederholte ich einigermaßen hilflos. „Hat Conny denn nicht gesagt, wie lange er in Zürich bleiben will?"

Annabell knetete ihre Hände. „Nein. Aber das tut er nie. Er fährt oft für ein paar Tage nach Zürich, ohne anzukündigen, wann er zurückkommt."

„Aber warum ist dann sein Handy nicht mehr auf Empfang, Mama?"

„Das kann viele Gründe haben", sagte ich mit einer

Stimme, die mich an Johannes erinnerte. „Wir sollten bei den Fakten ..."

„Fakten!" Joana verdrehte die Augen. „Ist es nicht ein Fakt, dass er seit fast einer Woche verschwunden ist? Und nicht mehr antwortet?"

„Merkwürdig ist eigentlich nur, dass er meinen Geburtstag vergessen hat", meinte Annabell. „Er hat auch nicht angerufen. Das passt nicht zu Conny." Sie schluckte. „Ich ... wir ... nein, das passt einfach nicht zu ihm ... da muss etwas passiert sein, das stimmt schon, aber dass er ... also nein ... das glaube ich nicht."

Sie starrte zum Fenster hinaus.

„Das löst sich sicher alles noch auf, du wirst sehen", sagte ich, da ich etwas Tröstliches sagen wollte. Dann fiel mir ein, dass das Einzige, was sich bisher aufgelöst hatte, die Leiche im Wasser gewesen ist, und ich fragte mich, wie ich nur so bescheuert daherreden konnte. Doch Annabell nickte mir dankbar zu.

„Auf Greenfield Hall ist noch nie ein Verbrechen verübt worden", sagte Annabell unvermittelt und schlang ihre Finger ineinander.

Mein Blick fiel auf die bleichen Gesichter ihrer Ahnen, die uns von den Ölgemälden ringsum anstarrten. Ihre Augen waren leer und flach wie Löcher. Der Maler hatte sich nicht einmal bemüht, ihnen den lebendigen Glanz einer Seele einzuhauchen.

In diesem Moment fiel draußen ein Schuss. Nach ein paar Sekunden ein zweiter. Und dann, in schnellem Abstand hintereinander, ein dritter und vierter. Nur die Stille, die danach einsetzte, war noch schlimmer.

„Oh mein Gott", flüsterte Annabell. „Johannes!"

3. Kapitel

Annabells Ohnmacht

Serafina Hofmeister, von den Angestellten *die Hofmeisterin* genannt, von uns Kindern Serafina, betrat nur wenige Sekunden, nachdem die Schüsse verklungen waren, den Raum. Sie war eine kleine, kräftige Person. Selbst wenn sie schockiert war, blieb ihr Gesicht erstaunlich ausdruckslos. Es war ein schönes Gesicht mit einfachen, regelmäßigen Zügen. Nur ihre Hand nestelte an dem Knoten herum, zu dem sie ihre Haare im Nacken gebunden trug, eine Geste, die mir seit meiner Kindheit vertraut war. Serafina war bereits mit fünfzehn Jahren in die Dienste der Familie Freybach eingetreten. Die Geschichte, wie sie als junges Mädchen zu Fuß aus dem Allgäu an den Bodensee gelaufen war, hatte sie uns früher oft erzählt. Heute war Serafina für das gesamte Hauspersonal zuständig und die engste Vertraute ihrer Herrin, wie sie Annabell vollkommen selbstverständlich nannte.

„Um Gottes Willen!", rief sie, als sie Annabell ohnmächtig auf dem Boden liegen sah. Dann stürzte sie herbei und kniete sich neben sie. Auch ich war bereits an Annabells Seite und fühlte ihren Puls. Nur Joana war im Sessel sitzen geblieben und blickte mit einem Ausdruck, aus dem Mitleid und Unverständnis sprachen, auf ihre Mutter herab.

„Gräfin Annabell!“ Serafina nahm Annabells Kopf in beide Hände. „Können Sie mich hören?“

Annabell murmelte etwas Unverständliches. Gemeinsam schafften wir es, sie auf das Sofa zu legen, wo ihr Serafina ein Kissen unter den Kopf schob und ihre Beine hochlegte.

„Was ist passiert?“ Serafinas hellblaue Augen flackerten ängstlich. „Warum hat der gnädige Herr die Schüsse abgefeuert? Wer ist in Gefahr?“

„In Gefahr?“, fragte ich.

„Vier Luftschüsse, zweimal im langen Abstand, zweimal im kurzen, bedeuten höchste Gefahr“, erklärte sie mit gedämpfter Stimme. „Hast du das etwa vergessen? Schon der alte Graf von Freybach hat das so gehalten.“

Serafina habe die Schüsse zuletzt vor fünfunddreißig Jahren gehört, als sie noch für Annabells Eltern gearbeitet habe. Damals seien Demonstranten über das Eingangstor geklettert und mit erhobenen Fäusten und furchtbarem Geschrei auf das Herrenhaus zumarschiert.

„Es muss etwas Schlimmes passiert sein.“ Serafina hielt Annabells schmale, weiße Hand in ihrer. „Ist es jetzt also wieder soweit?“

Annabell stöhnte auf. Trotz ihrer Ohnmacht schien sie uns gehört zu haben. Denn plötzlich schlug sie die Augen auf, sah Serafina an und flüsterte: „Nein, keine Revolution. Unten im Weiher liegt eine Leiche.“ Mit kreidebleichem Gesicht fügte sie hinzu: „Doch wer weiß. Beginnt es nicht immer mit einer Leiche?“

„Eine Leiche?“ Serafina riss die Augen auf. „Im

Wasser? Um Gottes Willen." Dann murmelte sie etwas von einem Fluch und bekreuzigte sich zweimal.

„Serafina! Hör doch endlich auf mit diesen Märchen!" Joana kräuselte die Oberlippe und seufzte. Dann starrte sie auf die düsteren Gemälde ihrer Vorfahren und meinte: „Die Revolution hat doch längst begonnen. Ihr habt es nur noch nicht bemerkt."

In diesem Moment wurde die Tür aufgerissen. Annabell setzte sich ruckartig auf.

„Johannes, da bist du ja, Gott sei Dank", sagte sie und sank wieder auf das Kissen zurück.

Johannes starrte düster ins Zimmer. Erst als er seine Frau auf dem Sofa liegen sah, huschte ein Hauch von Zärtlichkeit über sein Antlitz, der sogleich wieder verflog.

„Es stimmt", sagte er. „Zacher hat bestätigt, dass es sich bei dem Kadaver im Wasser um einen Menschen handelt."

Erich Zacher, der Jäger und Förster der Freybachs, war mit Johannes eingetreten. Er hatte sich kaum verändert. Sein Gesicht wirkte noch immer so schattig und verworren wie das Dickicht, das er Tag für Tag durchstreifte.

„Ich habe nur meine Pflicht getan", erklärte der Jäger. „Nachdem ich die Schüsse gehört habe, bin ich sofort zum Weiher gelaufen."

Serafina blickte vorwurfsvoll auf den Dreck an seinen Stiefeln.

„Ich rufe jetzt Hauptkommissar Allgaier an, damit er die nötigen Maßnahmen einleitet", erklärte Johannes.

Joana nickte entschieden.

Annabell schloss die Augen.

Johannes ging ins Nebenzimmer, um zu telefonieren. Trotzdem konnten wir jedes Wort verstehen. Er schilderte kurz und knapp den Leichenfund, wobei er Kriminalhauptkommissar Allgaier mehrmals mit dem Vornamen ansprach.

„Okay, ja, danke Hubert", hörte ich ihn sagen. „Tut mir wirklich leid, dass ich dir den Tag versaue, Hubert. Und dann noch ausgerechnet an einem Sonntagmorgen. Du kannst mir auch einfach jemand vom Wochenenddienst schicken. Das würde ich verstehen, wirklich." Stille. „Okay. Also nochmals vielen Dank. Bis gleich, Hubert." Johannes legte auf. Wir hörten Geräusche, die darauf hindeuteten, dass er sein Gewehr wieder im Waffenschrank verstaute. Schließlich kam er zurück und ging direkt zu dem riesigen Globus, der in der Ecke stand. Es war ein alter Globus aus dem 16. Jahrhundert, auf dem es noch weiße Flecken gab. Er öffnete ihn, nahm eine Flasche Cognac heraus und fragte: „Noch jemand?"

Nur Zacher nickte.

Joana verzog angewidert das Gesicht.

„Ich werde Ihnen einen Tee zubereiten, Gräfin Annabell", sagte Serafina. An Johannes gewandt fügte sie hinzu: „Soll ich Ihnen hier im Herrenzimmer einen kleinen Imbiss servieren? Kaffee? Sie habe ja noch gar nichts gefrühstückt, Graf von Freybach."

„Danke." Johannes kippte den Cognac hinab. „Das ist eine gute Idee."

„Und für die junge Gräfin?", fragte Serafina an Joana gewandt.

„Ich bediene mich selber, danke", erwiderte Joana.

Serafina seufzte, glättete ihre Schürze und ging zur Tür.

„Warte, ich helfe dir", sagte ich und folgte ihr. Sie schien etwas zu wissen, was sie hier im Herrenzimmer nicht aussprechen konnte.

4. Kapitel

Serafinas Märchen

Schweigend folgte ich Serafina in die Küche. Mitten in dem großen Raum stand ein alter Kachelofen, von dem eine wohlige Gemütlichkeit ausging. Auf seiner untersten Stufe waren wir als Kinder immer gesessen, wenn wir Serafinas Märchen gelauscht hatten. Auch an diesem Morgen setzte ich mich dorthin, zog die Knie an und beobachtete, wie sie den Servierwagen bestückte. Es roch nach frisch gebackenen Brötchen, die auf einem Blech ausdampften. Auf dem Herd köchelte bereits das Mittagessen.

„Sag mal", begann ich meine Frage. „Du hast vorhin etwas von einem Fluch erwähnt."

Serafina hielt inne. Genau wie früher sah sie mich an und flüsterte: „Es ist der Fluch der Fischerin von Uhldingen."

„Der Fischerin von Uhldingen?", fragte ich.

Sie nahm ein Brötchen vom Blech und reichte es mir.

Ich knabberte daran, während ich ihrer Stimme lauschte.

„Vor über zweihundert Jahren herrschte ein strenger Herr auf Greenfield Hall. Man nannte ihn den Eisernen Wilhelm. Er ließ einen armen Fischer ins

Gefängnis werfen, weil er unerlaubt im gräflichen Hoheitsgebiet gefischt hatte. Die Frau des Fischers war gerade schwanger gewesen. Deshalb flehte sie den Herrn um Gnade an, doch der Eiserne Wilhelm gewährte sie nicht. Während der Fischer im Gefängnis saß, starb das neugeborene Kind. Da verfluchte die Fischerin den Grafen und mit ihm seine Nachkommen: Alle erstgeborenen Söhne sollten zukünftig im Wasser sterben."

„Das ist ja eine furchtbare Geschichte", sagte ich.

„Es ist keine Geschichte!" Serafinas Augen wurden größer, als sie sagte: „Tatsächlich wurde der älteste Sohn des Eisernen Wilhelm noch im selben Jahr tot aus dem Bodensee gefischt. Und auch Annabells Bruder, er hieß Georg, ist ja beim Segeln", sie bekreuzigte sich, „ertrunken."

Ich blickte auf das Holzkreuz an der Wand und fragte: „Letzten Montag, als Conny die Klavierspielerin zum Flughafen bringen wollte, hast du ihn da noch gesehen?"

„Conny? Conny ist doch nichts passiert?" Serafinas Pupillen weiteten sich erschrocken: „Oh mein Gott, du willst aber nicht andeuten, dass es Conny ist, der ..." Abermals bekreuzigte sie sich.

„Nein", sagte ich schnell. „Ich frage mich bloß, ob er Montagmorgen überhaupt noch auf Greenfield Hall war."

„Doch, das war er."

„Sicher?"

„Ja."

Serafina legte die Brötchen in einen Korb. „Montag war doch der Morgen nach dem Konzert", fuhr sie nachdenklich fort. „Die Herrschaften schlafen an solchen Tagen meist länger. Conny kam früh runter in die Küche. Er sagte, er wolle mit der jungen Dame nur ein kleines Frühstück nehmen. Ich fragte, ob ich im Speisezimmer eindecken soll, doch Conny wollte das nicht." Lächelnd fügte sie hinzu: „Am liebsten saß er ja bei mir in der Küche."

Die Küchenuhr tickte. Es war noch immer dieselbe Uhr von damals aus dunkelblauem Porzellan mit den goldenen Ziffern.

„Conny ist ein so lieber Junge." Serafinas Gesicht wurde von innen her weich und ihre Augen schimmerten, als kämpfte sie mit den Tränen.

„Ja, das ist er", sagte ich und starrte für einen Moment auf ihre großen, kräftigen Hände. Wenn Serafina uns Kinder beim Plätzchenklauen erwischt hatte, war ihr Griff hart gewesen. Etwas beim Anblick dieser Hände verwirrte mich, doch dann sammelte ich mich und fragte: „Constanze und er haben also noch in der Küche gefrühstückt, bevor sie zum Flughafen sind? Wann sind sie genau aufgebrochen? Erinnerst du dich?"

Sie blickte zur Uhr. „Die beiden haben nur einen Milchkaffee getrunken. Das Mädchen hat ein Croissant zerrupft, mehr nicht. Sie war ja so dünn. Beide! Auch Conny ist so dünn geworden. Ich habe ihnen noch Brote geschmiert und mitgegeben. Irgendetwas müssen diese jungen Leute doch essen!"

„Und dann sind sie zum Flughafen?"

„Nein." Sie schüttelte den Kopf. „Sie wollten vorher noch eine Runde Golf spielen."

„Golf?" Ich starrte Serafina an, als hätte sie mir einen Schlag versetzt. „Die beiden haben an dem Morgen noch Golf gespielt?"

„Ja."

„Bist du ganz sicher?"

„Aber ja." Sie presste die Butter in eine Form.

„Und danach sind sie nicht noch einmal zurückgekommen? Um ihre Sachen zu holen?"

„Nein." Serafina sah mich an, als wäre ich begriffsstutzig. „Conny hatte das Gepäck des Fräuleins ja schon im Auto verstaut. Er hat das Auto dann gleich am hinteren Waldparkplatz geparkt. So mussten sie nach dem Spiel nicht noch mal herkommen und konnten gleich losfahren. Ich glaube, das Fräulein wollte sich nicht groß von allen verabschieden. Sie schien froh zu sein, dass alle noch schliefen."

Ich nickte nachdenklich.

„Ist dir in letzter Zeit etwas Ungewöhnliches an Conny aufgefallen?", fragte ich schließlich.

Serafina stellte Kaffeetassen auf den Wagen, nahm eine kleine Teekanne aus dem Regal, setzte Wasser auf und füllte Tee in ein Teesieb. Ihre geschäftigen Bewegungen verlangsamten sich, als sie sagte: „An dem Morgen nicht, nein. Da wirkte er wie immer. Aber …" Sie starrte zum Fenster hinaus. „In letzter Zeit kam er mir manchmal düster vor."

„Düster?"

„Aus seinem Zimmer kam so Musik."

„Was für Musik?"

Sie verschränkte die Arme vor ihrem mächtigen Busen. „Ich habe nur immer gehört, wie einer sang: *Muss ich denn sterben, um zu leben.*"

„Muss ich denn sterben, um zu leben?", wiederholte ich irritiert.

Serafina wischte mit einer Serviette Brösel vom

Servierwagen, dann meinte sie: „Ich hätte das besser nicht erwähnen sollen. Was weiß ich schon von den jungen Leuten. Die hören ja alle so ein Zeug. Früher war die Musik viel fröhlicher."

„Willst du damit andeuten, Conny könnte depressiv geworden sein?"

„Natürlich nicht!" Serafina bekreuzigte sich. „Hör jetzt auf damit. Du hast früher schon immer alles wissen wollen. Was warst du doch für ein neugieriges Kind!" Sie lächelte. „Hast einem immer ein Loch in den Bauch gefragt. Aber jetzt ist wieder gut, Hector."

„Aber ..."

Jedem Schwerverbrecher hätte ich die Stirn geboten. Doch gegen Serafina war ich machtlos. Seufzend erhob ich mich. „Mein Gott bist du groß geworden", sagte sie. Das hatte sie früher schon immer gesagt. Dann reichte sie mir den Korb mit den Croissants und beendete unser Gespräch mit den Worten: „Nimm das und komm jetzt. Die Herrschaften warten. Du weißt doch, der Graf kann sehr ungehalten werden, wenn er nichts im Magen hat."

5. Kapitel

Hauptkommissar Allgaier trifft ein

Im Herrenzimmer schien die Decke tiefer zu hängen, als wir eintraten. Johannes stürzte den Kaffee hinunter und blickte nervös auf seine Uhr. Allgaier müsse jeden Moment eintreffen, meinte er, wahrscheinlich wolle der Kommissar zuerst die Leiche sehen und danach mit uns sprechen. Am besten wäre es, er ginge schon mal hinaus; wir sollten solange hier warten.

Ich nickte.

Johannes eilte, gefolgt von Zacher, aus dem Raum, in dem es nach frischen Kräutern zu duften begann. Serafina hatte den Tee für Annabell aufgegossen, es roch nach Melisse und Baldrian. Ob man sie im Moment noch brauche, fragte sie. Annabell verneinte und Serafina verließ wieder den Raum.

Schweigend blieben wir zurück.

Joana tippte eine Nachricht in ihr Handy, ich nahm an, sie korrespondierte mit dem Kindermädchen und ihrem Mann.

Das Pendel in der Standuhr schwang hin und her.

„Ist dir eigentlich auch aufgefallen, dass Conny sich verändert hat?", fragte ich jetzt Annabell.

„Verändert?" Annabell blinzelte als erwachte sie aus

einem Traum. „Er hat ein wenig abgenommen. Und er hat sich die Haare wachsen lassen. Aber sonst? Er war halt im Stress mit seinem neuen Job. Alfie hat dem Jungen ziemlich Druck gemacht."

„Alfie?" Joana blickte vom Display auf. Ihr provokanter Unterton war verschwunden, als sie fragte: „Du meinst, es gab Ärger zwischen Alfie und Conny?"

„Ärger wäre wirklich zu viel gesagt."

„Es stimmt schon." Joana sah mich an. „Die beiden haben in letzter Zeit oft gestritten."

„Sie haben doch nicht gestritten", wandte Annabell ein und strich ihren Morgenmantel glatt. „Wenn es ums Geschäft geht, gibt es halt Diskussionen. Das ist ganz normal. Zerbrich dir nicht den Kopf darüber, Kleines. Du musst dich um das Baby kümmern. Wo ist Noah eigentlich?"

„Emily ist bei ihm." Joana verschränkte die Arme und fragte: „Warum soll ich davon nichts verstehen? So schwierig ist das ja auch nicht. Ich bin doch nicht bescheuert!"

Annabell seufzte. Mit den Augen einer leidgeplagten Mutter sah sie mich an und meinte: „Letztlich wissen wir doch nicht, welche arme Seele da im Weiher ertrunken ist. Warum reden wir eigentlich die ganze Zeit über Conny?"

„Weil Conny verschwunden ist, Mama! Wie oft muss ich das eigentlich noch sagen?"

„Ja und?" Auch Annabell verschränkte jetzt ihre Arme. „Darf man denn nicht mal für ein paar Tage verschwinden? Das tun doch viele Menschen. Andauernd. Menschen kommen und gehen. Ich habe gehört, dass auch dieser Lennox seit ein paar Tagen nicht mehr im

Künstlerhaus wohnt. Auch er ist verschwunden! Und was ist mit Tamara? Ist nicht auch sie einfach verschwunden?"

„Mama." Joana seufzte. „Das kannst du doch gar nicht vergleichen! Tamara ist abgereist!"

Die beiden Frauen maßen sich mit Blicken.

„Moment", sagte ich ruhig. „Wer ist Tamara?"

„Meine Hebamme", erklärte Joana. „Tamara de Lempicka. Sie war fast sechs Wochen auf Greenfield Hall, von Noahs Geburt bis zur Taufe. Eigentlich wollte sie schon viel früher abreisen. Das kann man mit Connys Verschwinden doch gar nicht vergleichen."

Gräfin Annabell schwieg.

Je länger sie schwieg, desto mehr fiel sie in sich zusammen. Schließlich sah sie mich an und fragte: „Was denkst du? Sollen wir Susanne anrufen? Ich meine, sie ist Connys Mutter und sie wird wissen wollen, was ..."

Wieder Schweigen.

„Wir sollten Susanne nicht unnötig beunruhigen", sagte ich.

„Also ich würde das wissen wollen!", rief Joana empört. „Ich meine, die Kappe zeigt doch eindeutig, dass das Ganze etwas mit Conny zu tun hat. Selbst wenn er, ich meine, selbst wenn er nicht", sie kam ins Stocken, „vielleicht ist er ja trotzdem in Gefahr! Vielleicht planen die noch einen zweiten Mord."

„Ich bitte dich, Joana", sagte Annabell erschöpft. „Mord! Rede nicht immer so einen Unsinn."

„Aber Mama! Da draußen liegt eine Leiche im Wasser. Wie soll ich es denn sonst nennen?"

„Vielleicht war es ein Unglücksfall", sagte Annabell derart überzeugend, dass auch ich die Idee eines Unfalls in Betracht zu ziehen begann. „Vielleicht hat eine Gruppe von Spinnern nachts illegal ein Golfturnier veranstaltet. Das gab es schon einmal. Vielleicht bekam einer dabei einen Ball an den Kopf. Es ist ja nicht ganz ungefährlich, im Dunkeln Golf zu spielen."

„Möglich wäre es", gab ich zu. „Gibt es keine Überwachungskameras am Platz?"

„Am Clubhaus ist eine", sagte Annabell und starrte in ihren Tee. „Man sieht von dort aber nur bis zum Herrenabschlag der Eins."

„Und der ist zurzeit gesperrt", sagte ich nachdenklich und schenkte mir einen zweiten Kaffee ein.

Hauptkommissar Allgaier würde die Aufzeichnungen aus der Kamera sicher überprüfen. Er war ein guter, zuverlässiger Mann. Vor meinem Studium hatte ich ein Praktikum im Polizeipräsidium in Ravensburg gemacht. Johannes hatte mir das vermittelt. Inzwischen musste Allgaier Anfang Sechzig sein. Ich versuchte, mir sein Gesicht in Erinnerung zu rufen, doch es verschwamm mit den Gesichtern der anderen Einsatzleiter. Es waren gute Gesichter von pflichtbewussten Männern in den mittleren Jahren, die sich keine Illusionen mehr machten.

Ich starrte auf den Boden.

Auch ich würde in ein paar Jahren so ein Gesicht haben.

Plötzlich polterten laute, energische Schritte durch die Halle und kamen vor dem Herrenzimmer zum Stehen. Die Tür öffnete sich und Hauptkommissar Allgaier trat ein.

Er betrat den Raum wie man ein Krankenzimmer betritt, zurückhaltend, bedrückt und darauf bedacht, den Leidenden nicht noch mehr Kummer zu bereiten. Respektvoll reichte er Annabell die Hand und sagte, man dürfe jetzt den Kopf nicht verlieren. Er versäumte auch nicht, ihr nachträglich zum Geburtstag zu gratulieren. Auch zu Joana sagte er etwas Aufrichtendes.

„Hector kennst du ja noch", stellte Johannes mich vor. „Er hat gerade seine Abschlussprüfung beim Bundeskriminalamt bestanden. Mit Auszeichnung. Er ist der Beste seines Jahrgangs! Die haben ihm gleich ein Jobangebot in Berlin gemacht. Ich glaube, wir dürfen noch viel von ihm erwarten."

„Na, dann darf man ja gratulieren", sagte Allgaier und streckte mir die Hand entgegen: „Junger Kollege, freut mich sehr."

Schnell erhob ich mich und schlug ein. Alles an diesem Mann wirkte seriös, seine Kleidung, seine Statur, seine Gesichtsbildung. Er sah mir mit festem Blick in die Augen und sagte: „Es würde mich schon interessieren, was die euch alles beim Bundeskriminalamt beigebracht haben."

„Hector ist ein ausgezeichneter Golfspieler", meinte Johannes. „Könnte locker ein einstelliges Handicap haben, wenn er wollte. Spielt doch einfach mal eine Runde zusammen. Also, ich meine, sobald sich die Sache aufgeklärt hat, natürlich."

Allgaier nickte langsam.

Ich weiß nicht, ob Johannes damals wirklich geglaubt hatte, dass wir bald wieder zur Tagesordnung übergehen könnten. Vielleicht hatte er es auch nur gesagt, um Annabell und sich selbst zu beruhigen.

Während Allgaier dankbar den Kaffee annahm, den ich ihm anbot, berichtete Joana, wie wir die Leiche gefunden hatten. Ich musste kaum etwas ergänzen. Im Moment habe er keine weiteren Fragen, meinte Allgaier, wir müssten das später halt noch einmal im Präsidium zu Protokoll geben, aber das sei mir ja bekannt.

„Kann ich jetzt mein Baby holen?“, fragte Joana. „Es schläft oben. Und dann würde ich gerne erst mal nach Hause.“

„Gewiss“, sagte Allgaier. „Eine Polizeistreife wird Sie fahren, Gräfin Joana. Ich möchte nicht, dass Sie in Ihrem Zustand alleine nach Hause laufen.“

Johannes sah ihn dankbar an.

Annabell legte sich mit einem Beruhigungsmittel wieder ins Bett.

Allgaier führte einige Telefonate und gegen halb zehn traf Staatsanwalt Good ein. Nachdem auch er sich ein Bild von der Leiche gemacht hatte, bot der Staatsanwalt, wie in außergewöhnlichen Todesfällen dieser Art üblich, zusätzlich zur Bereitschaftspolizei noch die Rechtsmedizin, die Kripo und die Spurensicherungsspezialisten auf. Eine halbe Stunde später wimmelte es auf dem Golfplatz vor Polizisten. Die Anlage wurde weitläufig abgesperrt und sämtliche Zugänge kontrolliert, um Journalisten und Schaulustige so gut es ging abzuhalten.

Johannes und ich standen überall im Weg. Also setzten wir uns auf die Terrasse des Clubhauses und beobachteten das Treiben auf dem Golfplatz. Die weiß gekleideten Leute von der Spurenermittlung bewegten sich in Grüppchen über den Platz, bückten sich, diskutierten und gingen weiter. Ein wenig sah es aus, als spielten sie Golf.

Johannes hatte im Clubhaus Kaffee und Kuchen für alle Einsatzkräfte bereitstellen lassen, ein Angebot, das dankbar angenommen wurde. Auch Staatsanwalt Good schien jetzt eine Stärkung gebrauchen zu können, denn er kam mit großen, langen Schritten über den Rasen auf uns zu.

Er war ein großer, athletischer Mann mit dunklen Haaren und auffallend schönen Augen, die goldbraun glänzten. Zu meiner Verwunderung sprachen er und Johannes zunächst über ein Golfturnier, das sie vor Jahren zusammen gespielt hatten. Der verpatzte Abschlag eines gemeinsamen Bekannten war beiden noch lebhaft in Erinnerung. Dann stellte Johannes mich vor. Auch der Staatsanwalt fand anerkennende Worte für meine Bestleistung bei der Prüfung. Er klopfte mir sogar auf die Schulter und fragte, wie meine Pläne für die nächsten Jahre aussähen. Nachdem ich ihm von meinem Jobangebot in Berlin erzählt hatte, meinte er, gute Männer wie mich könnten sie auch hier unten im Süden gebrauchen.

„Keine schöne Sache", sagte er schließlich. „Das Wasser hat das Gesicht ja bis zur Unkenntlichkeit entstellt."

„Furchtbar", bestätigte Johannes.

„Hast du einen Verdacht, um wen es sich handeln könnte?"

„Nein", antwortete Johannes knapp. Dann starrte er vor sich hin und meinte: „Die Liste der Clubmitglieder bekommst du im Büro. Wir sind ein kleiner Club, das weißt du. Dennoch sind es zu viele, als dass ich über den Verbleib eines jeden Einzelnen Bescheid wüsste. Tut mir leid, Kaj. Die musst du wohl alle abklappern."

„Das ist unsere Arbeit", erwiderte der Staatsanwalt ruhig. Dann sah er Johannes mitfühlend an und meinte:

„Was ist mit deinem Neffen? Ich habe gehört, Konrad sei in Zürich. Es gefällt mir aber nicht, dass seine Kappe und sein Schläger am Ufer liegen."

„Ach, Conny ließ immer alles herumliegen." Johannes verschränkte die Arme. „Außerdem ging er mit seinen Sachen sehr großzügig um. Jeder hätte seine Ausrüstung nehmen können."

Was Johannes sagte, wirkte nicht sehr überzeugend; wie er es sagte, hingegen schon. Wie konnte er sich nur so sicher sein? Nachdenklich schenkte ich mir einen Kaffee ein. Es war der dritte an diesem Morgen.

6. Kapitel

Kriegerskopf

Irene Adler wohnte in dem Haus auf dem Felsen, den wir als Kinder immer *Kriegerskopf* genannt hatten, weil seine markante Form aus der Ferne an das Profil eines Kriegers erinnerte. Das Haus stand in absoluter Alleinlage direkt am Bodensee. Bis dorthin war es ein Fußweg von etwa dreißig Minuten. Gegen elf machte ich mich auf den Weg. Ich spazierte durch die grünen Hügel der Weinberge, vorbei an den endlos scheinenden Reihen der Reben und zupfte ein paar noch unreife Trauben vom Stängel, die ich zwischen Daumen und Zeigefinger zerquetschte.

In der Ferne läuteten die Kirchenglocken.

Die Sonne hatte inzwischen an Kraft gewonnen.

Ich bog in einen Feldweg ab und erreichte schließlich die Anhöhe, von der aus man weit über den Bodensee sah. Es war ein atemberaubender Ausblick. Das Wasser strahlte in einem intensiven Türkisblau, wie man es nur in südlicheren Gegenden vermutete. Darüber stand ein weiter Himmel, blau und wolkenlos. Die Alpenkette war klar zu erkennen, der Säntis glänzte majestätisch in der Ferne. Es war, als wollte sich die Natur mit der

Demonstration dieser Schönheit für ihre Grausamkeit entschuldigen.

Auf einer Landzunge, die sich über die Uferlinie in den See hineinschob, erkannte ich bereits das Haus, das aus dem Felsen emporzuwachsen schien. Noch immer sah es aus, als blickte ein alternder Krieger mit tiefen Furchen im Gesicht über den Bodensee in Richtung Schweiz. Man könnte meinen, er meditierte über die Gräueltaten, die er als junger Mann begangen hatte.

Darüber durchkreuzten Möwen den blauen Himmel.

Auf Kriegerskopf hatte früher ein alter Offizier gewohnt. Uns Kindern war er unheimlich gewesen. Er hatte sehr zurückgezogen gelebt und keine Frau gehabt. Serafina hatte erzählt, er sei ein Spion im Kalten Krieg gewesen. Nach seinem Tod hatte das Haus ein paar Jahre leer gestanden, bis Irene Adler eingezogen war. Der ominöse Vorbesitzer war wohl der Grund, weshalb das Gerücht ging, auch Irene Adler habe mit dem Geheimdienst zu tun.

In einer plötzlichen Unruhe beschleunigte ich meine Schritte. Noch außer Atem klingelte ich. Doch niemand schien da zu sein. Ein Namensschild suchte ich vergebens.

„Hector", hörte ich eine Stimme hinter mir. „Das ist ja eine Überraschung."

Ich drehte mich um. Hinter mir stand Irene Adler und sah ganz anders aus als in meiner Erinnerung. Bei dem Liederabend auf Greenfield Hall hatte sie ein elegantes Abendkleid getragen, das mit Pailletten bestickt gewesen war. Nun stand sie in Sportkleidung vor mir, war verschwitzt und hatte die Haare zu einem Pferdeschwanz zusammengebunden.

„Ich komme gerade vom Joggen“, erklärte sie.

„Frau Adler“, sagte ich und verbeugte mich leicht. „Sie erinnern sich also an mich?“

„Natürlich. Wie läuft es beim Bundeskriminalamt?“

„Ich habe letzte Woche alle Prüfungen bestanden.“

„Na dann“, sagte sie lächelnd, „herzlichen Glückwunsch! Und was verschafft mir die Ehre?“

„Auf dem Golfplatz wurde eine Leiche gefunden“, platzte ich heraus. „Sie lag im Wassergraben. Am Weiher.“

„Eine Leiche?“ Entsetzt blickte sie mich an. „Im Wassergraben?“

Ich nickte.

Wortlos schloss sie die Tür auf und bat mich hinein. Während sie in der Küche Kaffee aufsetzte und auf einem Tablett Gläser und Gebäck arrangierte, erzählte ich, was sich zugetragen hatte.

Schweigend nahm sie das Tablett und gab mir mit einem Nicken zu verstehen, dass ich ihr folgen sollte. Durch einen Flur, der rundum mit Bücherregalen verkleidet war, gelangten wir in ein Wohnzimmer, das ebenfalls vor Büchern überquoll. Dann öffnete Irene die Balkontür und bat mich auf die Terrasse hinaus.

Ich trat bis vor an die Steinbrüstung.

Die Terrasse schien über dem See zu schweben. Tausend goldene Punkte glitzerten auf der Wasseroberfläche. In Richtung Süden sah man bis zum Untersee, am Ufer reihten sich die Seestädte aneinander, ich glaubte, Immenstaad, Friedrichshafen und Lindau zu erkennen. Direkt gegenüber waren die Alpen und der Säntis noch näher gerückt. Im Norden erkannte ich Konstanz und die Mainau, die Fähre fuhr eben von Meersburg über den Überlinger See.

Irene saß an einem weißen Holztisch und tippte eine Nachricht in ihr Handy. Als ich mich zu ihr setzte, schob sie das Telefon beiseite und schenkte Kaffee ein.

„Das Gesicht der Leiche ist also bis zur Unkenntlichkeit entstellt“, sagte sie und legte ihre Stirn in Falten, „und auch der Körper ist, wenn ich Sie richtig verstanden habe, zerfressen. Sie konnten weder die Identität des Toten noch sein Geschlecht erkennen?“

„Das stimmt.“

„Und warum glauben Sie dann, es könnte sich um Konrad Seifried handeln?“

„Weil“, ich nahm einen Schluck Kaffee, „weil alle Fakten darauf hindeuten.“

„Fakten“, wiederholte sie nachdenklich, setzte ihre Sonnenbrille auf und sprach in Richtung See, als spräche sie zu dem Wasser: „Sie denken vermutlich an die Kappe und den Schläger, die in der Nähe der Leiche lagen. Oder meinen Sie das, was man Ihnen auf Greenfield Hall erzählt hat?“

„Ich meine“, sagte ich, „dass es keinen Grund gibt, dem zu misstrauen, was Serafina, Joana und Annabell erzählt haben. Demnach ist Conny seit Montag verschwunden. Das war vor sechs Tagen. Nach dem Golfspiel scheint er die Pianistin Constanze von Kodály noch zum Flughafen gefahren zu haben. Seitdem hat niemand mehr was von ihm gehört. Seit vorgestern ist auch sein Handy nicht mehr auf Empfang.

Außerdem ist allen aufgefallen, dass Conny sich in letzter Zeit stark verändert hat. Er schien Probleme gehabt zu haben. Deshalb war er doch auch bei Ihnen, oder?"

„Hat Conny das gesagt?"

„Joana hat es erwähnt."

„Joana, hm."

„Sie sind doch Psychotherapeutin, oder? Hatte Conny psychische Probleme?"

Irene ließ sich Zeit mit der Antwort. Ihre Augen lagen hinter der Sonnenbrille verborgen.

„Es stimmt", sagte sie schließlich. „Conny war ein paar Mal hier gewesen. Allerdings nicht aus den Gründen, die Sie vermuten. Er suchte meinen Rat, weil er in eine blöde Sache hineingeraten war, wie er es formuliert hatte."

„In was für eine Sache?"

Sie nahm die Brille ab und sah mir prüfend in die Augen. „Hat er es Ihnen nicht erzählt? Conny meinte, er habe bisher nur mit Ihnen darüber gesprochen."

Ich blickte auf den Boden. „Conny hat da am Telefon etwas angedeutet", gab ich zu. „Wir wollten in Ruhe darüber sprechen, sobald wir uns trafen. Conny hat wohl etwas herausgefunden, das Joanas Ehemann nicht gerade, wie soll ich sagen, in ein gutes Licht rückt."

Irene nickte.

Sie drehte ihr Gesicht der Sonne zu, als sie meinte: „Conny ist ein hochintelligenter und sensibler junger Mann mit einem untrüglichen Gespür für Fassade."

„Fassade?"

„Der Erfolg von Dextor Consulting beruht zu einem großen Teil wohl auf Subventionsbetrug. Zumindest vermutet Conny das."

„Auf Subventionsbetrug?"

„Dextor Consulting hat sich ja auf staatliche Förderprogramme im Bereich Wirtschaft, Technologie und Energie spezialisiert", erklärte sie. „Die Regierung will mit solchen Förderprogrammen die Wettbewerbsfähigkeit von kleineren und mittleren Unternehmen steigern, indem sie die Finanzierung von Beratungsleistungen und Neuanschaffungen übernimmt."

Ich beobachtete eine Möwe im Gleitflug.

„Conny stieß auf Rechnungen für Projekte, die so gar nicht existierten oder zumindest nicht in dem Umfang. Stutzig geworden begann er zu recherchieren. Und es schien sich nicht um Einzelfälle zu handeln. Conny vermutet, dass durch ein langjähriges Betrugssystem staatliche Gelder in zweistelliger Millionenhöhe eingestrichen worden waren."

„Ein schwerer Vorwurf", sagte ich.

„Conny war unschlüssig, was er tun sollte", fuhr sie fort. „Alles aufdecken? Das würde bedeuten, dass er sich viele Feinde machen würde bis in höchste Regierungskreise und einen Prozess mit ungewissem Ausgang durchstehen musste."

Ich schluckte den Kaffee hinunter.

„Erschwerend kommt hinzu, dass sein Chef der Mann von Joana ist. Wenn er ihn in der Öffentlichkeit bloßstellt, wird das auch Joana und dem Baby schaden." Das Blau in ihren Augen wurde weicher, als sie sagte: „Sie sind doch Connys Freund. Dann wissen Sie sicher, wie sehr er Joana *liebt.*"

Jetzt war ich es, der die Sonnenbrille aufsetzte. Conny und Joana hatten tatsächlich schon immer ein sehr inniges Verhältnis gehabt. Als Kinder und Jugendliche waren sie unzertrennlich gewesen. Wir drei waren das gewesen. Aber Liebe? Liebe war so ein großes und so oft missbrauchtes Wort, dass ich es längst aus meinem Wortschatz gestrichen hatte.

„Und was haben Sie Conny geraten?“, fragte ich schließlich.

„Er sollte erst mal alle Beweise sichern. Wenn er die Sache zu früh zur Anzeige bringt, muss er damit rechnen, dass Beweismittel verschwinden. Das schien er so nicht bedacht zu haben.“

Ich rückte die Brille zurecht und nickte. „Was Verbrechen betrifft, war Conny schon immer ein wenig naiv.“

„Sie kennen ihn ja von Kindheit an“, meinte sie. „Haben Sie eine Vermutung, warum er die Stelle überhaupt angenommen hat? So wie ich ihn kennengelernt habe, passt das gar nicht zu ihm.“

„Ehrlich gesagt, gewundert habe ich mich schon“, gab ich zu. „Connys Leidenschaft gilt ja eigentlich der Kunst. Theoretisch hätte er sich diese Existenzweise auch leisten können. Aber Sie kennen Thomas, nehme ich an, seinen Vater. Für ihn zählen nur die Gummidichtungen, die er produziert. Kunst ist für ihn reiner Zeitvertreib.“ Nachdenklich fuhr ich fort: „Ich denke, Conny wollte seinem Vater etwas beweisen. Und letztlich brauchte er das Geld, um finanziell selbstständig zu werden.“

Irene wollte etwas erwidern, doch in diesem Moment betrat eine schwarze Katze die Terrasse. Sie schien über die Seitentreppe gekommen zu sein. Mit erhobenem Schwanz stolzierte sie zu Irene hinüber und schmiegte sich hingebungsvoll an ihre Beine. Es war ein schönes Tier mit weißen Pfoten und goldgelben

Augen. Erschrocken wich ich zurück, als es plötzlich auf meinen Schoß sprang und die feuchte Schnauze gegen meinen Hals drückte.

„Das ist Sherlock", sagte sie. „Mein Kater. Keine Angst, er tut nichts."

Sherlock streckte seine Tatzen aus und bohrte die Krallen in meinen Oberschenkel.

„Wie hat denn Joana auf die Leiche reagiert?", fragte Irene.

„Sie war natürlich schockiert." Ich versuchte, den Kater zu verscheuchen, doch stattdessen rollte er sich in meinem Schoß zusammen. „Zugleich wirkte sie aber auch entschieden. Beinahe kämpferisch. Immer wieder hat sie ihre Eltern damit konfrontiert, dass es Conny sein könnte."

„Dann glaubt Johannes das also nicht?"

„Den Eindruck hatte ich. Sonst wäre er nicht so besonnen gewesen."

„Haben Sie eine Erklärung dafür?"

„Verdrängung?" Fragend sah ich sie an. „Damit kennen Sie sich vermutlich besser aus. Sie sind doch Psychologin, oder?"

Wieder zögerte sie einen Moment mit der Antwort.

„Ich arbeite nicht mehr als Psychotherapeutin", sagte sie dann und griff nach einem Keks. „Seit ein paar Jahren berate ich Unternehmen und einzelne Klienten. Auch die Kriminalpolizei bezieht mich gelegentlich in Ermittlungen mit ein."

Noch bevor ich nachfragen konnte, erkundigte sie sich bereits nach Annabell.

„Sie hat Angst", formulierte ich meine Beobachtung. „Aber ganz schlau werde ich aus ihrem Verhalten nicht.

Einerseits glaubt sie nicht, dass Conny etwas passiert sein könnte. Andererseits irgendwie doch. Sie dachte sofort an einen jungen Mann. Er heißt Lennox Kleinert. Ihm scheint sie einen Mord zuzutrauen. Kennen Sie ihn?"

„Lennox." Sie runzelte die Stirn und tunkte den Keks in ihren Kaffee. „Junge Männer wie er haben nicht viel zu verlieren. Ich kann Annabells Angst verstehen."

„Und was ist mit Männern, die viel zu verlieren haben?", fragte ich. „Wenn Alfie mitbekommen hat, dass Conny heimlich Beweise gegen die Firma sammelt, dann traue ich ihm alles zu."

„Sie mögen Alfie nicht, stimmt's?"

„Sie etwa?"

Irene lachte. „Lassen Sie uns doch zum Du wechseln", meinte sie dann: „Ich bin Irene."

„Hector", sagte ich und reichte ihr über den Kater hinweg meine Hand. Sherlock schnurrte.

„Ich glaube übrigens auch nicht, dass es sich bei der Leiche um Conny handelt", sagte Irene. „So, wie du sie beschrieben hast, muss sie schon sehr lange in dem Tümpel gelegen haben. Möglich, dass sie erst jetzt an die Oberfläche gelangt ist. Letzte Woche war ein starker Sturm, vielleicht wurde der Weiher dadurch aufgewühlt."

Der Kater wurde in meinem Schoß immer schwerer. „Aber da ist noch etwas", sagte ich. „Serafina meint, Conny könnte depressiv geworden sein. Dass er vielleicht ..."

„Dass er vielleicht Selbstmord begangen haben könnte?", sprach sie es aus.

Ich nickte stumm.

„Hat Serafina das wirklich gesagt?“

„Nicht direkt.“ Ich räusperte mich. „Sie hat von einem jahrhundertealten Fluch erzählt, der junge Männer ins Wasser lockt.“ Sherlock hob aufmerksam den Kopf, als ich fragte: „Ist dir da was an Conny aufgefallen?“

„Conny Depressionen?“ Sie schüttelte den Kopf. Nachdenklich fügte sie hinzu: „Ich kenne die Geschichte mit dem Fluch. Serafina hat sie mir ebenfalls erzählt. Es ist ihre Art der Erklärung, warum auch in einer so privilegierten Familie wie den Freybachs Depressionen vorkommen. Zumal nicht darüber geredet werden darf. Seitdem das damals mit Georg passiert ist, hat sie Angst, die Vergangenheit könnte sich wiederholen.“ Sie blickte auf die Sonnenbrille in ihrer Hand. „Weißt du, unsere Gefühle sind wie eine Brille, durch die wir auf die Welt blicken. Angst ist das Gestell mit den schwärzesten Gläsern. Wenn wir sie tragen, erkennen wir an der Welt und den Menschen vor allem das, wovor wir uns selbst am meisten fürchten.“

Ich schwieg lange. Ob sie glaubte, fragte ich schließlich, dass Serafina deshalb auch Connys Lieder so düster fand.

„Was für Lieder?“

„Die er in letzter Zeit gehört hat. Serafina erinnert sich nur noch an eine Zeile.“ Ich zog mein Notizbuch heraus und las laut vor: *„Muss ich denn sterben, um zu leben.“*

„Muss ich denn sterben, um zu leben?“, wiederholte Irene.

„Kannst du damit etwas anfangen?“

Sie wandte den Blick ab und starrte ans andere Ufer. „Nein.“

Ich legte meine Hand auf Sherlocks Fell. Sein Brustkorb hob und senkte sich in regelmäßigen Abständen.

„Was sollen wir jetzt tun?“, fragte ich.

In diesem Moment klingelte es an der Tür. Irene erhob sich und ging hinaus. Kurz darauf hörte ich die Stimme von Hauptkommissar Allgaier im Flur.

„Hubert“, sagte Irene. „Gibt es bereits Erkenntnisse über die Identität des Toten?“

7. Kapitel

Der letzte Schlag

Wenig später erschien Irene in Begleitung von Hauptkommissar Allgaier auf der Terrasse.

„Ah, mein junger Kollege aus Berlin ist auch schon da", sagte er, nickte mir zu und setzte sich.

Sherlock hob den Kopf. Dann sprang er von meinem Schoß und schlüpfte durch die halb geöffnete Balkontür ins Innere des Hauses.

„Was für ein Morgen", seufzte Allgaier. „Bisher dachte ich immer, ein Hai sei ein Monster. Aber im Vergleich zu den Tierchen, die sich in einem Weiher aufhalten, kann der echt einpacken. Die haben das Gesicht und den halben Rumpf bis zur Unkenntlichkeit zerfressen."

„Dann muss die Leiche doch schon sehr lange im Wasser gelegen haben, oder?", fragte ich.

„Das ist ja das Merkwürdige", erwiderte er. „Anscheinend nicht. Erste Gewebeproben deuten darauf hin, dass die Leiche nicht länger als ein oder zwei Wochen alt sein kann."

„Was?" Irene klang alarmiert. „Wie ist das möglich?"

„Das wissen wir noch nicht." Allgaier massierte sich mit dem Daumen und Zeigefinger der rechten Hand die

Nasenwurzel. „Aber die Leiche weist teils punktartige Verfärbungen auf, die nicht wie normale Leichenflecke aussehen. Die Rechtsmedizin wird das hoffentlich bald klären können."

Allgaier schloss die Augen und hielt sein Gesicht in die Sonne. Eine leichte Brise wehte herauf. Der Hauptkommissar wirkte erschöpft. Zum ersten Mal sah ich den Menschen unter der Maske des Beamten durchscheinen.

Irene schenkte ihm ein Glas Wasser ein.

„Ich meine", sagte Allgaier nachdenklich. „Wir wissen es doch eigentlich alle. Warum ist es dann jedes Mal wieder so ein Schock? Am Ende sind wir nicht mehr als ein Haufen Fischfutter."

„Trink erst mal was." Irene schob ihm das Glas hin.

Nachdem er getrunken hatte, fragte sie: „Kannst du schon was zur Todesursache sagen?"

„Der Schädelknochen ist vorne links zertrümmert." Allgaier deutete auf seine Schläfe. „Das weist darauf hin, dass unser Opfer einen Schlag auf die linke vordere Kopfhälfte erhielt, direkt über dem Auge. Unklar ist noch, ob das Opfer durch den Schlag selbst ins Wasser gefallen ist oder erst nachträglich hineingelegt wurde." Er sah auf seine Hände, als er hinzufügte: „Bei der Tatwaffe muss es sich um einen Gegenstand aus hartem Material handeln, mit dem man eine hohe Schlagwucht erzielen kann."

„Ein Golfschläger?", fragte ich.

„Ich gehe davon aus." Allgaier nickte. „Da hat dann jemand zum letzten Schlag ausgeholt."

Wir schwiegen.

„Wäre nicht auch ein Ball denkbar?", fragte ich

schließlich. „Auch Golfbälle sind ja Geschosse. Dann wäre es vielleicht doch ein Unfall gewesen, wie er leider immer wieder auf dem Golfplatz passiert."

Allgaier sah mich an. „Gegen die Unfalltheorie spricht, dass derjenige, der geschlagen hat, einfach abgehauen ist. Und dass der Mann vermutlich doch erst nachträglich ins Wasser gelegt worden ist."

„Der Mann?", hakte Irene nach. „Dann konntet ihr das Geschlecht also bereits identifizieren?"

Allgaier schüttelte den Kopf. „Alles deutet auf ein männliches Geschlecht hin. Doch sicher ist das noch nicht. Wie gesagt, diese Biester haben ganze Arbeit geleistet. Auch das wird die Rechtsmedizin aber relativ schnell klären können." Er atmete tief ein. „Anfangs hofften wir, dass wir wenigstens noch einen Fingerabdruck aus dem aufgeschwemmten Haufen kriegen. Doch auch diese Hoffnung hat sich zerschlagen. Die Kuppen der Zeigefinger waren ebenfalls abgenagt."

„Merkwürdig", sagte Irene. „Die inneren Organe und Weichteile sind sicher ein Leckerbissen. Aber Finger? Da sind doch Fingernägel dran und nur wenig Fleisch. Das sieht so aus, als hätte jemand die Identität der Leiche mit Absicht verschleiern wollen."

„Das war auch mein erster Gedanke", stimmte Allgaier zu. „Doch letztlich ergibt es keinen Sinn. In Zeiten der DNS-Analyse sind wir nicht mehr auf Fingerabdrücke und Gesichter angewiesen. Für die heutige Wissenschaft ist das alles kein Problem. Gewebe und Knochen haben wir ja genug. Meine Leute haben bereits mit der DNS-Analyse begonnen."

„Dafür braucht ihr aber Vergleichsmaterial", wandte

Irene ein. „Gibt es denn schon einen konkreten Verdacht?"

Allgaier senkte den Blick, als er sagte: „Wir haben eine DNS-Probe aus Konrad Seifrieds Zimmer sichergestellt, um einen Abgleich vorzunehmen. Zur Sicherheit werden wir auch eine Speichelprobe seiner Eltern nehmen."

„Du denkst also auch an Konrad?", fragte Irene.

Allgaier seufzte. „Ich kann das leider nicht ausschließen", sagte er. „Johannes will es zwar nicht wahrhaben, aber für mich sind die Fakten erdrückend."

„Was ist mit einem Gebissabgleich?", fragte ich.

„Da sind wir dran", erwiderte Allgaier. „In den letzten zehn Jahren sind leider keine Röntgenbilder gemacht worden. Ich hoffe, da finden sich noch ältere Aufnahmen." Er blickte auf seine Uhr. „Ich schicke aber gleich jemand nach Friedrichshafen raus zu Konrads Eltern. Die beiden sind natürlich äußerst beunruhigt. Vor allem Frau Seifried. Sie war sofort bereit, eine Speichelprobe abzugeben. Dann können die vom Labor heute Abend gleich loslegen." An mich gewandt fuhr er fort: „Frau Seifried hat übrigens nach Ihnen gefragt."

Ich hatte ihren Anruf bereits auf dem Display gesehen, doch bisher nicht den Mut gehabt, zurückzurufen.

„Dann werde ich mal", sagte ich schweren Herzens und erhob mich.

„Ach, Hector." Allgaier sah mich an. Sein Blick traf mich mit unerwarteter Wucht. „Ich schätze es sehr, dass Sie der Familie in dieser Situation beistehen. Doch solange wir nicht wissen, welches Verbrechen hinter diesem Leichnam steht, sollten Sie nichts auf eigene

Faust unternehmen. Ich möchte nicht, dass wir noch ein zweites Opfer zu beklagen haben."

Ich wollte etwas erwidern, beließ es aber bei einem Nicken.

„Und ich weiß nicht", fuhr er fort, „ob ich das Ihnen gegenüber extra erwähnen muss. Aber auch Sie dürfen das Land und die Gegend vorläufig nicht verlassen."

„Das habe ich nicht vor", sagte ich und blickte auf den See hinaus. Die weißen Segelboote zogen lautlos dahin. „Ich werde den ganzen Sommer auf Greenfield Hall bleiben."

„Natürlich ziehe ich Sie nicht ernsthaft als Mörder in Betracht", meinte Allgaier. „Sie sind ja erst gestern mit dem Zug aus Berlin angereist. Meine Männer haben das übrigens bereits überprüft."

Ich nickte ohne ihn anzusehen.

„Mir fiel aber noch etwas auf", fügte Allgaier hinzu. „Ihr Personalausweis wurde am 9. Juni in Ravensburg verlängert. Sie waren also schon vorher im Ländle?"

Etwas in mir versteinerte. Ich nickte nur knapp. Dann zwang ich mich zu einer Erklärung: „Mein Ausweis war abgelaufen. Weil ich mich aber nie umgemeldet habe, musste ich extra runterfahren. Deshalb war ich hier, aber nur kurz."

„Und Sie konnten nicht warten, bis Sie ohnehin anreisten?"

„Nein. Ich musste den Ausweis zur Prüfung vorlegen."

„Verstehe", sagte Allgaier. „Und ich hoffe, Sie haben mich verstanden."

Sein heller, neugieriger Blick erschien mir plötzlich eine Spur distanzierter. Irene begleitete mich zur Tür und legte ihre Hand auf meinen Arm, als sie sagte: „Ärgere dich nicht. Hubert will dir nur zeigen, dass ein guter Ermittler niemandem trauen kann. Nicht einmal sich selbst."

„Und du?", fragte ich leise. „Siehst du das auch so?"

Irene sah mich lange an. „Nein", antwortete sie schließlich. „Ich vertraue dir." Nach einem kurzen Moment fügte sie hinzu: „Und bisher habe ich mich noch nie in einem Menschen getäuscht."

8. Kapitel

Erstarrte Liebe

Irene hatte mich kurzzeitig den Schrecken vergessen lassen, welcher von der verwesenden Leiche im Wasser ausging. Es war, als hätte sie eine Tür geöffnet, die ins Freie führte. Für einen Moment hatte ich geglaubt, die Angst vor dem Tod hinter mir lassen zu können.

Doch das konnte ich nicht.

Es war eine Illusion gewesen. Das wurde mir schmerzlich bewusst, als ich mich auf den Weg zu Susanne und Thomas nach Friedrichshafen machte. Langsam fuhr ich über die Bundesstraße. Rechts zog die Basilika Birnau vorüber. Der stolze Barockbau erhob sich inmitten von grünen Weinbergen. Die rosarote Fassade strahlte vor dem blau glitzernden Bodensee. Es war ein schönes Bild, doch die Schönheit berührte mich nicht.

In Friedrichshafen lenkte ich den Wagen in ein älteres Wohngebiet. Mit jeder Minute, in der ich mich dem Haus näherte, in dem ich meine Kindheit verbracht hatte, nahm die Beklemmung zu. Die meisten Häuser waren in den 60er und 70er Jahren des vergangenen Jahrhunderts erbaut worden, sie hatten Satteldächer, Doppelgaragen, eine Einliegerwohnung und gepflegte Vorgärten. Früher hatten hier überall Familien mit zwei oder drei Kindern gelebt, die Straßen waren noch Spielplätze gewesen, auf denen wir Völkerball oder Fußball gespielt hatten. Heute waren die Häuser viel zu groß für die Rentnerpaare und Witwen, die noch darin lebten, und die Straßen waren leer.

Ich parkte den Wagen am Gehsteig und stieg aus. Vor der Doppelgarage stand Thomas' neues Mercedes Cabriolet, von dem er mir erzählt hatte. Der Lack war makellos poliert. Seitlich ging der Eingang zur Einliegerwohnung ab, in der ich mit meiner Mutter gewohnt hatte. Seit sie vor fünf Jahren an Krebs gestorben war, war ich nicht mehr hier gewesen.

Ich klingelte. Die Glocke hallte im Flur wider. Es war noch dasselbe Ding-Dong wie damals. Susanne öffnete die Tür und bedankte sich, dass ich so schnell gekommen war. Es war ein warmer Sommertag mit fast dreißig Grad, aber sie hatte sich in eine Strickjacke eingewickelt wie in einen Kokon. Auch ihr Gesicht war ausdruckslos wie das einer Raupe.

„Wie war die Feier gestern Abend?“, fragte sie abwesend und zog die Jacke enger um sich.

„Ach du, wie immer“, erwiderte ich.

Susanne und Thomas waren nicht zu Annabells Geburtstag erschienen, da Thomas kein Risiko hatte eingehen wollen; wegen Corona, hatte er gesagt. Doch der wahre Grund für Thomas' Ablehnung gegenüber Johannes und Annabell lag vermutlich tiefer. Es hatte ihm nie gepasst, dass Conny so oft auf Greenfield Hall draußen gewesen war.

Ich folgte Susanne ins Wohnzimmer. Die Möbel standen noch da wie damals. Meine Mutter hatte die dunklen Holzschränke und Regale jeden zweiten Tag abgestaubt. Die Sitzmöbel gruppierten sich um einen Fernseher, der das Zentrum des Raums bildete. Auch der Geruch war noch derselbe. Nichts hatte sich verändert und doch war alles anders geworden, seitdem das Leben aus diesem Haus gewichen war.

Zwischen den Sesseln stand ein einfacher Holzstuhl. Susanne setzte sich vorne auf die Stuhlkante und presste die Oberarme eng an ihren Brustkorb, während sie sprach. Sie redete über Connys neue Frisur, über meine Mutter und über das Wetter, doch mit keinem Satz darüber, worum es wirklich ging.

„Wann hast du Conny zuletzt gesehen?", fragte ich schließlich.

„Sonntag vor zwei Wochen", erklärte sie. „Aber nur kurz. Er ist gleich wieder los. Zu der Taufe."

„Am 5. Juni?"

Sie nickte.

„Was wollte er?"

„Dir kann ich es ja sagen." Sie blickte sich um. „Er meinte, er wolle verreisen. Er hat mich nach seinem alten Sparbuch gefragt."

„Verreisen? Wohin?"

„Das weiß ich nicht." Wieder blickte sie sich um. „Thomas darf aber nichts davon erfahren."

Ich nickte. Schon früher hatte Susanne mit uns Kindern Geheimnisse geteilt, von denen Thomas nichts wissen durfte.

„Und seitdem?", fragte ich wieder. „Hat Conny sich nochmal gemeldet?"

„Nein." Sie sah mich ängstlich an. „Und bei dir?"

„Auch nicht."

Ein Klingeln erlöste uns aus der Starre. Susanne

erhob sich, ging zur Tür und kurz darauf hörte ich eine männliche Stimme, die sich als Doktor Tanner vorstellte. Wenig später betrat er das Wohnzimmer. Als er mich erblickte, wiederholte er seinen Namen und fügte hinzu: „Ich komme wegen der DNS-Probe. Im Auftrag vom Labor. Von der Kripo."

„Hauptkommissar Allgaier hat Sie bereits angekündigt", sagte ich und stellte mich vor.

„Ah, Sie sind der junge Kollege aus Berlin", erwiderte er und nickte mir freundlich zu.

Tanner war ein langer, hagerer Mann in seinen Fünfzigern. Er sah aus wie früher die Jungs ausgesehen hatten, die sich lieber mit Physik und Chemie beschäftigt hatten als raus zum Kicken zu gehen. Sein Gesicht wirkte aufgeräumt. Alles an ihm verriet, dass dieser Mann in seinem Leben von großen Gefühlsregungen verschont geblieben war.

„Brauchen Sie Blut?" Susanne hatte sich wieder auf den Stuhl gesetzt und sah sich verloren um.

„Nein, nein", erwiderte Tanner verlegen. „Speichel genügt. Bleiben Sie einfach sitzen und öffnen Sie den Mund."

Susanne nickte.

Tanner nahm ein Röhrchen aus seinem Koffer, zog sich Handschuhe über und näherte sich mit einem Wattestäbchen Susannes Mund, den sie angestrengt offenhielt.

„Als Ausgangsmaterial für ein DNS-Profil genügt ein wenig Speichel", erklärte er, während er unbeholfen in ihrer Mundhöhle herumstocherte. Die Nähe schien ihm unangenehm. „Wir brauchen halt Zellen, die einen

Zellkern haben. Natürlich gehen Blutzellen und andere Körperzellen auch."

„Einen Zellkern?", fragte Susanne, nachdem er sein Stäbchen wieder aus ihrem Mund genommen hatte.

„Der Zellkern enthält die DNS", fuhr er fort, während er das Wattestäbchen zurück in das Röhrchen steckte. „Die DNS ist sozusagen der individuelle Bauplan eines Menschen. Das ist wie ein Fingerabdruck. Er ist vollkommen einzigartig. So einzigartig wie jeder Mensch."

Susannes Gesicht nahm bei diesen Worten einen schmerzlichen Zug an, so als erinnerte sie sich an etwas Schönes, das man ihr vorenthalten hatte.

„Bei der Analyse der DNS konzentrieren wir uns auf sechzehn Merkmale, die einheitlich festgelegt sind", dozierte Tanner, während er das Röhrchen mit einem Aufkleber versah. „Die Auswertung der Merkmale erfolgt in einer grafischen Darstellung, die in eine Zahlenkombination umgewandelt wird. Diesen Code bekommen dann die Ermittler. Mit so einem Code kann jeder Mensch zweifelsfrei identifiziert werden."

„Insofern ein Vergleichscode existiert", ergänzte ich.

„Das ist richtig." Tanner nickte und steckte das Röhrchen in einen Behälter. „Deshalb wäre eine zentrale Datenbank so wichtig, in welcher der Code eines jeden Menschen gespeichert ist. Aber das ist Zukunftsmusik. Noch müssen wir in Fällen wie diesen einen Abgleich mit den Familienangehörigen vornehmen, die genetisch verwandt sind. An der Zahlenkombination lässt sich die Verwandtschaft ablesen." Er verstaute den Behälter in seinem Koffer, räusperte sich und fragte: „Ist Ihr Mann auch da?"

„Thomas?"

Tanner warf einen flüchtigen Blick in seine Unterlagen und sagte: „Thomas Seifried, ja."

„Sie haben doch meine Probe", sagte Susanne. „Reicht das nicht?"

„Im Prinzip würde Ihre DNS genügen", erwiderte Tanner und blätterte durch seine Unterlagen. „Aber manchmal geht was schief im Labor. Dann hätten wir über die DNS Ihres Mannes noch einen weiteren Vergleichsposten." Er kratzte sich am Kopf. „Es steht hier halt so. Hauptkommissar Allgaier hat beides angekreuzt. Ich tue nur meine Pflicht."

„Das verstehe ich." Sie drehte ihre Handgelenke, bis sie knackten und meinte: „Thomas ist nur leider nicht zu Hause. Das tut mir leid."

„Aber sein Mercedes steht doch in der Einfahrt", wunderte ich mich.

Susanne schüttelte den Kopf. „Das kann nicht sein."

Tanner trat unschlüssig auf der Stelle.

„Ich denke, das können wir ganz schnell klären", sagte ich, zog mein Handy heraus und rief Thomas an. Tatsächlich saß er unten in seinem Büro. Nachdem ich ihm erklärt hatte, was los war, kam er sofort herauf.

„Ach, da bist du ja", sagte Susanne erschrocken, als Thomas zur Tür hereinkam. „Ich dachte, du …"

„Warum hast du mich nicht geholt?", fuhr er sie an.

„Aber ich wusste ja nicht, dass du …. ich dachte …"

Er marschierte durch den Raum und reichte Tanner die Hand. Dann klopfte er mir auf die Schultern und sagte: „Na, mein Junge. Gratulation übrigens noch. Alles mit Auszeichnung, ich habe das nicht anders erwartet!"

Thomas war ein stämmiger Mann mit einem Bauchansatz. Er hatte nur noch wenige Haare auf dem Kopf, ein freundliches Gesicht mit einer Stupsnase und Hände wie Schaufeln, mit denen er sich beim Gehen vorwärtsbewegte wie durch eine unsichtbare Gegenströmung.

Tanner zog ein zweites Set aus seinem Koffer. „Ich will Sie wirklich nicht lange aufhalten, Herr Seifried“, sagte er. „Sie haben doch nichts dagegen, wenn wir auch Ihre Speichelprobe nehmen? Sie könnten natürlich Widerspruch einlegen, wenn Sie nicht wollen, dass …“

„Warum soll ich nicht wollen?“, donnerte Thomas plötzlich los und schlug mit der Faust auf den Tisch.

Tanner zuckte zusammen.

Susanne blickte zu Boden.

Thomas ungesunde Röte verriet seine Neigung zum Jähzorn. Während er sich in Rage redete, schwoll eine Ader an seinem Hals an: „Der Junge sieht mir zwar nicht ähnlich, wenn Sie das meinen, er ist mehr nach der Familie meiner Frau geschlagen, eine richtige Zigeunerfamilie, wenn Sie mich fragen, aber Konrad ist dennoch mein Junge!“ Er sah Tanner herausfordern an: „Haben Sie Kinder? Nein? Tja! Sie können sich nicht immer aussuchen, was Sie bekommen, da müssen Sie nehmen, was kommt.“

Tanner blickte betreten zur Seite.

Susannes Handgelenke knackten. Sie saß eingekeilt zwischen den dunklen Möbeln auf ihrem Stuhl.

„Irgendwann hat es ja mal so kommen müssen“, polterte Thomas weiter. „Der Junge war von Anfang nicht richtig in der Spur. Ich hätte die Zügel nicht so schleifen lassen dürfen. Wenn du mich hättest härter zugreifen lassen“, sagte er mit vorwurfsvollem Blick in Richtung Susanne, „wäre das nicht passiert!“

Tanner fühlte sich sichtlich unwohl.

„Schuldzuweisungen bringen jetzt niemandem etwas, Herr Seifried", sagte er schließlich und schenkte mir einen Blick, aus dem Entsetzen und Mitleid zugleich sprachen.

Auch ich hielt es nicht länger aus und verabschiedete mich zusammen mit Tanner. Im Auto blieb ich regungslos sitzen. Susanne schien nicht gewollt zu haben, dass Thomas ebenfalls seine DNS abgab. In Berlin hatten wir einmal in einem Fall ermittelt, bei dem sich die Ehefrau ähnlich verhalten hatte. Am Ende hatte sich herausgestellt, dass ihr Kind ein Kuckuckskind gewesen war. Dieses Geheimnis zu bewahren war ihr wichtiger gewesen als das Verbrechen aufzuklären. Bei Susanne hielt ich diese mögliche Erklärung jedoch für unwahrscheinlich. Sie war eine ängstliche Frau, die sich in Anwesenheit von fremden Männern schon immer unwohl gefühlt hatte. Niemals hätte sie sich mit einem anderen Mann eingelassen. Oder täuschte ich mich? Nachdenklich starrte ich auf die Hecke, die das Grundstück wie eine Mauer umschloss.

9. Kapitel

Künstler und Kriminelle

Joana lag auf dem Sofa und gähnte.

Auch meine Augenlider waren schwer.

Johannes und Annabell saßen sich an dem Tisch mit dem Schachbrett gegenüber, ohne zu spielen.

Das Baby schlief in der Wiege.

Es war Sonntagabend, und wir hatten uns wieder im Herrenzimmer von Greenfield Hall eingefunden. Im Kamin brannte ein Feuer. Es wäre beinahe gemütlich gewesen, wenn zwischen uns nicht ein ungebetener Gast herumgeschlichen wäre. Es war die Ungewissheit, die zwischen den Säulen lauerte. Wir hatten alle Angst vor der Nacht, in der wir uns alleine mit diesem Ungeheuer ins Bett legen mussten.

Keiner sagte etwas.

Niemand hatte Worte für das, was gerade geschah. Auch ich nicht. Erst heute, sechs Monate später, finde ich langsam eine Sprache, um das zu beschreiben, was damals noch dumpf und verworren gewesen war.

Ich musste in dem Sessel neben dem Kamin eingenickt sein, denn ich schreckte auf, als ich das Klingeln eines Telefons vernahm. Instinktiv tastete ich nach meinem Handy, doch dann merkte ich, dass es

Johannes' Telefon gewesen war, das geklingelt hatte. Einen Moment blickte er prüfend auf das Display, dann nahm er das Gespräch entgegen und sagte: „Okay, verstehe." Und dann: „Ja, sie ist hier. Ja, das Baby auch." Und dann: „Klar, komm noch vorbei. An Schlaf ist jetzt ohnehin nicht zu denken."

„Das war Alfie", sagte Johannes, nachdem er aufgelegt hatte. „Er kommt noch vorbei." An seine Tochter gewandt fragte er: „Hast du dein Handy ausgeschaltet?"

Joana starrte an die Decke.

An diesem Abend war das Abendessen ausgefallen. Niemand hatte Appetit gehabt. Auf dem Nebentisch standen ein paar Getränke und Snacks bereit. Als ich aufstand, um mir ein Wasser zu holen, kam ich an der Wiege vorüber. Ich blickte hinein. Das Baby lag auf dem Rücken, es hatte die Augen geschlossen, sein Brustkorb hob und senkte sich. Noah war ein hübsches Baby mit dunklen, wuscheligen Haaren. Sein kleiner Mund schmatzte im Schlaf. Plötzlich breitete sich ein Lächeln darauf aus. Ich beneidete das Baby um seine Unwissenheit. Zugleich tat mir der kleine Noah leid, wenn ich daran dachte, was ihm alles noch bevorstand. Nach allem, was ich an diesem Tag über Alfie gehört hatte, sah ich einer Begegnung mit ihm mit gemischten Gefühlen entgegen.

Zwanzig Minuten später betrat ein Mann mit Anzug und Krawatte das Herrenzimmer. Er war Mitte Vierzig und hatte helles, rötliches Haar, das er in die Stirn gekämmt und mit Haarspray fixiert hatte, um den Ansatz einer Glatze zu kaschieren. Sein Auftreten wirkte wie immer souverän, auch wenn sein Gang, der stets etwas zurückzuhalten schien, Misstrauen und Argwohn verriet.

„Das ist ja furchtbar", sagte er zur Begrüßung und ging zu Joana hinüber. Er setzte sich zu ihr auf Sofa und legte seine Hand auf ihre. Ich glaubte, Joana versteinerte unter der Berührung, doch sicher war ich mir nicht, denn sie richtete sich auf und lächelte ihren Mann an.

„Wie geht es dir, Liebling?", fragte er.

„Okay." Joana gähnte. „Ich bin nur todmüde. Aber hast du denn schon etwas gegessen? Möchtest du etwas trinken?" Sie deutete zum Büfett hinüber. „Bediene dich einfach selbst."

Alfie nahm sich eine Flasche Bier aus dem Eiskübel und eine Brezel aus dem Korb. „Ich kann nur hoffen, dass es sich nicht um Conny handelt", sagte er, nachdem er gierig den ersten Schluck genommen hatte. „Wann haben wir Gewissheit?"

„Im Laufe des morgigen Tages", antwortete Johannes. „Die DNS-Auswertung läuft über Nacht."

Erst jetzt schien Alfie mich zu bemerken. „Und was machst du hier?", fragte er kauend.

„Du kennst doch Hector", antwortete Johannes für mich.

Alfie kniff die Augen zusammen, als müsse er nachdenken.

„Hector ist ein langjähriger Freund unserer Familie", fügte Johannes erklärend hinzu. „Er fängt bald beim Bundeskriminalamt an." Er nickte mir zu: „Hector ist uns heute eine große Stütze gewesen."

„So was hört man gern." Alfie nahm noch einen Bissen, kaute und spülte alles mit Bier hinunter. „Du bist doch der Sohn von der früheren Haushälterin der Seifrieds?"

„Genau", sagte ich und versuchte zu lächeln. „Und wo warst du heute den ganzen Tag?"

„Ah, wird das ein Verhör", entgegnete er ironisch.

Langsam stand ich auf und trat neben ihn. Ich war einen Kopf größer als Alfie. Die letzten Jahre hatte ich täglich im Fitnesscenter trainiert, ich hatte geboxt und Kampfsport gemacht. Mein Körper war muskulös und geschmeidig.

„Also wenn du es genau wissen willst", sagte er und wich zurück, „ich habe gearbeitet." Dann setzte er sich zu Joana aufs Sofa, lockerte seine Schultern und fügte hinzu: „Ich war bei Kunden in Österreich. Viele meiner Kunden haben nur am Sonntag Zeit – da richte ich mich natürlich nach ihnen."

„Verstehe." Ich trank einen Schluck Wasser. „Du bist ja ein erfolgreicher Unternehmensberater."

Er ignorierte meine Bemerkung und wandte sich wieder an Johannes: „Sag mal, wer führt eigentlich die Ermittlungen?"

„Hauptkommissar Allgaier."

„Allgaier." Er überlegte und griff nach der Flasche. „Du kennst ihn, oder?"

Johannes nickte. „Ich vertraue ihm zu hundert Prozent."

„Gut." Alfie trank. „Dann hat dieser Allgaier hoffentlich schon etwas unternommen wegen Lennox?"

Johannes schüttelte den Kopf.

„Warum nicht?" Alfie wurde ungehalten. „Wir wissen ja wohl alle, dass er es war. Wer soll es denn sonst gewesen sein?"

Johannes sah ihn nachdenklich an. „Beruhige dich.

Zuerst muss klar sein, wer das Opfer ist. Dann können wir zum Täter übergehen."

Alfie drehte die Flasche in seiner Hand.

„Lennox", sagte ich. „Den Namen habe ich jetzt schon öfter gehört. Was ist da eigentlich genau vorgefallen zwischen ihm und Conny?"

Annabell erhob sich so abrupt, dass sie eine Schachfigur vom Brett riss, die laut auf den Steinfußboden knallte. Es war ein Bauer. „Tut mir leid", sagte sie. „Aber ich muss ins Bett. Ich hätte dieses Beruhigungsmittel nicht nehmen sollen. Es fühlt sich schrecklich an."

„Leg dich hin, meine Liebe", sagte Johannes. „Ich komme bald nach. Versuch schon mal zu schlafen."

Sie nickte. Im Vorübergehen streifte sie seine Schulter mit ihrer schmalen Hand, die er kurz drückte.

Nachdem sie den Raum verlassen hatte, kam Johannes auf meine Frage zurück: „Lennox Kleinert kam Mitte Mai als Stipendiat zu uns. Er hat mal Medizin studiert, interessiert sich mittlerweile aber mehr für die künstlerische Seite der Anatomie. Lennox hat durchaus Talent, doch leider ist er leicht kränkbar und schnell aufbrausend."

„Er hat nicht Medizin studiert, sondern das Studium abgebrochen!", erwiderte Alfie schroff. „Und er macht Fotos von präparierten Leichen! So wie dieser Präparator, wie heißt er noch mal … Gunther von Irgendwas. Ich meine, das ist doch geschmacklos! Außerdem: Fotos bearbeiten kann doch heutzutage jeder! Und so was schimpft sich Künstler! Der schlich hier immer rum wie ein hungriger Wolf." Er trank sein Bier in großen Zügen. „Lennox hat mich beklaut! Hundert Euro hat er mir aus dem Portmonee genommen, ich bin mir ganz sicher. Und dann hat er Joana angemacht. Als die nicht ansprang, hat er sich an Tamara rangeschmissen. Ein wirklich armseliger Typ!" Er tastete nach seinen Haaren. „Der ist gewalttätig! Im Suff hat er Conny mal beinahe das Gesicht zerschnitten." Er nahm Joanas Hand, als er hinzufügte: „Mir hat Conny gesagt, dass er sich von Anfang an vor Lennox gefürchtet hat."

„Es war ein Fehler, Lennox einzuladen", gab Johannes zu und starrte in den Kamin. „Er tat mir halt leid. Lennox kommt von ganz unten, er hat es nicht einfach in unserer Gesellschaft, die ..."

„Die Gesellschaft, die Gesellschaft", polterte Alfie. „Ich kann das nicht mehr hören. Das sind doch alles nur Ausreden, um sich vor der Arbeit zu drücken! Die wissen doch gar nicht, was echte Arbeit bedeutet! Und dann bilden sich diese sogenannten Künstler auch noch ein, etwas Besseres zu sein. Ich verstehe dich wirklich nicht, Johannes, warum du so etwas noch förderst. Was ist der Dank? Am Ende wirst du beklaut und beschimpft! Oder umgebracht. Hoffen wir nur, dass Conny noch lebt."

In diesem Moment betrat Emily das Herrenzimmer. Sie war erst vor drei Monaten als Kindermädchen für Joana eingestellt worden. Da Joana das Baby aber nur ungern aus der Hand gab, hatte sie inzwischen auch noch andere Pflichten auf Greenfield Hall übernommen.

„Die Hofmeisterin meint, ich soll fragen, ob jemand noch was braucht", sagte sie.

Emily war Ende zwanzig und eine attraktive junge Frau. Sie hatte einen goldenen Teint, lange schwarze Haare und bewegte sich so geschmeidig, als hätte sie keine Knochen. Selbstbewusst reckte sie den Kopf in die Höhe, während sie uns der Reihe nach ansah.

„Nimm bitte die leeren Flaschen mit raus", sagte Johannes, „dann kannst du zu Bett gehen. Joana braucht dich heute nicht mehr."

Emily nickte. Sie streichelte dem Baby über das Köpfchen, als sie an der Wiege vorüberkam, und wünschte Joana eine gute Nacht. Dann sammelte sie die Flaschen ein und verließ das Zimmer.

Alfie blickte ihr nach, während er die Bierflasche an seine Lippen setzte und in großen Schlucken trank.

Joana erhob sich abrupt. Sie nahm das schlafende Baby aus der Wiege, hielt es zärtlich im Arm und sagte leise: „Ich bringe den kleinen Liebling mal hoch in sein Bettchen." An Alfie gewandt fügte sie hinzu: „Ich werde mit dem Baby heute Nacht hierbleiben, das ist das Einfachste. Es ist ja schon spät. Und Mama braucht mich jetzt."

Alfie nickte knapp.

Nachdem sie die Tür hinter sich geschlossen hatte, wandte ich mich wieder an Johannes. „Wenn ich Alfie richtig verstanden habe", sagte ich, ohne Alfie anzublicken, „dann wollte er andeuten, dass Lennox selbst vor einem Mord nicht zurückgeschreckt. Siehst du das auch so?"

Johannes zündete sich eine Zigarre an.

„Ich weiß es nicht", sagte er schließlich. „Lennox scheint einfach abgereist zu sein, obwohl sein Stipendium noch bis Ende Juni läuft. Das ist in der Tat seltsam."

Er öffnete den Mund und stieß weiße Kringel aus.

„Glaubst du etwa, dass Lennox der Tote im See ist?", fragte ich.

Johannes nickte. Dann schüttelte er den Kopf. „Ich weiß es einfach nicht", sagte er und blickte den Kringeln nach, bis sie sich auflösten.

„Lennox ist nicht tot", sagte Alfie im Brustton der Überzeugung. „Er ist auch nicht abgereist. Ich habe ihn doch im Wald gesehen, er spielt dort offenbar Survivalcamp."

„Im Wald? Wann?" Johannes starrte auf das feuchte Mundstück seiner Zigarre.

„Erst vor einer guten Woche", entgegnete Alfie. „Samstagmorgen."

„Und du bist dir sicher, dass es Lennox war?"

„Diese Visage erkenne ich unter Tausenden." Er trank. Mittlerweile war er bei der zweiten Flasche. „Ich war letzten Samstag auf der Jagd. Ich saß auf dem Hochsitz. Durchs Fernglas erkannte ich Lennox. Ich habe mir nichts dabei gedacht. Es ist ja nicht verboten, sich im Wald herumzutreiben. Da wusste ich auch noch nicht, dass es einen Mord geben würde." Er trank das Bier in einem Zug leer.

Johannes rauchte.

„Also für mich ist Lennox dringend tatverdächtig", fuhr Alfie fort. „Du solltest Allgaier umgehend informieren, Johannes. Vielleicht streift dieser Wahnsinnige immer noch durch die Wälder. Dann ist es nur eine Frage der Zeit, bis er wieder zuschlägt."

Ich wollte etwas sagen, doch Alfie fuhr mir über den Mund: „Joana darf auf keinen Fall mehr alleine spazieren gehen!", rief er laut. „Am Ende vergewaltigt er sie noch."

„Du machst mir Angst." Plötzlich stand Joana wieder im Raum. Sie trug jetzt ein langes, altmodisches

Nachthemd mit Rüschen, ging zum Büfett und nahm sich ebenfalls ein Bier.

„Wir sollten jetzt alle Ruhe bewahren", ermahnte Johannes. „Die Polizei hat das Gelände weitläufig abgesperrt. Sie kämmen die ganze Gegend durch. Bei so viel Polizeiaufgebot wird sich der Mörder hier nicht mehr blicken lassen."

„Dein Vertrauen in die Polizei ehrt dich." Alfie streifte mich mit einem verächtlichen Blick und meinte: „Doch hundert Beamte, die nur ihre Arbeit tun, können nichts gegen einen Verrückten ausrichten, in dem der Hass brennt."

„Immer sprichst du von Hass." Joana sah ihren Mann sanft an, als sie hinzufügte: „Nie von Liebe."

„Aber mein Engel", erwiderte er. „Du weißt doch, dass ich dich liebe."

Lächelnd schmiegte sie sich an ihn.

Ich beobachtete die beiden. Mit ihren aufgelösten Haaren und dem altmodischen Nachthemd kam Joana mir plötzlich vor wie die Hauptdarstellerin aus einer romantischen Komödie, die ihr Publikum mit einer überraschenden Wendung entzückte. Ich war mir ziemlich sicher, dass Joana anfangs aufgrund der Erwartung ihres Umfelds nur so getan hatte, als liebte sie Alfie und die für sie vorgesehene Rolle als Ehefrau und Mutter – doch mittlerweile schien sie sich tatsächlich in beide verliebt zu haben.

Joana kam mir zufriedener vor denn je.

Ich wünschte allen eine gute Nacht und machte mich auf den Weg in mein Zimmer. Es befand sich hinter dem Küchentrakt im Seitenflügel, wo auch die Zimmer der Dienstboten lagen. Als ich an der Küche vorüberkam, stand die Tür offen. Serafina war noch dabei, den Geschirrspüler auszuräumen.

„Gute Nacht", sagte ich und fragte, ob ich noch eine Flasche Wasser mitnehmen könnte.

„Natürlich." Serafina nickte und deutete zum Lieferanteneingang hinaus, wo die Wasser- und Bierkästen standen. „Nimm dir einfach, was du brauchst."

Draußen bemerkte ich zwei Frauen, die an der Wand lehnten und rauchten. Es war das Kindermädchen Emily und ein junges Mädchen.

„Habt ihr für mich auch eine?", fragte ich.

Emily hielt mir wortlos ihr Päckchen hin. Ich nahm eine Zigarette heraus, zündete sie an und paffte. Das Mädchen hieß Nina. Sie erzählte mir, dass sie auf einen Ausbildungsplatz zur Köchin warte. Solange jobbe sie hier in der Küche.

„Kennt ihr eigentlich Lennox?", fragte ich.

„Ein furchtbarer Typ." Emily verdrehte die Augen. Nina nickte zustimmend.

„Warum?", fragte ich.

„Total hässlich." Emily schnippte ihre Asche auf den Boden. „Echt scary."

Nina nickte wieder.

„Es soll ja Streit zwischen Lennox und Conny gegeben haben", sagte ich.

Emily zuckte mit den Schultern.

„War Alfie letzten Montag eigentlich auch beim Golfen?", fragte ich.

„Sicher nicht." Emily schüttelte den hübschen Kopf. „Der gnädige Herr war zu Hause. Im Büro. Ich weiß das, weil ich den ganzen Morgen die Wäsche gemacht habe."

„Hm." Ich paffte. „Alfie kann Conny ja auch nicht besonders leiden."

„Davon weiß ich nichts." Emily warf den Kopf in den Nacken.

„Conny war wohl ziemlich oft mit Joana zusammen."

„Ja und? Conny war doch schwul, wenn du mich fragst."

Nina kicherte verlegen.

„Schwul?" Ich sah sie überrascht an.

„Schwul, bi, trans, was weiß ich", sie zuckte mit den Achseln. „Auf jeden Fall kein richtiger Mann."

„Was erzählst du da wieder für Geschichten, Emily!" Serafina stand in der Tür. „Rein jetzt mit euch. Wie oft habe ich schon gesagt, dass ihr hier nicht rauchen sollt! Der ganze Qualm zieht doch in die Küche." Sie schüttelte den Kopf. Dann, etwas sanfter, fügte sie hinzu: „Das gilt auch für dich, Hector."

Sichtlich unwillig trat Emily ihre Zigarette aus. Während Serafina mit den beiden die Arbeit für den nächsten Tag besprach, ging ich auf mein Zimmer. Im Bett checkte ich ein letztes Mal mein Handy und sah, dass Irene noch online war.

Joana ist einverstan•en, schrieb ich. *Wir kommen morgen gegen acht.*

Irene hatte mich gebeten, am nächsten Morgen mit Joana bei ihr zum Kaffee vorbeizuschauen.

Sehr gut, antwortete sie prompt. *Wie geht es Annabell?*

Den Umstän•en entsprechen•, schrieb ich.

Un• Johannes?

Okay soweit, tippte ich. *Alfie ist noch gekommen. Er tut sehr besorgt um Conny.*

Sonst schon was Neues?

Nein. Um noch etwas Witziges hinzuzufügen, schrieb ich. *Nur das Kindermädchen meint, Conny sei doch kein richtiger Mann.* Ich untermalte das mit drei Lachsmileys. Doch Irene ging nicht darauf ein.

Interessant, schrieb sie stattdessen. *Das wird ja immer interessanter.*

10. Kapitel

Frauenthemen

Am nächsten Morgen, es war Montag, der 20. Juni, war die Stimmung auf Greenfield Hall angespannt. Hauptkommissar Allgaier hatte das Ergebnis der DNS-Analyse bis zwölf Uhr angekündigt. Johannes erschien mit tiefen Augenringen beim Frühstück. Wortlos reichte er mir eine Zeitung, die auf der ersten Seite getitelt hatte:

> *Die Leiche ohne Gesicht. Auf •em Golfplatz von Greenfiel• Hall, gelegen zwischen Meersburg un• Überlingen am Bo•ensee, wur•e am Sonntagmorgen eine stark verstümmelte Leiche im Wassergraben ent•eckt. Noch ist •ie I•entität •es Opfers unklar …*

Das Klirren eines zu Boden gefallenen Messers ließ mich zusammenzucken. Johannes fuhr Emily an, ob sie denn nicht aufpassen könne. Das war eigentlich nicht seine Art. Gräfin Annabell saß versteinert am Tisch. Sie bekam keinen Bissen hinunter und kein Wort heraus.

Ich war froh, als Joana den Salon betrat. Sie war die Einzige, die selbst in dieser Situation noch heiter wirkte. Ihr Kleid war lang und hatte Rüschen, wie man es im

19. Jahrhundert getragen hatte. Sie habe keinen Hunger, sagte sie, ob wir nicht sofort eine Runde drehen konnten. Zuerst wollte Johannes uns nicht gehen lassen, doch nach einem kurzen Wortwechsel mit seiner Tochter sah er ein, dass er sie und das Baby nicht einsperren konnte.

„Hector begleitet uns doch", sagte sie und sah mich an. „Er wird auf uns aufpassen. Nicht wahr, Herr Kommissar?"

„Das werde ich", antwortete ich ohne jeden Anflug von Ironie.

Johannes fragte mich, ob ich eine Waffe mitnehmen wolle, doch ich erwiderte, das werde nicht notwendig sein.

Gegen halb neun verließen wir Greenfield Hall über den Lieferanteneingang und schlugen den Weg in Richtung der Weinberge ein. In der Sonne kamen mir Joanas Haare, die sie mit einem blauen Band am Hinterkopf zusammengebunden hatte, noch heller und lockiger vor als sonst. Der Kinderwagen war ein altmodisches Modell mit großen Rädern, einem Flechtkorb und einem Stoffdach aus Spitze.

Zwei ältere Frauen kamen uns mit Nordic-Walking-Stöcken entgegen, sie grüßten ehrerbietig und begannen sofort zu tuscheln, nachdem wir vorüber waren.

Zweimal mussten wir anhalten, weil das Baby quengelte. Erst als wir in den Feldweg abbogen, schlief es über dem Geruckel ein. Joana hatte Mühe, den Wagen über den steinigen Weg zu schieben, ließ sich jedoch nicht helfen. Sie erzählte, dass es sich um den Kinderwagen ihrer Großmutter Gräfin Ursula von Freybach handelte, in dem bereits Joanas Mutter Annabell gelegen habe. Natürlich sei dieser Wagen nicht so komfortabel wie ein neues Modell, aber dafür habe er eine Geschichte und sei ein handgefertigtes Unikat.

„Sag mal“, fragte ich unvermittelt. „Emily meinte gestern, Conny sei schwul.“

„Schwul?“ Sie lachte lauf auf. „Für Emily ist doch jeder Mann, der nicht auf sie anspringt, schwul. Was das betrifft, ist sie recht simpel gestrickt.“

Wir traten aus dem Waldstück heraus. Auch an diesem Morgen bot sich ein atemberaubender Ausblick auf den Bodensee, der in seiner ganzen Schönheit vor uns lag. Diesmal glitzerte das Wasser in einem hellen, fast silbernen Grau, vor dem sich das dunkle Profil von Kriegerskopf dunkel abzeichnete.

Irene empfing uns bereits an der Tür. Um ihre schlanke Gestalt flatterte ein langer Morgenmantel, unter dem sie einen Badeanzug trug.

„Joana“, rief sie, „wie schön, dass es geklappt hat.“

Die beiden küssten sich auf die Wange. Zu dritt bugsierten wir den Kinderwagen ins Wohnzimmer. Irene bewunderte das schlafende Baby, von dem nicht mehr zu sehen war als zwei dicke Backen und das dunkle Haar. Sie bemerkte, wie sehr der kleine Noah doch Johannes ähnelte.

„Also wirklich“, sagte sie verzückt, „ganz der Großvater.“

Joana lächelte verlegen.

Draußen war der Tisch bereits gedeckt. Niemand von uns erwähnte den Leichnam, doch Irene legte ihr Handy in Sichtweite. Auch ich schreckte bei jeder Nachricht, die eintraf, alarmiert zusammen.

„Aber jetzt erzähl mal“, sagte Irene an Joana gewandt.

„Bei der Taufe war ja keine Zeit, sich in Ruhe zu unterhalten. Wie lief eigentlich die Geburt?"

„Oh, es war fantastisch", erwiderte Joana. Bei diesem Thema schien sie ganz in ihrem Element zu sein. Langwierig schilderte sie das Einsetzen und den Verlauf ihrer Wehen. Da ich zu diesem Thema nichts beizutragen hatte, trat ich ans Geländer und blickte über den See. Ich hatte gehofft, Irene würde Joana zu dem Fall befragen, doch das Frauenthema langweilte mich. Ich beobachtete eine Möwe, die auf einem Felsvorsprung saß und mich aufmerksam ansah, als beobachtete sie mich.

„Ich bin wirklich sehr dankbar." Mit diesem Satz schloss Joana ihren Bericht, der erwartungsgemäß mit der Geburt des Kindes geendet hatte. „Ich habe mich bei Tamara vollkommen sicher gefühlt. Sie war wunderbar."

„Tamara de Lempicka." Irene nickte. „Ich konnte bei der Taufe nur kurz mit ihr sprechen. Wirklich eine beeindruckende Frau. Und sicher eine außergewöhnliche Hebamme."

Joana nickte. „Sie ist eben nicht nur eine Hebamme. Tamara hat auch als Kinderärztin in der Neonatologie in einem Krankenhaus gearbeitet. Das ist eine ideale Kombination, finde ich. Deshalb ist Tamara natürlich sehr begehrt. Alle wollen sie. Normalerweise ist sie bis zu fünf Monate im Voraus ausgebucht. Sie kann sich ihre Kundinnen echt aussuchen. Ich hatte Glück, dass sie sich so viel Zeit für mich genommen hat. Sie hat mir noch alles gezeigt, vom Stillen bis zum Wickeln."

„Woher kennst du Tamara eigentlich?" Irene griff nach der Kaffeekanne.

„Eine Freundin hat sie mir empfohlen", antwortete

Joana. „Sie hat sehr gute Erfahrungen mit Tamara gemacht.“

„Verstehe“, sagte Irene und fragte: „Möchtest du Kaffee? Oder soll ich dir einen Tee machen?“

„Ach, eine Tasse Kaffee am Tag geht schon, meint Tamara.“

Während Irene allen Kaffee einschenkte und ich mich wieder setzte, fuhr Joana fort: „Mama war zuerst dagegen. Sie wollte, dass ich ins Krankenhaus gehe. Sie fand das Risiko zu hoch. Aber eine Geburt ist ja keine Krankheit. Nachdem Tamara mich untersucht hat und meinte, nichts spräche gegen eine Hausgeburt, hat sie mit meinen Eltern geredet. Ich weiß nicht, wie sie es geschafft hat, doch sie hat sie überzeugt.“

„Und wann ist sie wieder abgereist?“

„Nach der Taufe.“

„Die Taufe war ja am Sonntag.“

„Ja, Sonntag vor zwei Wochen.“

„Und dann ist sie am Montag abgereist?“

„Ich glaube, ja.“ Joana hielt die Tasse in beiden Händen und atmete den aufsteigenden Dampf ein, während sie sagte: „Seit das Baby auf der Welt ist, habe ich jedes Zeitgefühl verloren.“ Sie lächelte. „Tamara will eine eigene Klinik aufmachen und sucht schon lange eine geeignete Immobilie. Jetzt hat sie wohl ein Angebot aus der Schweiz bekommen.“

Ich spürte etwas Weiches an meinen Beinen und blickt hinab.

„Guten Morgen, Sherlock“, sagte ich und streichelte ihm über das Köpfchen.

„Sherlock!“ Joana versuchte, das Tier anzulocken. „Na komm schon, du süßer Kater, Pss, Pss, Pss.“

Doch Sherlock dachte nicht daran, sondern sprang mit einem eleganten Satz auf das Geländer und glitt über die Treppe davon. In diesem Moment begann das Baby im Wohnzimmer leise zu weinen. Nachdem Irene im Innern des Hauses verschwunden war, um nach dem Baby zu schauen, flüsterte Joana mir zu: „Sie scheint sich ja wirklich mächtig für das Geburtenthema zu interessieren. Vielleicht hat sie doch ein Problem damit."

„Womit?" Auch ich flüsterte.

„Soviel ich weiß hat sie selbst keine Kinder. Eine Frau kann doch noch so erfolgreich sein, wenn sie keine Kinder hat, bleibt ihr Leben sinnlos."

Irritiert sah ich sie an.

Joana gegenüber war ich viel zu höflich, um meine wahren Ansichten vorzubringen. Die Sinnfrage unserer Existenz auf die Fortpflanzung zu reduzieren, kam mir einfältig vor. Außerdem gefiel es mir nicht, dass sie versuchte, Irene klein zu machen. Doch ich schwieg. Es brachte nichts, sich mit einer Frau wie Joana auf so ein Gespräch einzulassen. Aus Erfahrung wusste ich, dass sie nicht eher Ruhe geben würde, bis ich bestätigen würde, dass Irene doch nicht so toll sei, wie alle dachten, und dass ihr ungewöhnliches, selbstbestimmtes Leben im Vergleich zu Joanas traditioneller Frauenrolle letztlich minderwertig sei.

„Der Kleine ist sofort wieder eingeschlafen", sagte Irene zufrieden, als sie auf die Terrasse zurückkam. „Aber sag mal, Joana, stimmt es, dass ihr demnächst nach Indien fahren wollt?"

„Nein, wieso?" Joana sah sie überrascht an.

„Alfie hat doch mal in Indien gelebt, oder?"

„Das schon." Sie nickte. „Er hatte geschäftlich dort zu tun. Aber das ist lange her."

Irene setzte sich auf die Brüstung. „Wenn ich mich nicht irre, hat Emily ebenfalls indische Wurzeln."

„Alfie kennt sie aus Delhi, ja", bestätigte Joana. „Sie war damals bei einer Familie, die mit Alfie befreundet war. Als wir dann ein Kindermädchen gesucht haben, hat er sie nach Deutschland geholt. Sie spricht sehr gut Deutsch, das hat also gepasst."

„Weißt du", fuhr Irene nachdenklich fort, „ich möchte nicht indiskret sein, aber ich habe mich schon bei der Taufe gefragt, ob es irgendeinen Grund für die Annahme gibt, Emily könnte die Geliebte deines Mannes sein."

Joanas Wangen färbten sich rot. Verlegen senkte sie den Blick.

„Also, das glaube ich wirklich nicht!", ging ich impulsiv dazwischen. Obwohl ich Alfie nicht leiden konnte, begann ich plötzlich, ihn zu verteidigen: „Alfie würde Joana niemals betrügen!"

Doch Joana legte ihre Hand beruhigend auf meinen Arm. Verblüfft sah ich sie an, als sie murmelte: „Möglich wäre es schon. Aber für mich spielt das keine Rolle."

11. Kapitel

Molekulargenetische Gewissheiten

Um kurz vor elf kehrten wir nach Greenfield Hall zurück. Am seitlichen Eingang stand ein Wachtposten, der uns respektvoll zunickte. Wir gingen durch den Park um das Herrenhaus herum bis zum Golfplatz. Die Leute von der Spurensicherung hatten eine Reihe gebildet und bewegten sich in dieser Formation langsam über Bahn Zwei. Ihre weißen Ganzkörperanzüge leuchteten in der Sonne. Sie durchkämmten mit Rechen das hohe Gras im Rough und suchten mit kleineren Geräten den kurzen Rasen auf dem Fairway ab.

Auch im Bunker wurde gegraben.

Plötzlich erstarrte ich. Mein Handy hatte den Eingang einer Nachricht angekündigt. Auch Joana hatte es gehört. Sie zog mich auf eine nahegelegene Bank und bestand darauf, dass ich mich setzte.

„Jetzt schau schon drauf", drängte sie.

Wie in Trance zog ich das Handy hervor und starrte auf das Display. Allgaier hatte die Nachricht unpersönlich im Telegrammstil verfasst und an mehrere Adressen gleichzeitig verschickt. Mein Unbewusstes schien den Inhalt bereits erfasst zu haben, als ich zu lesen begann, denn bereits beim ersten Wort wusste ich, dass es keine Hoffnung mehr gab:

DNS •es Leichnams i•entisch mit DNS-Proben.
DNS-Abgleich mit Eltern bestätigt •as Ergebnis.
Irrtum ausgeschlossen:

Es han•elt sich um •en Leichnam von Konra• Seifrie•.

In diesem Moment hörten die Vögel auf zu zwitschern. Die Natur wurde vollkommen still und öffnete sich zu einem Abgrund, in den ich fiel. Und fiel. Dann zerriss ein hoher, schriller Ton die Stille, als wäre ich hart gelandet und mein Schädel geplatzt.

Ich reichte Joana das Handy.

Die Sonne tauchte alles in ein seltsam flirrendes Licht, als wäre ich unter Wasser getaucht worden. Ich hatte das Gefühl, zu ertrinken, und rang nach Atem. Wie lange ich so dasaß und nach Luft schnappte, weiß ich nicht, doch irgendwann wurde es wieder besser. Der schrille Ton in meinem Kopf verschwand, auch wenn ich ahnte, dass er nie mehr ganz verschwinden würde. Er zog sich in eine Nische meines Gehirns zurück, wo er darauf lauerte, bei nächster Gelegenheit wieder auszubrechen. Seit dem Moment, in dem ich Allgaiers Nachricht gelesen hatte, kämpfe ich gegen Tinnitus.

Joana legte ihre Hand auf meinen Arm und sagte mit sanfter, mütterlicher Stimme: „Na komm. Jetzt haben wir wenigstens Gewissheit."

Natürlich wunderte ich mich, wie sie derart gefasst bleiben konnte. Doch mein Verstand kannte ja die Erklärung für solch ein Verhalten, fast jeder kennt sie. Zuletzt hatte ich sie in meinem Psychologiekurs an der Uni gehört. Sie besagt, dass Joana die Wahrheit verdrängte, weil diese Wahrheit so ungeheuerlich war, dass sie ihre gewohnte Sicherheit sprengen würde. Schließlich war sie Mutter und musste für ihr Kind funktionieren.

„Vielleicht hast du recht", sagte ich leise und bemühte mich um Contenance. „Jetzt haben wir wenigstens Gewissheit."

Schließlich mussten wir alle funktionieren.

Auch ich.

Wir gingen zurück ins Haus. Schweigend betraten wir die dunkle Eingangshalle, unsere Schritte hallten auf dem Steinfußboden. Joana hatte den Kinderwagen draußen abgestellt und trug das Baby auf dem Arm. Die Tür zum Herrenzimmer stand offen, dunkle Männerstimmen drangen heraus, doch Joana gab mir durch heftiges Kopfschütteln zu verstehen, dass sie dort jetzt nicht hineinwollte. Flüsternd verabschiedeten wir uns. Joana ging hinauf ins Obergeschoss, wo die Familie ihre Schlafgemächer hatte.

Ich ging auf das Herrenzimmer zu.

„Komm doch rein", sagte Johannes, als ich an der Tür stand. Er saß in seinem Ledersessel und rauchte eine Zigarre. Ihm gegenüber hatte Hauptkommissar Allgaier Platz genommen. Am Fenster standen Thomas und ein Mann im weißen Kittel, der sich bei näherem Hinsehen als Doktor Tanner entpuppte. Annabell und Susanne konnte ich nirgends entdecken, ich vermutete, dass sie bereits oben waren. Ich war erleichtert, denn ich wollte dem Schmerz der Frauen nicht begegnen.

„Haben Sie die Nachricht erhalten?", fragte mich Allgaier.

Ich nickte.

„Das ist Doktor Tanner“, stellte Allgaier den Mann im weißen Kittel vor. „Er leitet unser Labor. Er war die letzten zwanzig Stunden auf den Beinen, um die DNS-Proben zu analysieren.“

„Wir kennen uns bereits“, sagte ich und nickte Tanner zu.

Dann wendete ich mich Thomas zu. Alles an ihm hing herab, die Augen, der Mund, die Schultern. Ich gab ihm die Hand und sprach ihm mein Beileid aus. Er zog mich an sich und klopfte mir auf die Schulter. Als er mich wieder ansah, waren seine Augen feucht.

Ich wandte den Blick ab.

Für einen Moment überlegte ich, auch Johannes mein Beileid auszusprechen, doch dann stellte ich mich hinter seinen Sessel und legte ihm schweigend die Hand auf die Schulter.

„Und das ist wirklich ganz sicher?“, fragte Johannes. „Es *muss* ein Irrtum vorliegen. Kann Doktor Tanner das nicht noch einmal überprüfen?“

Allgaier sah zu Tanner hinüber. Aus dem Blickwechsel der beiden Männer entnahm ich, dass Johannes diese Frage nicht zum ersten Mal stellte.

Tanner und Thomas kamen herüber. Wir setzten uns in eine Runde. Thomas’ Arme hingen bis zum Boden herab.

„Es *muss* ein Irrtum vorliegen“, wiederholte Johannes. Und rauchte.

Tanner räusperte sich. Er klang müde, als er sagte: „Es gibt Fälle, wo ein gewisser Spielraum für einen Irrtum gegeben ist. Doch in diesem Fall nicht. Wie gesagt, nicht nur der Abgleich mit den DNS-Proben aus Connys Zimmer war identisch, sondern auch der Abgleich mit der DNS seiner Eltern ergab die Übereinstimmung. So gutes Vergleichsmaterial haben wir selten. In diesem Fall ist eine dreifache Sicherheit gegeben. Da ist kein Irrtum möglich.“ Er senkte den Blick und fügte hinzu: „Leider.“

Thomas zündete sich ebenfalls eine Zigarre an.

„Bei dem Toten handelt es sich eindeutig um Konrad Seifried“, wiederholte Tanner. „Dafür bürge ich als Wissenschaftler mit dreißig Jahren Erfahrung. Es tut mir wirklich sehr leid, Graf von Freybach, Ihnen nichts anderes sagen zu können.“

Johannes stieß einen weißen Rauchkringel aus. „Ich verstehe das nicht“, sagte er wieder. „Da *muss* ein Fehler vorliegen. Ich verstehe das einfach nicht. Können Sie nicht noch mal …“

„Johannes.“ Allgaier unterbrach ihn sanft. „Da gibt es nichts zu verstehen. Wir können den Tod nicht verstehen, zumal wenn er einen so jungen Menschen mitten aus dem Leben reißt.“

Schweigen.

Johannes sah Allgaier flehend an, als er fragte: „Kann es nicht doch ein Unfall gewesen sein?“

„Auch da gibt es leider keinen Zweifel mehr“, erwiderte Allgaier und blickte an Johannes vorbei auf das Gemälde von Annabells Großvater. „Der Schädel wurde von unserem Knochenexperten untersucht. Konrad erhielt einen Schlag auf die linke Schläfe. Er war so kräftig, dass der Schädelknochen splitterte. Bei Schlägen dieser Stärke ist man sofort bewusstlos. Konrad musste nicht leiden. Vermutlich erlitt er eine Gehirnblutung und war nur wenige Minuten später tot. Das vielleicht zum Trost.“ Allgaier räusperte sich. „Nahe der Fundstelle haben wir am Ufer des Weihers Blutspuren gefunden. Sie stammen ebenfalls von Konrad. Das heißt, der tödliche Schlag traf ihn noch an Land. Danach wurde er ins Wasser gelegt."

„Conny", sagte Johannes mit Tränen in den Augen. „Aber das kann doch einfach nicht wahr sein." Dann starrte er vor sich hin. Die Zigarre fiel ihm aus der Hand. Er hob sie nicht auf. Johannes wirkte verwirrt, als suchte er eine Erklärung für etwas Unerklärliches. Als ich mich bückte, um den Stumpen zurück in den Aschenbecher zu legen, bemerkte er es nicht einmal. Das war das erste Mal, dass ich mir Sorgen um seine geistige Gesundheit zu machen begann.

„Über den Zahnabgleich sind wir nicht weitergekommen", sagte Allgaier, dem die Stille ebenfalls unangenehm war. „Die alten Röntgenbilder müssen irgendwann bei einem Umzug des Zahnlabors verschwunden sein." Er blickte auf seine Hände und fügte leise hinzu: „Aber das ist jetzt auch nicht mehr wichtig." Dann räusperte er sich und sagte: „Ich muss leider los."

Allgaier erhob sich und legte Johannes für einen Moment die Hand auf die Schulter, bevor er das Zimmer verließ.

Auch Tanner stand auf, doch mit einem Blick auf Thomas setzte er sich wieder und sagte: „Ach, Herr Seifried."

„Ja?"

„Da ist noch was."

Thomas sah ihn an: „Was?"

„Die DNS-Analyse hat noch eine Besonderheit ergeben. Also, das hat jetzt nichts mit dem Fall zu tun. Aber ich denke, vielleicht wollen Sie es trotzdem wissen." Er blickte Johannes und mich an, als er fragte: „Sollen wir hier reden?"

„Reden Sie nur", sagte Thomas. „Ich habe keine Geheimnisse. Ich bin ein aufrechter Mann und sage immer alles geradeheraus."

Tanner nickte. „Die analysierten Merkmale von Konrads biologischem Erbgut weisen darauf hin, dass er ein sogenannter Klinefelter-Mann war."

„Was soll das sein?"

Tanner überlegte, dann sagte er: „Sie wissen ja sicher, dass das Geschlecht eines Menschen entweder durch ein XX oder ein XY Chromosomensatz festgelegt wird. XX steht für weiblich, XY für männlich."

„Habe ich mal in der Schule gehört", sagte Thomas und paffte. „Ist das denn wichtig?"

Tanner hustete. „Die Natur hält sich leider nicht immer so eindeutig an das, was in den Schulbüchern steht", fuhr er fort. „Schon früh wiesen Forscher darauf hin, dass es auch andere Kombinationen gibt. Turner zum Beispiel entdeckte die XO-Kombination. Diese Menschen haben also nur ein X im Chromosomensatz. Turner schätzte, dass etwa jede dreitausendste Frau betroffen ist. Wahrscheinlich sind es weit mehr. Bis heute gibt es keine genaue Datenerhebung."

Thomas starrte ihn fragend an.

„Weit häufiger als die XO-Kombination kommt allerdings die XXY-Kombination vor. Sie wurde von Turners Kollege Harry Fitch Klinefelter entdeckt. Man schätzt, dass jede vierhundertste Geburt betroffen ist. Aber auch darüber gibt es natürlich keine genaue Statistik. Diese Menschen haben also zwei X und ein

Y-Chromosom, deshalb bezeichnet man sie als XXY-Individuen."

Thomas rauchte.

Johannes wirkte so abwesend, als hätte er den Raum bereits verlassen.

„Sind diese XXY-Individuen jetzt Frauen oder Männer?", fragte Tanner und machte sich sogleich selbst an die Beantwortung seiner Frage: „Man bezeichnet sie als Klinefelter-*Mann,* weil sie oft mit einem rudimentär ausgebildeten Hodensack geboren werden. Nach der Pubertät entwickelt sich allerdings mitunter ein feminin wirkender Körperbau – das Geschlecht ist also doch nicht so eindeutig festgelegt. Berühmt ist etwa der Fall der polnischen Leichtathletin Eva Kłobukowska, die ein Klinefelter-Mann war. Sie startete bei den Olympischen Spielen 1964 in Tokio als Frau und sicherte ihrer Staffel im 4-mal-100-Meter-Lauf die Goldmedaille. Als bei ihr ein zusätzliches Y-Chromosom entdeckt wurde, strich der Weltleichtathletikverband sie aus den Rekordlisten. Oder ihn. Wie immer man das jetzt sagen will."

„Versteh ich nicht", sagte Thomas und kratzte sich im Schritt. „Wie kann eine Frau als Mann starten?"

Tanner blickte auf seine Hände. „Das habe ich gerade zu erklären versucht, es ist, weil ..."

„Das hilft uns auch nicht weiter", wandte ich ein. „Sie sehen doch, Doktor Tanner, dass wir jetzt keine wissenschaftlichen Erörterungen über irgendwelche Chromosomensätze führen möchten."

„Natürlich." Tanner rückte seine Brille zurecht. „Ich erwähne das nur, weil manchmal, nicht immer, mit so einer Chromosomen-Anomalie auch eine körperliche Einschränkung einhergeht. Vielleicht wäre Konrad also so oder so nicht sehr alt geworden. Dieser Gedanke hat vielleicht etwas Tröstliches für die Hinterbliebenen."

„Etwas Tröstliches?", wiederholte ich fassungslos.

„Hatte Ihr Sohn denn gesundheitliche Probleme?", fragte Tanner an Thomas gewandt.

„Nein." Thomas kratzte sich am Kopf. „Konrad war immer ein guter Sportler gewesen." Nachdem er einen Kringel in die Luft geblasen hatte, fügte er hinzu: „Aber es stimmt schon, jetzt, wo Sie es sagen, wird mir einiges klar." Er nickte sich selbst zu: „Ein Gendefekt, sagen Sie?" Abermals nickte er, als er meinte: „Es stimmt schon, Konrad war einfach kein richtiger Mann." Er seufzte. „Vielleicht war es wirklich besser, dass die Natur ihn so früh zurück in ihren Schoß geholt hat. Letztlich war er ja ohne mich nicht überlebensfähig."

„Entschuldigung", erwiderte ich plötzlich scharf. „Conny lag zwar in einem Weiher. Aber es war nicht die Natur, die ihn zurückgeholt hat. Es war Mord."

12. Kapitel

Eine narkotisierte Zeugin

Das kann doch einfach nicht wahr sein!", fluchte Allgaier.

Zum ersten Mal erlebte ich den Hauptkommissar wütend. Er stand auf dem Golfplatz, umgeben von seinen Leuten, und schnauzte seinen Assistenten Dennis Buck an, der breite Schultern und ein frisches Landgesicht hatte. Der Unglückliche wurde unter den Worten seines Chefs kleiner, als er war.

„Und wann können die Kollegen das Fräulein dann vernehmen?", brüllte er ihn an.

„Vermutlich in zwei oder drei Tagen", antwortete Buck wacker. „Genau wissen die Ärzte es noch nicht."

„Was für eine Scheiße!", fluchte er.

Polizeianwärter Buck hatte seinem Chef soeben die Nachricht überbracht, dass Constanze von Kodály noch nicht vernehmungsfähig sei. Dabei gehörte sie zu den wichtigsten Zeugen, von deren Aussage viel abhing. Ich konnte Allgaiers Ohnmacht verstehen. Die junge Klavierspielerin hatte sich vor drei Tagen in den USA einer wohl längst geplanten Operation unterzogen. Ihr Zustand sei nicht lebensbedrohlich, hieß es, aber sie sei noch nicht vernehmungsfähig.

„Ich kann es einfach nicht fassen!“, rief Allgaier wieder.

„Beruhige dich, Hubert“, griff Johannes ein. Niedergeschlagen fügte er hinzu: „Wir können es ja doch nicht ändern.“

Es war Montagnachmittag, kurz nach 14 Uhr. Johannes hatte es im Haus nicht mehr ausgehalten. Ich war froh, als er vorgeschlagen hatte, nach draußen zu gehen, um uns vor Ort ein Bild über den Stand der Ermittlungen zu machen.

Mittlerweile stand fest, dass Constanze wie geplant am Montag, den 13. Juni, um 13:25 Uhr vom Flughafen Zürich nach San Francisco geflogen war. Serafina hatte ihre Aussage zu Protokoll gegeben: Konrad und Constanze waren gegen halb sieben zu einer Runde Golf aufgebrochen, nachdem sie das Auto am hinteren Waldparkplatz geparkt hatten. Rechnete man die Fahrtzeit nach Zürich und die Check-in-Zeit ein, ergab sich ein Zeitfenster von etwa drei Stunden, das Rätsel aufgab. Was war am Montag, den 13. Juni, zwischen sieben und zehn Uhr vormittags auf dem Golfplatz geschehen? War es möglich, dass sich jemand zu den beiden gesellt hatte? Hatte Conny doch mit jemand anderem gespielt? War Constanze allein zum Flughafen gefahren? Oder hatte Conny sie nach Zürich gefahren und war danach wieder auf den Golfplatz zurückgekehrt? Und wo war sein Auto? Die Fahndung nach dem Fahrzeug lief, doch bisher war es noch nirgends entdeckt worden.

„Ohne Constanzes Aussage kommen wir momentan nicht weiter“, sagte Allgaier nun wieder in gemäßigtem Tonfall. Die Sonne stand hoch am Himmel und tat, als ginge sie das alles nichts an.

„Sonst gibt es noch nichts Neues?", fragte Johannes. Er war der Einzige, der in dieser Situation wagte, Allgaier eine Frage zu stellen.

„Ach so." Allgaier nickte. „Doch. Wir haben die Kleidung gefunden. Ich wollte dich ohnehin anrufen, ob du sie identifizieren kannst. Ich würde nur ungern Susanne Seifried mit dieser Aufgabe betreuen."

Johannes nickte.

Allgaier führte uns zu einer ebenen Fläche am Rand von Bahn Zwei, auf der eine große, weiße Plane ausgebreitet lag. Darauf hatten die Ermittler Gegenstände platziert und mit Nummern versehen. Ich erkannte einen Zigarrenstummel, mehrere kleine Schnapsflaschen, einen Tampon, Kaugummipapier, Taschentücher. Die Kleidungsstücke lagen ausgebreitet da. Als wir ankamen, war ein Fotograf gerade dabei, Bilder zu machen.

„Sind das Konrads Kleider?", fragte Allgaier.

Johannes nickte. Selbst ich erkannte sie wieder, obwohl ich sie nie an Conny gesehen hatte. Es war ein rotes T-Shirt, auf das vorne das Adelswappen der Familie von Freybach gestickt war. Daneben lag eine Hose aus leichtem Material, sie war schwarz mit roten Seitennähten. Die Turnschuhe waren Designerschuhe aus weißem Leder, doch sie waren derart ausgelatscht, dass nicht mal mehr das Label zu erkennen war.

„Warum, verdammt, hat der Mörder ihn ausgezogen?", fragte Johannes fassungslos.

Darauf hatte niemand eine Antwort. Wenn jemand versucht hätte, durch das Entkleiden die Identität der Leiche zu verschleiern, dann hätte er zuerst die Kappe entfernt, die wohl der stärkste Hinweis auf Connys Person war.

„Kann ich das Zimmer von Lennox Kleinert sehen?", fragte Johannes plötzlich. Ich glaube, er wollte damals einfach nur weg von diesen Dingen, die ihn an Conny erinnerten.

„Natürlich", erwiderte Allgaier. „Willst du jetzt gleich hin?"

Johannes nickte.

Allgaier erteilte seinem Assistenten Buck den Befehl, von dem Krankenhaus einen medizinischen Bericht anzufordern, aus dem hervorging, ob Constanze von Kodály frische Verletzungen hatte, die auf einen Kampf oder dergleichen hindeuteten.

Danach machten sich Allgaier, Johannes und ich auf den Weg zum Künstlerhaus hinüber.

„Glaubst du etwa", fragte Johannes, „dass Constanze ebenfalls von dem Täter angegriffen wurde?"

„Nein", sagte Allgaier. „Aber vielleicht haben wir es ja auch mit einer Täterin zu tun."

13. Kapitel

Merkwürdiges im Künstlerhaus

Das Künstlerhaus war ein langgezogenes Backsteingebäude, das aufwendig saniert worden war. Aus dem Mauerwerk waren Steine herausgebrochen und durch Glas ersetzt worden. Die dunklen Holzbalken des alten Fachwerks glänzten rötlich, sie schienen erst kürzlich frisch gestrichen worden zu sein. Im rechten Winkel schloss sich eine Scheune an, in der die Ateliers und Werkstätten untergebracht waren. Die Scheunentür stand offen. Ich erkannte einen Mann mit einer Schutzmaske, der mit Hammer und Meißel eine Steinfigur bearbeitete. Im Innenhof standen Tische und Bänke. Während Johannes und Allgaier im Künstlerhaus verschwanden, warf ich einen Blick in die Scheune.

„Suchst du etwas?“ Der Bildhauer blickte auf, als ich am Scheunentor stehen blieb. Er nahm seine Schutzbrille ab und sah mich an. Fasziniert betrachtete ich seine rötlichen Locken und das scharf geschnittene Gesicht.

„Nein“, erwiderte ich verlegen. „Ich war nur selbst einmal Stipendiat hier.“

Er nickte mir zu. „Ich bin Herwig.“

„Hector.“

„Stimmt es also wirklich?“, fragte er. „Es ist Conny, der am Weiher ...?“

Ich nickte.

„Und weiß man schon, wer ihn ...?“

Ich schüttelte den Kopf und blickte mich im Atelier um. Dann trat ich an Herwigs Skulptur heran. Stein sei auch mein Lieblingsmaterial, bemerkte ich. Früher habe ich alte Säulen aus Kirchen und Schlössern so behauen, dass menschliche Konturen darin sichtbar geworden waren. Zudem habe ich allen eine Phantasieinschrift auf die Stirn gemeißelt, die den Betrachter dazu auffordert, sie zu entziffern.

„Klingt interessant.“

„Naja.“ Ich winkte ab.

„Und wo sind die Säulen heute?“

„Ich habe nur drei gemacht. Eine steht auf dem Grab meiner Mutter. Die anderen beiden hat ein italienischer Geschäftsfreund von Johannes für seinen Garten in Rom erstanden.“ Nachdem er schwieg, deutete ich auf die Farbeimer an der Wand und fragte: „Malst du deine Figuren auch an?“

„Nein“, antwortete er. „Die sind noch von der Renovierung vom Künstlerhaus. Echte Biofarbe. Man weiß ja nie, wofür man das noch braucht.“ Herwig sah mich offen an, als er fragte: „Und an was arbeitest du zurzeit?“

„Ich habe gerade mein Studium abgeschlossen“, sagte ich. „Beim Bundeskriminalamt. Ich möchte zur Kripo.“

„Zur Kripo?“ Überrascht sah er mich an. Für einen kurzen Moment glaubte ich sogar, Angst in seinen Augen zu erkennen. Dann wandte er sich wieder seiner Skulptur zu und ich ging zum Künstlerhaus hinüber. Durch den vorgelagerten Glasanbau gelangte ich in einen breiten Flur, von dem rechts und links Türen abgingen. Ich steuerte auf die hinterste Tür zu, an der das Absperrband herabhing und klopfte.

Allgaier öffnete.

Die Wohnung bestand aus einem einzigen großen Raum, in den eine Kochnische eingelassen war. Mein Blick wanderte über das Bett, den Tisch und den Schreibtisch bis hin zu der Tür, die in das Badezimmer führen musste. In der Spüle erkannte ich dreckiges Geschirr, auf dem Tisch stand noch eine Kaffeetasse. Trotz dieser Gegenstände, die darauf hinwiesen, dass hier vor wenigen Tagen noch jemand gewohnt hatte, wirkte der Raum unpersönlich. Nur an der Pinnwand über dem Schreibtisch hingen mehrere Fotos.

Johannes und Allgaier standen davor und betrachteten die Bilder.

„Wer ist das?", fragte ich.

„Tamara de Lempicka", antwortete er.

„Joanas Hebamme?"

„Ja."

„Seltsam." Auch ich trat näher.

Die Fotos zeigten Tamara in unterschiedlichen Phasen ihres Lebens. Auf einem Bild war sie deutlich als junge Frau zu erkennen, sie stand in einer weißen Schwesterntracht neben einem älteren Arzt und blickte ernst in die Kamera. Ich schätzte sie auf Anfang zwanzig. Damals hatte sie kurze, braune Haare und ein rundliches Gesicht. Sie war nicht hässlich, aber auch nicht hübsch, einfach nur jung. Mit zunehmendem Alter wurde ihr Gesicht klarer, entschiedener, aber auch härter. Ich musste an die Skulptur denken, die Herwig draußen mit Hammer und Meißel bearbeitete. Das letzte Bild zeigte Tamara als Frau Mitte Vierzig mit einem perfekten Make-up und blondierten, schulterlangen Haaren.

„Und sonst habt ihr nichts gefunden?", fragte Johannes und blickte sich ratlos um. „Keine persönlichen Unterlagen? Briefe oder so?"

„Die Wohnung wurde zum Teil ausgeräumt", bestätigte Allgaier. „Ein Stipendiat", er deutete mit einem Nicken in Richtung Innenhof, „hat ausgesagt, dass letzte Woche jemand hier gewesen ist, wohl ein Mann. Lennox sei für ein paar Tage verreist, hat der Mann gesagt, er solle Sachen für ihn holen. Den Schlüssel hatte er. Meine Männer sind gerade dabei, ein Phantombild des Mannes zu erstellen, doch das könnte jeder sein. Er schien keine auffälligen Eigenschaften gehabt zu haben."

Johannes nickte nachdenklich.

„Wir haben bei der Bank Einsicht in Lennox' Konto erbeten", fuhr Allgaier fort. „Vielleicht kommt da ja was raus."

Johannes trat an das Fenster und blickte auf die Wiese mit den Apfelbäumen hinaus. Die Äpfel waren noch nicht reif. Schließlich drehte er sich um, sah Allgaier an und fragte: „Kann ich dich kurz unter vier Augen sprechen, Hubert?"

Das war das erste Mal, dass Johannes mich ausschloss. Und es war das erste Mal, dass ich zu ahnen begann: Der Mann, den ich immer bewunderte hatte, verbarg offensichtlich ein Geheimnis, von dem er nicht wollte, dass ich es erfuhr.

14. Kapitel

Neue Perspektiven

Am Abend machte ich mich erneut auf den Weg zu Irene. Auf der Anhöhe sah ich den Bodensee in einem veränderten Licht, sein Blau ging in ein glühendes Rot über, in dem der schneebedeckte Gipfel des Säntis golden glänzte.

Als ich Irene gegenüberstand, sprach ich es zum ersten Mal aus: „Conny ist tot." Es war, als begriffe ich es erst jetzt.

Irene nahm mich in die Arme. In diesem Moment begann ich zu weinen, als hätte sie mich von einem Fluch der Erstarrung erlöst. Sie sprach beruhigend auf mich ein, wie es Mütter oder Pfarrer tun, dass Conny mit uns weiterlebe, oder durch uns, auf den genauen Wortlaut achtete ich nicht. Ungefähr verstand ich, was sie meinte, und tatsächlich war es ein Trost, dass sie es sagte. Nachdem keine Tränen mehr kamen, reichte Irene mir ein Taschentuch und ein Glas Wasser. Dann fragte sie, ob ich bereit sei für weitere Ermittlungen.

„Für Ermittlungen?"

„Ja."

„Aber Allgaier meinte, wir sollen nicht auf eigene Faust …"

„Wir reden nur mit den Leuten. Das ist alles.“ Sie nahm ihre Handtasche und erklärte: „Vorhin hat mich Luise angerufen. Luise Schätzer. Eine Malerin. Sie war im letzten Monat ebenfalls Stipendiatin auf Greenfield Hall. Sie meint, sie hat etwas beobachtet, das ihr keine Ruhe lässt. Aber sie will damit nicht gleich zur Polizei gehen. In einer halben Stunde sind wir mit ihr in einem Café verabredet.“

Nachdem ich zögerte, fügte sie hinzu: „Nun komm schon. Wir arbeiten nicht gegen Allgaier, sondern mit ihm. Auch er hat ein Interesse daran, dass wir unseren Geist trainieren.“

„Den Geist trainieren?“

„Ja. Für mögliche Zusammenhänge. Nur so werden wir eines Tages erkennen, wie alles mit allem zusammenhängt.“

Noch immer zögernd folgte ich ihr die Treppe hinab, die unter dem Haus in den Felsen gehauen war. Vor der Garage stand ein altes, rotes Porsche Cabriolet. Noch bevor ich Worte fand, stieg Irene ein. An diesem Abend trug sie eine Jeans und ein weißes T-Shirt, die langen, braunen Haare hatte sie zu einem Pferdeschwanz zusammengebunden. Nachdem wir saßen, beugte sie sich zu mir herüber und öffnete das Handschuhfach, aus dem sie zwei Baseballkappen nahm.

„Am besten, du ziehst die auf“, sagte sie und reichte mir eine.

Ich starrte darauf. „Das ergibt doch alles keinen Sinn. Warum hat der Täter die Kappe liegen lassen, sonst aber alle Hinweise auf Connys Identität getilgt?“

„Das gibt mir auch zu denken.“ Irene rückte ihre Kappe zurecht.

Dann startete sie den Wagen und das sonore Brummen des Motors trug uns den Hügel hinauf. Unwillkürlich begann ich zu lächeln. Mein Hochgefühl verstärkte sich noch, als unsere Fahrt auf der Bundesstraße an Geschwindigkeit gewann. Plötzlich fühlte ich mich so lebendig wie lange nicht mehr und kam mir vor wie ein Verräter an den Toten.

Der Fahrtwind ging durch das Auto.

Sobald es die Verkehrslage zuließ, klärte ich Irene in kurzen Dialogen über den Stand der Ermittlungen auf.

„Constanze ist noch nicht vernehmungsfähig. Sie hatte eine Operation, die schon lange geplant war."

„Was für eine Operation?"

„Wohl irgendetwas mit ihren Händen", antwortete ich, nachdem wir einen Lastwagen überholt hatten.

„Mit ihren Händen? Genaueres weißt du nicht?"

„Nein."

Bei Überlingen verließen wir den See und bogen ins Hinterland ab. Wir brausten durch Dörfer und kleine Städte, die Frickingen, Denkingen und Ostrach hießen, fuhren bergan und bergab durch Wälder und Felder, auf denen der Mais stand. Ein Sonnenblumenfeld leuchtete rot in der Abendsonne.

Nach einer knappen Stunde erreichten wir die Kurstadt Bad Saulgau. Das letzte Waldstück, durch das wir kamen, machte einer Anhöhe Platz, auf der das Thermalbad stand. Ich erinnerte mich vage, dass ich als Kind schon einmal hier gewesen war. Während ich auf eine Wasserfontäne starrte, die dem Himmel entgegensprudelte, wurde mir bewusst, dass alle meine Kindheitserinnerungen mit Conny verknüpft waren. Damals war es Winter gewesen. Der Dampf des warmen

Schwefelwassers hatte den Gesichtern der Erwachsenen die Härte genommen. Susanne hatte uns Kinder mehrmals zur Ruhe ermahnt, damit wir die Kranken nicht störten.

Seitdem waren mehr als zwanzig Jahre vergangen. Während Irene den Wagen bergab in Richtung Innenstadt lenkte, blickte ich mich um. Auch die Stadt hatte sich verändert, es gab weniger Autos und Lastwagen als in meiner Erinnerung, aber mehr Menschen, die zum Ausgehen zurechtgemacht in Richtung Marktplatz schlenderten. Nachdem wir das Auto geparkt hatten, schlugen wir denselben Weg ein. Die Glocken läuteten, als wir den Platz mit der Kirche und den Fachwerkbauten erreichten. Es war 19 Uhr. Vor den Cafés standen Tische und Stühle, Schirme und Blumenkübel grenzten die Flächen voneinander ab. Von einem Tisch aus dem Café *Kostbar* winkte uns eine Frau zu.

„Ich kann es noch gar nicht fassen“, begrüßte uns Luise. Sie trug einen dunklen Bob und erinnerte mich an die Frauen aus den Zwanzigerjahren. Ihr ärmelloses Kleid mit den Fransen unterstrich diesen Eindruck.

„Aber setzt euch doch erst mal“, fuhr sie fort und deutete auf zwei freie Plätze. An mich gewandt fügte sie hinzu: „Ich bin übrigens Luise.“

„Hector“, stellte ich mich vor.

„Hector, der Kommissar?“, fragte sie und redete sofort weiter: „Conny hat mir von dir erzählt. Conny meint …“ Sie schüttelte den Kopf. „Oh mein Gott, ich kann es einfach noch nicht fassen. Ich habe auch schon mit Herwig telefoniert. Wir werden die Ausstellung verschieben. Conny hat ja die Texte für den Katalog geschrieben, er wollte auch die Eröffnungsrede halten.“

Mit einem traurigen Lächeln fügte sie hinzu: „Ohne ihn macht es keinen Sinn."

Wir studierten die Speisekarte, doch wir waren alle nicht bei der Sache. Warum sie uns hergebeten habe, fragte Irene.

„Kurz bevor ich abgereist bin, hatte ich meine Staffelei unten am Weiher aufgestellt", begann Luise zu erzählen. „Da habe ich gesehen, wie gegenüber am Steg jemand hin- und herging und mit einem Stock im Wasser herumgestochert hat. Damals dachte ich mir nichts dabei. Aber jetzt, wo ich weiß, dass an der Stelle die Leiche gefunden wurde, da … "

Sie verstummte.

„Wann war das?", fragte Irene.

„Vor knapp zwei Wochen. Dienstagabend."

„Am Dienstag nach der Taufe?"

Luise nickte.

„Konntest du erkennen, wer es war?"

„Aber das ist es ja, was mich verwirrt. Als ich näherkam, erkannte ich Annabell."

„Annabell?", fragten wir wie aus einem Mund.

„Es war ihr sichtlich unangenehm, dass ich sie so sah. Sie meinte, sie habe einen Handschuh verloren." Luise sah mich an. „Muss ich das jetzt bei der Polizei melden?"

„Nur wenn es mit dem Fall zu tun hätte", entgegnete ich und blickte auf das Kopfsteinpflaster. „Da Conny an dem Dienstag noch gelebt hat, sehe ich hier aber keinen Zusammenhang."

Ich spürte Irenes Blick, doch Luise wirkte erleichtert. „Das wusste ich ja nicht", sagte sie. „Ich dachte, er sei schon länger …"

Schweigen.

Die Bedienung kam und die beiden Frauen bestellten einen Teller Bruschetta mit Wein, ich ein Radler und den Wurstsalat von der Tageskarte.

„Was ist mit Lennox?", fragte Luise. „Herwig meinte, die Polizei hat sein Zimmer durchsucht."

„Lennox hat keine guten Karten", antwortete Irene. „Es gibt mehrere Zeugen dafür, wie er Conny mit dem abgebrochenen Flaschenhals einer Bierflasche bedroht hat."

„Das habe ich auch mitbekommen. Das war auf der Geburtstagsparty von Conny und Constanze. Lennox war betrunken. Er hat sich einfach nicht im Griff. Aber ist man deshalb schon ein Mörder?"

„Das Problem ist", sagte ich: „Er äußert sich nicht dazu. Er ist ebenfalls verschwunden."

Luise stieß einen leisen Pfiff aus.

„Hast du noch Kontakt mit ihm?", fragte Irene.

„Nein." Luise schüttelte entschieden den Kopf. „Er ist nicht der Typ, mit dem man Kontakt hält. Eigentlich hatte ich auch nie wirklich Kontakt zu ihm. Lennox ist ein seltsamer junger Mann", meinte sie nachdenklich. „Ich sehe ihn noch immer, wie er im Innenhof seine Klimmzüge und Kniebeugen macht. Jeden Morgen und Abend tat er das. Dabei ist er ja eher schmächtig, nicht besonders groß. Wenn er da an der Stange hing und sich quälte, sah er selbst aus wie eine von den präparierten Leichen, die er so gerne malte."

„Und wann hast du ihn zuletzt gesehen?"

„Ein paar Tage bevor ich abgereist bin." Sie überlegte. „An dem Sonntag, an dem die Freybachs die Taufe gefeiert haben, saßen wir abends vor dem Künstlerhaus noch beisammen. Lennox ging an uns vorüber, ohne zu grüßen." Die Kirchturmuhr schlug. „Moment, nein. Am Montagmorgen habe ich ihn auch noch mal gesehen. Also genau vor zwei Wochen. Er ist in seinen Sportklamotten rüber zum Golfplatz gelaufen. Ich dachte noch, klar, der wieder." Ihre Hände waren feingliedrig und ständig in Bewegung, während sie sprach: „Als ich mich dann Mittwoch von ihm verabschieden wollte, war er nicht in seinem Zimmer. Wenn ich ehrlich bin, war ich froh, dass er nicht da war."

Die Getränke kamen und wir stießen schweigend an.

Ich blickte zum Kirchturm hinauf. Ganz oben auf dem Kreuz war ein großes Storchennest.

„Kann es sein", fragte ich, „dass Lennox in Tamara verliebt war?"

„Lennox? Verliebt in Tamara?" Luise lachte überrascht auf. „Nein. Lennox war nicht verliebt. In niemanden. Und schon gar nicht in Tamara." Sich vergewissernd fragte sie nach: „Du meinst doch die Hebamme von Joana?"

Ich nickte.

„Er hasste Tamara, wenn du mich fragst. Immer wenn sie bei ihm war, haben sich die beiden gestritten. Aber es war kein guter Streit, nichts Produktives. Es waren harte, verbitterte Worte, die aus dem Zimmer kamen."

„Hm", machte ich. „In seinem Zimmer hingen Fotos von Tamara. Auf mich wirkten sie irgendwie obsessiv. Als wäre er von ihr besessen. Vielleicht wollte er doch was von ihr und sie hat ihn abgewiesen?"

„Das wäre eine Erklärung", meinte sie. „Tatsächlich hat er immer irgendwie gekränkt gewirkt."

Irene hatte uns aufmerksam zugehört. Jetzt fragte sie: „Ist dir etwas über Lennox' Vergangenheit bekannt?"

Luise hielt ihr Weinglas gegen das Licht der untergehenden Sonne und drehte es hin und her. „Lennox ist in irgendeinem Kaff in der Nähe von München geboren. Nach dem Abitur hat er ein paar Semester Medizin studiert, an der Ludwig-Maximilians-Universität. Das stand so in seinem Lebenslauf. Viel mehr weiß ich nicht. Ich erinnere mich allerdings an eine seltsame Bemerkung."

„Was für eine Bemerkung?"

„Bei der Vorstellungsrunde der Stipendiaten hat er sich als Lennox Goldstein vorgestellt. Dabei hieß er doch eigentlich Lennox Kleinert. Auf Nachfrage meinte er, Goldstein sei sein eigentlicher Nachname. Er wäre gerade dabei, das rückgängig machen zu lassen."

„Rückgängig machen lassen? Was?"

„Keine Ahnung. Vielleicht war er verheiratet und hat den Namen seiner Frau angenommen. Vielleicht hat sie ihn verlassen. Oder er sie. Dann beantragen ja viele eine Namensänderung."

Irene starrte zum Kirchturm hinauf. Ein Storch verließ das Nest und glitt über uns hinweg.

„Klar hätte ich nachfragen können", fuhr Luise fort. „Aber Lennox hat so eine komische Art. Alles, was er sagt, klingt wie ein Vorwurf. Man kommt sich vor wie auf einer Anklagebank. Da fragt niemand gerne nach, selbst ich nicht. In demselben Tonfall hat er uns auch erklärt, er habe sein Studium nur deshalb abgebrochen, weil seine Eltern kein Geld hätten. Auch hier war sein vorwurfsvoller Unterton vollkommen fehl am Platz. Niemand von uns in der Runde kam aus einem wohlhabenden Elternhaus. Ich glaube, das war auch der Grund, warum er Conny nicht leiden konnte. Conny erweckte ja immer den Anschein, als wäre er von einem leichten Schicksal getragen."

In diesem Moment fiel mir das Gespräch zwischen Doktor Tanner und Thomas vom Vormittag wieder ein. Ich hatte Irene noch nicht davon berichtet, und fragte mich, ob ich das Thema vor Luise anschneiden durfte. Andererseits – was war so schlimm daran? Nichts. Ich begann schon, wie Thomas zu denken. Also sagte ich: „Wusstet ihr, dass Conny ein XXY-Individuum war?"

Beide blickten mich überrascht an. „Ein was?"

„Ein XXY-Individuum", wiederholte ich. „Doktor Tanner hat das zufällig bei der DNS-Analyse gesehen. Das ist wohl irgendein Gendefekt, eine Anomalie."

„Ein XXY-Individuum?" Luise sah ratlos aus.

„Also normal ist ja, dass Frauen ein XX und Männer ein XY haben", versuchte ich es so zu erklären, wie Tanner es erklärt hatte: „Bei Menschen, die XXY haben, haben sich die X und die Y's wohl irgendwie, naja, verkettet, überkreuzt, verklebt; was auch immer."

„Ein Gendefekt." Luise schüttelte den Kopf. „Conny kam mir überhaupt nicht defekt vor, im Gegenteil, erstaunlich rund und ungebrochen."

„In der Geschichte der Wissenschaften haben sich schon viele anscheinend objektive Wahrheiten rückblickend als Diagnosen ihrer Zeit entpuppt", meinte Irene. „Wer weiß, vielleicht stellt sich im 22. Jahrhundert heraus, dass auch die Sortierung in XX und XY lediglich ein Symptom einer noch in den Kinderschuhen steckenden Wissenschaft war."

Schweigend aßen wir. Nachdem Irene und Luise ihre Bruschetta bis auf den letzten Krümel vertilgt hatten, begannen sie ein Gespräch über Kunst, über Schönheit und Freiheit.

Ich stocherte in meinem Wurstsalat.

In den letzten Jahren hatte ich auf meine Prüfung hingearbeitet und mich immer mehr spezialisiert. Für alles andere hatte ich keine Zeit mehr gehabt, schon gar nicht für Gespräche über Schönheit und Freiheit. Der geistige Zenit meiner Entwicklung lag bereits hinter mir, da machte ich mir keine Illusionen. So hatte ich es bei meinen Vorgesetzten beobachtet und warum sollte es bei mir anders verlaufen? Freilich würde ich noch Erfahrungen sammeln in meinem Beruf, ich würde mich zu einem Experten entwickeln und wenn ich wollte, würde ich in diesem Gebiet zu einer Koryphäe werden. Vielleicht würde ich es sogar bis ganz nach oben schaffen, zum Abteilungsleiter, Präsidenten oder Minister. Das war es, was mich antrieb. Oder nicht? Nachdenklich beobachtete ich den Flug der Störche. Dann schob ich meinen Teller fort und checkte das Handy.

Sofort war ich alarmiert.

Joana hatte wiederholt versucht, mich zu erreichen. *Vier verpasste Anrufe*, las ich auf dem Display. Mein erster Gedanke galt Annabell. Seltsam, schon damals hatte ich Angst, dass ihr etwas zugestoßen sein könnte. In Joanas Textnachricht stand dann allerdings etwas, mit dem ich nicht gerechnet hatte.

Komm bitte schnell, hatte sie geschrieben. *Bei uns in der Villa wurde eingebrochen.*

15. Kapitel

Die maskierten Männer

Die Villa, in der Joana wohnte, lag am Ende einer Sackgasse in Hanglage über Unteruhldingen. Wir rollten so leise, wie es einem Porsche möglich war, an den anderen Villen vorüber. Sie waren alle im gleichen, modernen Architekturstil erbaut. Zur Straße hin verrieten sie wenig über die Eigentümer; unscheinbare Betonfronten hinter Schilf und Holzplanken waren alles, was man sah.

Es war 21:15 Uhr.

Joana öffnete die Tür und schmiegte sich unvermittelt in meine Arme. Darauf war ich nicht vorbereitet, so vertraut waren wir uns schon seit Jahren nicht mehr gewesen. Unbeholfen tätschelte ich ihren Rücken und fuhr ihr väterlich über das Haar. Dann drückte ich sie sanft, aber bestimmt von mir weg und sah ihr in die Augen.

„Was ist passiert?"

„Es waren Einbrecher hier", antwortete sie offensichtlich verstört. „Zwei maskierte Männer."

Wir gingen hinein. In einem großen Raum, bei dem es sich offensichtlich um das Wohnzimmer handelte, standen mehrere Loungesessel, eine weiße Lederliege und zwei Skulpturen. Nichts in diesem Raum erinnerte mich an Joana, alles nur daran, wie wohlhabend das Ehepaar war.

Obwohl wir ebenerdig eingetreten waren, befanden wir uns im obersten Stockwerk des Hauses, das aus drei Etagen bestand. Die gesamte Front in Richtung See war aus Glas, rundum führte eine Terrasse. Tagsüber musste der Ausblick gigantisch sein, doch jetzt waren die Jalousien heruntergelassen und machten den Raum eng. Nur von der angrenzenden Küche sah man bis zum Bodensee, der zu einem grauen Streifen geworden war, eingesäumt von den funkelnden Lichtern der Dörfer und Städte am Ufer.

Joana legte sich auf die Liege und erzählte.

Es dauerte lange, bis ich verstanden hatte, was passiert war. Irene hielt sich im Hintergrund. Sie überließ es mir, kurze Zwischenfragen zu stellen, und brach selbst immer wieder zu Rundgängen durch das Haus auf, um nach dem Baby zu schauen oder etwas zu trinken zu besorgen.

„Okay. Du bist also gegen sechs von Greenfield Hall nach Hause gekommen“, fasste ich zusammen. „Frau Nusser, die Haushälterin, war schon weg, sie geht meist gegen fünf. Alfie war noch nicht zu Hause. Eigentlich wollte er um sieben zum Abendessen kommen, doch dann hat er angerufen, weil er kurzfristig noch ein Geschäftsessen reinbekommen hatte. Er sagte, wenn es zu spät werden würde, müsse er die Nacht in der Wohnung in Zürich verbringen. Nach dem Telefonat bist du nach unten ins Badezimmer gegangen, um das Baby zu baden.“ Ich sah sie an. „Habe ich das soweit richtig verstanden?“

Sie nickte.

„Und dann? Was passierte dann?"

„Dann hörte ich oben ein Geräusch. Zuerst dachte ich, Alfie habe es sich anders überlegt und sei doch nach Hause gekommen. Ich habe das Baby in ein Handtuch gewickelt und bin mit ihm auf den Flur. Dort habe ich nach Alfie gerufen, bekam aber keine Antwort."

„Und dann?"

„Dann bin ich hoch und habe mich gewundert, dass Alfies Schuhe nicht an der Garderobe standen. Auch seine Tasche war nicht da. Alfie stellt seine Sachen immer am Eingang ab, da ist er sehr penibel. Dann fiel mir auf, dass die Tür zu seinem Büro nur angelehnt war."

„War sie denn geschlossen gewesen, als du nach Hause gekommen bist?"

„Hm." Joana beobachtete mich aufmerksam. „Eigentlich habe ich nicht darauf geachtet", antwortete sie. „Weil mir aber auffiel, dass die Tür nur angelehnt war, nahm ich an, dass sie zuvor geschlossen gewesen sein musste."

Ich sah sie an. Das musste Frauenlogik sein.

„Alfies Büro liegt ganz am Ende des Gangs. Ich ging auf die Tür zu und habe laut gerufen, ob er es sei. Ich glaube, ich wollte mir Mut machen. Irgendetwas stimmte nicht, das habe ich sofort gespürt."

„Und dann?", fragte ich behutsam.

„Dann kam plötzlich ein Mann aus dem Büro. Er trug eine Maske, so eine Strumpfmaske. Nur die Augen waren zu sehen. Aus diesem Schlitz sah er mich an."

„Er hat nicht gesprochen?"

„Nein." Sie schüttelte den Kopf. „Ich konnte mich nicht mehr bewegen vor Angst. Nur das Baby begann zu weinen. Da sind die Männer an mir vorbei und zur Haustür raus."

„Es waren also zwei?"

„Ja", bestätigte sie. „Zwei."

Irene brachte ihr ein Glas Wasser und fragte: „Hast du schon gecheckt, was genau fehlt?"

Joana trank. „Sie waren nur in Alfies Büro", sagte sie. „Als sie an mir vorbei sind, habe ich einen Aktenordner gesehen, den sie mitgenommen haben."

„Nur einen Aktenordner?", fragte Irene.

„Ja." Joana dachte nach. „Also ich habe jetzt nicht jede Schublade und jedes Fach gecheckt. Aber mein Geldbeutel lag auf dem Sideboard am Eingang, da, wo er immer liegt, und der Autoschlüssel auch. Beides haben sie nicht angerührt."

Nachdenklich ging ich im Raum auf und ab. Es sah so aus, als interessiere sich noch jemand für die Machenschaften der Firma von Joanas Ehemann.

„Und Alfie?", fragte ich schließlich. „Wie hat er reagiert?"

Joana sah mich aus großen Augen an. „Ich habe noch nicht mit ihm gesprochen", sagte sie und senkte den Blick. „Also ich will ihn nicht aufregen. Ich wollte erst mit euch reden, weil ..."

Ich beobachtete sie genau.

„Weil ich nicht weiß, was ich tun soll", sagte sie. „Muss ich das jetzt bei der Polizei melden? Oder muss ich Alfie die Entscheidung überlassen? Ich meine, ich weiß ja nicht, was diese Männer gesucht haben. Vielleicht möchte Alfie nicht, dass die Polizei davon erfährt."

Irene und ich tauschten vielsagende Blicke.

„Joana", sagte Irene. „Gibt es etwas, das dein Mann vor der Polizei lieber geheim halten möchte?"

„Nein!" Sie schüttelte vollkommen überzeugend den Kopf. „Warum? Was soll das sein? Warum sollte er etwas geheim halten wollen?"

„Dann solltest du die Polizei rufen", erwiderte Irene. „Am besten gleich. Der Einbruch könnte ja auch mit dem Fall zu tun haben."

„Oh." Joana kaute an ihrem Daumennagel herum. „Daran habe ich noch gar nicht gedacht."

Sie war wirklich naiv. So naiv, dass ich mir damals noch nichts dabei dachte.

„Darf ich dich noch etwas fragen?" Irene setzte sich neben sie. „Wo war Alfie eigentlich letzten Montag?"

„Letzten Montag?"

„Ja. Als der Mord stattfand."

„Alfie?" Sie riss die Augen auf. „Alfie hat damit doch nichts zu tun!" Trotz dieser Überzeugung überlegte sie gründlich. „Alfie hat frühmorgens das Haus verlassen. Er sagte, er fahre nach Zürich."

„Und du bist dir ganz sicher?", fragte Irene.

„Ja."

„Du weißt aber, dass Alfie behauptet hat, er sei im Homeoffice gewesen. Und Emily hat das bestätigt."

Joana lächelte unsicher. „Vielleicht täusche ich mich aber auch. Ich kann gerade nicht mehr klar denken."

Joana war offensichtlich verwirrt und erschöpft. Wir beschlossen, alle zusammen nach Greenfield Hall zu fahren. Joana und das Baby konnten in dieser Nacht nicht in der Villa bleiben.

„Was denkst du?", fragte ich Irene, während Joana oben ihre Sachen packte. „Ich habe den Eindruck, sie verschweigt uns etwas. So, als wollte sie ihren Mann schützen."

„Ja, sie schützt jemanden", sagte Irene und trat ans Küchenfenster. Draußen erlosch ein Licht nach dem anderen. Der See begann sich mit der Alpenkette zu einer schwarzen Masse zu verbinden, die gegen das Fenster drückte. Nachdenklich fügte Irene hinzu: „Ich weiß nur noch nicht, wen."

16. Kapitel

Bleib ruhig, Hector

Es war spät, als wir auf Greenfield Hall ankamen, doch Johannes war noch wach. Er saß im Herrenzimmer und starrte uns fragend an, als wir den Raum betraten. Mit sorgenvoller Miene hörte er sich die Geschichte des Einbruchs an. Dann ging er ins Nebenzimmer und führte mehrere Telefonate. Diesmal sprach er leise, sehr leise.

Irene und Joana gingen mit dem Baby nach oben. Ich saß in einem Sessel neben dem Kamin, in dem ein Feuer brannte. Trotz der sommerlichen Temperaturen wurde es nachts empfindlich kalt in dem alten Steinkasten. Johannes' monotones Gemurmel im Nebenzimmer und die Wärme machten mich schläfrig.

Ich musste eingenickt sein.

Als ich mich umblickte, saß Johannes mir gegenüber in seinem Ledersessel und rauchte eine Zigarre. Das Feuer im Kamin war erloschen, Johannes sah mich eindringlich an.

„Was ist?" Schnell richtete ich mich auf.

„Ich mache mir Sorgen", antwortete er. „Um Joana."

„Verständlich", erwiderte ich. „Das mit den Einbrechern hätte auch anders ausgehen können. Sie sollte in den nächsten Tagen besser hierbleiben. Was sagt Allgaier?"

Johannes stieß Rauch aus.

„Er sieht sich das morgen an", meinte er schließlich. „Vielleicht ist das aber auch nicht notwendig. Alfie ist sofort nach Hause gefahren. Er hat das ganze Büro durchsucht. Er sagt, es fehle nichts. Alle Unterlagen seien an Ort und Stelle."

„Wie bitte?" Ich starrte ihn an.

Johannes zog an der Zigarre und starrte zurück. Dann fragte er: „Hast du das Gefühl gehabt, Joana könnte sich die Geschichte mit den maskierten Männern nur ausgedacht haben?"

„Natürlich nicht!" Seine Frage erschien mir derart absurd, dass ich lachte. „Wie kommst du darauf?"

Er drehte die Zigarre in seiner Hand hin und her und meinte: „Joana war schon immer eine gute Schauspielerin."

„Was willst du damit sagen?" Ich stand auf und ging vor dem Kamin auf und ab. „Warum hätte sie das erfinden sollen?"

Johannes schwieg. Die Weltkugel stand offen. Ich schenkte mir einen Sherry ein. Eigentlich mochte ich keinen Alkohol, aber in diesem Moment brauchte ich einen kräftigen Schluck.

„Warum hätte sie das tun sollen?", fragte ich wieder. „Warum?"

In diesem Moment betrat Alfie den Raum. Ich hatte keine Klingel gehört und keine Schritte in der Halle. Er musste über den Lieferanteneingang durch die Küche gekommen sein.

„Warum?", wiederholte er meine Frage mit einem

bösartigen Unterton und fügte hinzu: „Wenn ihr euch eben gefragt habt, warum Joana lügt, so sind wir schon drei.“

Ich sah ihn an. Meine Augen füllten sich mit Hass.

Alfie nahm die Flasche Whisky aus dem Globus, schenkte sich großzügig ein und trank in großen Schlucken.

Ich setzte mich wieder in den Sessel und richtete den Blick auf die gegenüberliegende Wand, wo mich die schwarzen Löcher eines gnädigen Herrn aus dem 17. Jahrhundert anstarrten.

„Joana steht offensichtlich unter Schock“, sagte Alfie und wischte sich den Mund ab. Ich sah ihn nicht an. Er widerte mich an. Doch ich konnte hören, wie seine Lippen schmatzten. „Connys Tod hat das Fass zum Überlaufen gebracht. Schon seit Monaten verhält sie sich seltsam. Ständig fühlt sie sich bedroht. Geradezu paranoid. Überall sieht sie Männer mit Masken. Sie weiß nicht mehr zwischen Realität und Einbildung zu unterscheiden.“

„Sie hatte bereits als Kind eine rege Phantasie“, sagte Johannes.

Ich starrte ihn fassungslos an.

„Wir müssen Joana schützen“, sagte Alfie zu Johannes. „Das ist unsere Pflicht. Wir müssen die Frauen und Kinder schützen. Vor den ganzen Wahnsinnigen, die hier so rumrennen.“ Er blickte mich feindselig an. „Aber leider auch vor sich selbst. Wer weiß, was Joana noch alles erzählt. Vielleicht sollte sie sich in professionelle Behandlung begeben. Vielleicht braucht sie Medikamente. Damit sie ruhiger wird. Joana ist einfach nicht mehr sie selbst.“

Johannes zog an seiner Zigarre. Als er den Mund öffnete, hoffte ich, dass er seinen Schwiegersohn zurechtwies. Doch er stieß nur Rauch aus. Und schwieg.

„Joana ist vollkommen gesund", protestierte ich. Herausfordernd sah ich Alfie an und fügte hinzu: „Noch. Wenn einer sie krank macht, dann bist du das!"

„Halt dich da raus", erwiderte Alfie und tastete über seine Haare. Dann schenkte er sich noch einen Whisky ein und sagte: „Joana ist *meine* Frau, kapiert?"

Ich schwieg.

„Ob du das kapiert hast, du Möchtegernbulle."

Seine Miene war glatt und kühl, doch unter der Oberfläche glühte der Hass. Ich konnte ihn so deutlich knistern hören wie die Glut im Kamin.

Johannes schwieg.

„Du gehörst nicht zur Familie", fuhr Alfie mich an. „Kümmere dich um deine eigenen Angelegenheiten."

Meine Finger schlossen sich fester um das Glas. Ich hielt es in der Gegenwart dieses Mannes einfach nicht mehr aus. Alfie liebte Joana nicht. Er liebte nur seinen Besitz.

„Joana hat mir erzählt, dass du schon immer in sie verknallt warst", fuhr er fort. „Am liebsten würdest du sie ficken, habe ich recht?"

Ruckartig erhob ich mich. Für einen kurzen Moment verspürte ich den Impuls, ihm eine reinzuhauen. Im Zweikampf hätte er keine Chance. Er war mir körperlich weit unterlegen. Alfie lachte.

Das Glas zersprang in meiner Hand.

„Bleib ruhig", sagte Johannes zu mir.

Aus meiner Hand quoll Blut. Letztlich war es nicht Alfie, der mich wütend machte, sondern Johannes. War er wirklich bereit, seine Tochter zu opfern, um die betrügerischen Machenschaften seines Schwiegersohns zu decken?

Ich presste ein Taschentuch auf die Wunde und kämpfte gegen das Verlangen, die Wahrheit herauszuschreien. *Du bist ein elender Heuchler!* Ich wollte sie Alfie mitten ins Gesicht schreien, damit ich endlich sah, wie es zersprang.

Das wäre strategisch aber sicher unklug.

Mit so viel Haltung, wie mir noch möglich war, verließ ich das Herrenzimmer. Während ich durch die Halle in Richtung Ausgang ging, fühlte ich mich wie in einem jener Träume, in denen man nicht recht von der Stelle kommt. Ich kämpfte gegen einen unsichtbaren Widerstand, der mich zusehends erlahmen ließ. Nie hätte ich gedacht, dass es einen so viel Kraft kosten konnte, die Wahrheit zu unterdrücken.

17. Kapitel

Vor siebenundzwanzig Jahren

Ich stand auf der Freitreppe vor Greenfield Hall und blickte zum Golfplatz hinüber. Die kühle Nachtluft verhalf mir langsam wieder zu einem klaren Verstand, nur mein rechter Zeigefinger pochte heiß.

Der Golfplatz lag im Dunkeln. Allein über der Fundstelle der Leiche schwebte eine gelbliche Wolke; man hatte ein paar Lichtspots und eine Kamera in den Boden gesteckt, um Tiere und Menschen davon abzuhalten, mögliche Beweise zu vernichten.

Irenes Porsche parkte noch in der Einfahrt.

Zögernd blickte ich in den Himmel empor. Es war eine sternenklare Nacht. Die Grillen zirpten.

Bleib ruhig, hatte Johannes gesagt.

Plötzlich machte mich das wütend. Ich hatte mich immer ruhig verhalten, eigentlich mein ganzes Leben lang. Bereits als Kind hatte man mich dafür gelobt, ein so stiller und vernünftiger Junge zu sein, zumal ich größer und kräftiger gewesen bin als die anderen. Meine Mutter hatte freitagabends immer in einer Kneipe am Hafen gearbeitet. Dort hatte ich früh beobachten können, wie Menschen von ihren lauten, unkontrollierten Gefühlen zerstört worden waren. Noch heute fühle ich mich unbehaglich, wenn jemand laut lacht. Auch deshalb hatte ich Johannes immer bewundert, weil ich ihn nie laut oder betrunken erlebt hatte. Alles an ihm war fein und kultiviert, zumindest feiner als bei anderen Männern. Doch an diesem Abend hatte ich begriffen, dass auch die leisen Gefühle zerstörerisch sein konnten. Man sah es nur nicht gleich. Sie schlugen nicht mit der Faust auf den Tisch oder ins Gesicht ihres Gegenübers. Sie grölten nicht herum. Die leisen Gefühle wurden einfach immer leiser, bis die Menschen aufhörten, lebendig zu sein. Vielleicht hatte ich deshalb die Arbeit mit Stein so geliebt, weil ich jenen Moment einzufangen versucht hatte, in dem das Sterben anfing.

Mein Handy vibrierte.

Wo bist •u?, hatte Irene geschrieben. *Wir sin• oben im grünen Zimmer. Komm hoch.*

Das grüne Zimmer lag an der Stirnseite des Hauses und wurde so genannt, weil man von dort den schönsten Blick über den Park und den Golfplatz hatte. Leise schlich ich zurück durch die Halle. Als ich am Herrenzimmer vorüberkam, drangen noch immer die Stimmen von Johannes und Alfie heraus.

Mein Finger pochte stärker.

Die Treppe nach oben war mit einem roten Läufer verkleidet, der meine Schritte dämpfte. Der vertraute Geruch von Lavendel und Zigarre kam mir entgegen. Oben starrte mich Annabells Mutter Ursula von einem Ölgemälde an. Sie sah Joana erstaunlich ähnlich, nur dass ihre Züge bereits versteinert waren, die Augen erloschen und der Zug um ihren Mund war verbittert.

An Joanas Tür blieb ich stehen und widerstand dem Impuls einzutreten. Direkt gegenüber lag Connys

Zimmer, mein Blick fiel auf das Schloss, das versiegelt worden war. Conny hatte sein eigenes Zimmer auf Greenfield Hall gehabt, das auch in seiner Abwesenheit an niemanden vergeben worden war.

Das grüne Zimmer lag am Ende des Gangs. Ich klopfte leise, bevor ich eintrat. Annabell und Irene saßen in einer Sitzgruppe im Erker. Ich setzte mich zu ihnen und erzählte noch immer aufgebracht, was Alfie behauptet hatte.

„Ist das nicht unglaublich“, sagte ich und blickte zuerst Irene an, dann Annabell. Ich hoffte auf eine Reaktion, die Empörung zum Ausdruck brachte. Doch Annabells Gesichtsausdruck änderte sich nicht und auch Irene blieb merkwürdig ruhig.

„Was ist?“, fragte ich.

„Annabell hat mir gerade erzählt, dass im letzten halben Jahr schon mal in der Villa eingebrochen worden ist. Schon zweimal, um genau zu sein. Das war heute das dritte Mal.“

„Ja und?“ Es wunderte mich zwar, dass Joana das nicht erwähnt hatte, aber ich führte das auf ihre Aufregung zurück. „Das bedeutet doch nicht, dass Joana die Geschichte erfunden hat! Im Gegenteil.“

Irene nickte nachdenklich. Dann fuhr sie fort: „Auch beim ersten Mal war Joana, wie heute, alleine zu Hause. Damals war sie im fünften Monat schwanger gewesen. Sie hatte bei Conny angerufen und ihm erzählt, dass zwei maskierte Männer in der Villa eingebrochen seien. Er ist sofort zu ihr gekommen. Die Polizei hat damals alles untersucht, konnte jedoch keine Spuren eines gewaltsamen Eindringens erkennen. Die Fenster und Türen waren verschlossen, kein Kratzer, nichts. Es hätte nur eine Möglichkeit gegeben, wie die maskierten Männer ins Haus gekommen sind – nämlich durch die Haustür. Dafür braucht man allerdings einen Code, den nur Joana, Alfie und die Haushälterin kannten." Nachdenklich fügte sie hinzu: „Als Alfie damals nach Hause gekommen ist, hat er sein Büro penibel untersucht. Daraufhin hat er der Polizei erklärt, dass nichts fehle."

Annabell saß noch immer unbeweglich da.

„Beim zweiten Mal rief sie Johannes an. Natürlich ist er sofort zu ihr gefahren. Wieder will sie zwei maskierte Männer gesehen haben, die aus dem Büro ihres Mannes gekommen sind. Und wieder hatte die Polizei keine Spuren finden können."

„Lass mich raten", sagte ich. „Und wieder hat Alfie behauptet, es fehle nichts."

„Richtig." Irene nickte.

Das Schweigen, das dann folgte, machte mich wütend.

„Aber das bedeutet doch nicht, dass Joana das erfunden hat!", rief ich aufgebracht. „Genauso gut könnte Alfie gelogen haben. Vielleicht hat er das Ganze sogar inszeniert, um seine Frau unglaubwürdig erscheinen zu lassen. Das wäre doch möglich. Warum zweifelt niemand an seiner Aussage? Warum? Warum ist man eher bereit, Joana für verrückt zu erklären, als in ihm den Lügner zu erkennen, der er ist?"

Irene nickte nachdenklich und betrachtete eine Porzellanfigur, die vor ihr auf dem Tisch stand.

Annabell senkte das Haupt. Im Schein der Stehlampe schimmerte ihr dunkles Haar schwarzblau. Der Scheitel trat weiß hervor.

„Hast du Allgaier erzählt, was bei Dextor Consulting vor sich geht?“, fragte ich noch immer wütend.

Zu meiner Erleichterung nickte Irene. „Ich habe heute Mittag schon versucht, ihn zu erreichen. Aber er war unterwegs. Letztlich ist das auch kein Thema, das man am Telefon bespricht. Ich werde morgen mit ihm reden.“

„Sollen wir nicht doch Johannes die Entscheidung überlassen?“, fragte Annabell leise. „Er kennt Alfie am besten. Er wird wissen, was das Richtige ist.“

„Entschuldigung, Annabell“, sagte ich. „Unter anderen Umständen würde ich dir beipflichten. Aber hier geht es um Mord. Wir dürfen keine Informationen zurückhalten, die mit dem Fall in Verbindung stehen können. Schon von Gesetzes wegen sind wir dazu verpflichtet.“

Ich blickte auf das blutige Taschentuch um meinen Finger. Sollte ich sie darauf ansprechen, was Luise gesagt hatte?

Doch Annabell sah mich auf eine Weise an, die mich verstummen ließ. Mit ausdrucksloser Stimme sagte sie: „In jeder Familie gibt es ein Gesetz, das stärker ist als die Gesetze, von denen du sprichst. In unserer Familie hieß dieses Gesetz, dass nichts nach außen dringen darf, was in der Familie geredet wird. Mein Vater hat uns das eingebläut, es galt für uns genauso wie für das Personal. Und er hatte es von seinem Vater, meinem Großvater. Auch Johannes hat es sofort verstanden und sich immer daran gehalten.“ Sie drehte ihre Hände hin und her. „Dieses Gesetz hat nur einen Haken: Wir haben über gar nichts geredet, das nach außen hätte dringen können. Zumindest nichts, was wirklich von Bedeutung gewesen wäre. Darüber haben wir geschwiegen. Auch über Georg. Und irgendwann", wieder drehte sie ihre Hände, „irgendwann haben wir vergessen, was wir nicht sagen durften. Ich weiß es selbst nicht mehr." Sie sah mich aus ihren dunklen Augen an, als sie fragte: „Was war noch mal so schlimm, dass wir es sogar vor uns selbst verheimlichen mussten?"

Ich starrte sie an. Noch nie hatte sie so mit mir geredet.

„Dieses Gesetz war sicher gut gemeint gewesen", fuhr sie fort. „Mein Vater hätte nie etwas Böses für uns gewollt. Doch vielleicht hat er einfach nicht genug nachgedacht. Vielleicht war er am Ende auch zu müde, so wie ich es jetzt bin. Wenn er nicht so müde gewesen wäre, hätte er sicher erkannt, dass es falsch war. Doch vielleicht hat er es ja auch erkannt. Als er starb, hatte er mir noch etwas sagen wollen. Doch da konnte er schon nicht mehr reden. Er hatte mich nur angesehen, so als wüsste er, dass ich es eines Tages schon selbst herausfinden würde." Sie nickte sich selbst zu, als sie hinzufügte: „Eines Tages, wenn es zu spät sein würde. Und nun ist es zu spät. Conny ist tot."

Ich glaube, in diesem Moment wollte sie weinen, aber sie konnte nicht.

„Conny ist tot", wiederholte sie mit erloschenen Augen. „Und Joana … Joana … wird noch krank von alledem. Joana war nie so wie ich. Sie ist viel lebendiger. Sie hat unser Gesetz nie einfach hingenommen. Dafür habe ich sie bewundert, aber auch bestraft. Denn auch ich wollte nur das Beste für meine Familie. Ich wollte doch immer nur meine Familie schützen, so wie mein

Vater es getan hat. Aber ich habe genau das Gegenteil erreicht."

Ich schwieg.

Immer hatte ich mir gewünscht, dass Annabell einmal so offen mit mir reden würde, und nun, als sie es tat, fand ich keine Worte.

Auch Irene sagte nichts.

Hilflos griff ich nach der Porzellanfigur und bemerkte, dass sie einen Riss hatte. Es war eine kleine, weiße Sammlerfigur, irgendein griechischer Gott mit einer Harfe, vielleicht Apollon oder Orpheus. Ich drehte den verletzten Gott in meinen Händen. Der Riss war nicht oberflächlich, die ganze Figur war gespalten, und ich wunderte mich, dass sie überhaupt noch zusammenhielt.

Annabell wandte sich jetzt an Irene: „Aber du wolltest vorhin etwas fragen. Als wir über Tamara gesprochen haben."

„Richtig." Irene besann sich. „Tamara und Johannes. Wie gut kannten sich die beiden?"

Annabell sah aus, als hätte sie die Frage nicht verstanden.

„Hatten sie mal was miteinander?", fragte Irene.

„Du meinst eine Affäre?" Plötzlich wechselte sie ins Französische und fragte abermals: „Une Affaire?"

„Ja", sagte Irene.

„Nein", erwiderte Annabell ruhig.

„Also, das glaube ich jetzt auch nicht", sagte ich. Es war mir unangenehm, dass Irene immer damit anfing. Während ich mir bei Alfie noch vorstellen konnte, dass er seine Frau betrog, war ich mir bei Johannes ganz sicher. „Johannes ist wirklich nicht der Mann, der Affären hat!“

Annabell sah mich dankbar an.

„Vielleicht vor eurer Zeit?“, hakte Irene nach. „Die beiden kannten sich offensichtlich von früher.“

„Ach so, das meinst du!“ Annabell setzte sich auf und blinzelte in das Licht. Dann schaltete sie die Stehlampe aus und sagte: „Natürlich! Entschuldigung, dass ich so unaufmerksam bin. Ich weiß nicht, was mit mir los ist.“ Sie fasste sich an den Kopf. „Ja, die beiden kannten sich von früher. Also, kennen ist zu viel gesagt, aber ...“

Ich sah sie an.

Annabells Gesicht lag nun im Dunkeln.

„Es ist schon lange her“, sagte sie. „Siebenundzwanzig Jahre, um genau zu sein. Damals waren Johannes und ich noch nicht verlobt, wir kannten uns erst wenige Monate.“ Sie blickte sich um. „Johannes hatte ein Ferienhaus in der Bretagne, in der Nähe von Bénodet. Es war das Jahr, in dem Susanne mit Conny schwanger gewesen war. Susanne hatte ja vor Conny ein oder zwei Fehlgeburten gehabt. Wir haben nie darüber gesprochen, aber ...“

Annabell verstummte.

„Aber?“, fragte Irene.

„Aber diesmal verlief die Schwangerschaft gut. Es gab keine Probleme. Deshalb wollte sie vor der Geburt noch einmal ans Meer. Als Kinder waren Johannes und Susanne ein paar Mal am Atlantik gewesen, beide liebten das Meer.“

Sie schwieg wieder. Aus ihrem Schweigen hörte ich das Grollen der Brandung.

„Okay“, fasste Irene zusammen. „Susanne war im

achten Monat mit Conny schwanger. Sie war für ein paar Wochen in das Ferienhaus von Johannes an den Atlantik gefahren. Alleine?"

„Ja", bestätigte Annabell. „Thomas war ja damals noch dabei, die Firma aufzubauen. Undenkbar, dass er das Geschäft im Stich gelassen hätte, nur um am Atlantik spazieren zu gehen. Vielleicht war es unvernünftig von Susanne, alleine zu fahren. Aber du kennst ja Thomas. Er macht immer so einen Stress. Vielleicht war sie sogar froh, dass er nicht mitkommen konnte."

Ich nickte.

„Ich habe damals in Paris studiert", fuhr Annabell fort. „Klavier."

Erstaunt sah ich sie an. Ich wusste nicht, dass Annabell überhaupt studiert hatte.

„Johannes und ich haben damals in einer Wohnung am Boulevard Montmartre gewohnt, es war eine glückliche Zeit", sagte Annabell und sah traurig dabei aus. „Eines Abends rief Susanne an. Sie hatte Blutungen bekommen. Also, leichte Blutungen sind ja nichts Außergewöhnliches, aber Johannes hat sich sofort ins Auto gesetzt und ist losgefahren. Um ganz sicher zu gehen, ist er mit ihr dann zur Kontrolle ins nächste Krankenhaus gefahren irgendwo in der Provinz. Es war spät geworden und der Arzt war schon weg. Eine Schwester empfahl ihnen eine Privatpraxis in der Nähe. Sie gehörte einer Hebamme und stand in einem sehr guten Ruf."

„Und diese Hebamme war Tamara?", fragte Irene.

Annabell nickte. „Nur, dass sie damals noch nicht Tamara de Lempicka hieß, sondern irgendwie anders, ich habe den Namen vergessen. Sie wohnte direkt über ihrer Praxis und hat sich sofort um Susanne gekümmert.

Das war ein großes Glück gewesen. Denn Tamara hatte bei Susanne erste Anzeichen einer Schwangerschaftsvergiftung erkannt und sofort gehandelt."

„Kaiserschnitt?"

„Nein, das wohl nicht. Ich erinnere mich nicht mehr genau. Aber einen Kaiserschnitt hätte sie in ihrer Praxis wohl nicht durchführen können. Sie muss es irgendwie geschafft haben, die Wehen einzuleiten." Sie überlegte. „Auf jeden Fall kam Conny noch an diesem Abend in Tamaras Praxis zur Welt, fünf Wochen vor dem offiziellen Geburtstermin, aber gesund. Und Johannes hat ihr bei der Geburt assistiert." Annabell sah Irene regungslos an, als sie sagte: „So ein gemeinsames Erlebnis verbindet natürlich."

„Das kann ich mir vorstellen." Irene nickte.

Annabell starrte auf ihre Hände.

„Und Thomas?", fragte Irene weiter. „Ist er damals nicht sofort losgefahren?"

„Nein." Annabell schüttelte gedankenverloren den Kopf, doch plötzlich lächelte sie: „Johannes hat sich immer um alle gekümmert, vor allem um seine kleine Schwester Susanne. Auch um Conny hat er sich später gekümmert, als wäre er sein eigener Sohn. Wenn Johannes einmal Verantwortung übernimmt, dann bleibt er dabei." Ihr Mund verzog sich schmerzvoll. „Außerdem spricht Thomas auch gar kein Französisch, ich glaube, er war einfach nur froh, als Johannes die beiden gesund nach Friedrichshafen zurückgebracht hat."

Annabell ging ans Regal und holte ein Fotoalbum heraus. Sie blätterte ein wenig verloren darin, schließlich hielt sie inne und reichte mir eine Schwarz-Weiß-Aufnahme. Sie zeigte zwei Kinder vor einer Klosterschule.

Der Junge war hochgewachsen, dunkel und hatte einen kühnen Ausdruck im Gesicht. Das Mädchen war heller und nicht recht zu erkennen, da es sich ängstlich hinter dem Jungen versteckte. Die beiden hätten in ihrer Kindheit viel durchgemacht, erklärte Annabell. Der Vater sei Alkoholiker gewesen, die Mutter viel zu jung. Nach einigen Vorfällen im Elternhaus seien die beiden in ein katholisches Heim gekommen. Johannes habe sich schon als Junge um seine kleine Schwester gekümmert und fühle sich bis heute für sie verantwortlich.

Ich nickte. Plötzlich war mein Groll gegen ihn verschwunden.

„Und als Tamara dann nach Greenfield Hall kam, hat sie Johannes wiedererkannt?", fragte Irene.

„Nicht sofort", erklärte Annabell. „Damals in der Bretagne war Johannes ja noch Johannes Häfele gewesen. Und Tamara hatte später auch geheiratet und den Namen gewechselt. Außerdem waren sie damals fast dreißig Jahre jünger gewesen."

„Sie haben nach Connys Geburt also keinen Kontakt gehalten?"

„Susanne hat wohl noch ein paar Jahre geschrieben und Kinderfotos geschickt. Doch irgendwann brach der Kontakt ab, wie das halt so ist. Damals gab es ja auch noch keine Handys."

„Und wie haben sie sich dann wiedererkannt?"

„Durch Conny. Der Name Konrad Seifried war Tamara in Erinnerung geblieben. Sie hat ihn ja selbst in den Mutterpass eingetragen. Tamara ist dann Anfang Juni sogar zu Susanne nach Friedrichshafen gefahren, um sie zu besuchen. Aber Susanne hat sich in den letzten beiden Jahren sehr zurückgezogen. In der Coronazeit hat sie das Haus gar nicht mehr verlassen."

Ich nickte und sah Susanne wieder vor mir, wie sie auf ihrem Stuhl im Wohnzimmer gesessen hatte.

„Du glaubst also wirklich", fragte Irene, „dass es Zufall war, dass Tamara nach Greenfield Hall kam?"

„Zufall?" Annabell zuckte mit den Schultern. „Ja und nein. Tamara hat sich in den letzten dreißig Jahren eine exklusive Kundschaft aufgebaut. Ihr Geschäftsmodell liegt voll im Trend, also das mit den natürlichen Geburten kommt bei jungen Frauen wie Joana gut an. Ich will nicht verschweigen, dass sie enorm teuer ist. Nur die besten Familien können sich das leisten, sie war sogar schon bei einer Geburt in einer Königsfamilie dabei. Die Welt ist groß, aber in gewissen Kreisen auch wieder klein." Sie reckte den Kopf, als sie hinzufügte: „In unseren Kreisen läuft man sich halt immer wieder über den Weg."

„Verstehe", sagte Irene.

Annabell stellte das Album zurück, ging an einen Schrank und nahm eine Tablettenschachtel heraus. Zurück am Tisch drückte sie drei Tabletten heraus. Dann sagte sie: „Tut mir leid. Ich bin wirklich sehr müde. Ich werde jetzt versuchen zu schlafen."

„Natürlich", erwiderte Irene. „Nur noch eins. Constanze ist doch am Freitag in den USA operiert worden."

„Das habe ich gehört, ja."

„Weißt du, was es für eine Operation war?"

Annabell schob die kleinen, blauen Tabletten auf dem Tisch hin und her und sagte: „Constanze hatte schon länger Probleme mit der rechten Hand. Manchmal klagte sie über Gefühlsstörungen wie Taubheit oder Kribbeln im kleinen Finger. Sie hatte Angst, dass sie eines Tages nicht mehr spielen können würde. Viele Klavierspieler leiden an dieser Angst. Schon Brahms hatte sie. Ich denke, Constanze hat sich für einen Eingriff an ihrem Handgelenk entschieden. Man redet darüber nicht, weil das die Karriere gefährden könnte."

„Du hältst es also nicht für möglich, dass sie schwanger gewesen sein könnte?"

„Schwanger?" Annabell hielt inne. Sie wirkte ehrlich überrascht. „Nein. Ich weiß, wie eine schwangere Frau aussieht. Constanze war definitiv nicht schwanger. Niemals. Außerdem war der Eingriff ja über Monate im Voraus geplant worden."

„Stimmt", sagte Irene. „Jetzt haben wir so viel über Connys Geburt gesprochen, dass ich nur noch Schwangere gesehen habe."

Annabell schluckte die Tabletten und spülte sie mit Wasser hinunter. Noch vor wenigen Tagen hätte sie sich niemandem so gezeigt. Zum ersten Mal empfand ich Mitgefühl mit dieser Frau, die mir immer so unnahbar erschienen war.

„Versuch zu schlafen, Annabell", sagte ich. „Das Schlimmste ist vorüber. Es wird jetzt mit jedem Tag ein bisschen besser werden."

So sprach ich damals und glaubte wohl selbst daran. Hätte ich gewusst, was uns am nächsten Tag erwarten würde, so hätte ich wohl keine Sekunde geschlafen.

18. Kapitel

Ein zweiter Leichnam

Es war drei Uhr morgens, als ich aus dem Schlaf aufschreckte. Mein Herz hämmerte und mein Finger pochte wieder. Ich musste einen Alptraum gehabt haben, doch ich erinnerte mich nicht mehr daran. Nur das letzte Bild stand noch vor meinen Augen. Es war ein weißer Körper, der langsam in einen schwarzen Grund zurückglitt. Als ich erneut erwachte, war es halb acht.

Die Sonne schien mir ins Gesicht.

Ich putzte meine Zähne, zog ein T-Shirt über und stolperte in die Küche hinüber.

„Guten Morgen", empfing mich Serafina.

„Guten Morgen." Ich gähnte und fuhr mir durch die Haare.

„Wo hast du denn deine neugierige Freundin gelassen?"

Für einen Moment wusste ich nicht, wen sie meinte. Dann fragte ich: „Meinst du Irene?"

Serafina wischte ein paar Krümel vom Tisch.

„Pass auf, Hector", sagte sie. „Diese Frau ist gefährlich."

„Wie kommst du denn darauf?" Ich lachte demonstrativ.

„Unser Conny war in letzter Zeit auch immer mit ihr zusammen. Und dann war er plötzlich tot."

„So ein Quatsch", sagte ich. „Das eine hat doch mit dem anderen nichts zu tun." Verärgert trat ich ans Fenster. Serafina hatte ihr Leben lang in einer Familie gedient, in der Frauen wie Irene mit Argwohn betrachtet wurden, selbst wenn man sie bewunderte. Um das Thema zu wechseln, fragte ich: „Ist noch Frühstück da?"

„Ich bereite es dir drüben im Erkerzimmer zu", sagte Serafina. Dann zog sie wie früher eine Augenbraue nach oben und meinte: „Aber du willst doch sicher zuerst duschen, junger Mann."

Ich nickte versöhnlich. Eine Viertelstunde später empfing mich der Duft von frisch gebrühtem Kaffee im Erkerzimmer. Auf dem runden Tisch stand ein liebevoll zubereitetes Frühstück, so als wollte sich Serafina für ihre unpassende Bemerkung entschuldigen.

In der Ferne war ein Hubschrauber zu hören. Der Lärm der Rotoren nahm zu, bis der Hubschrauber über dem Golfplatz zu kreisen schien. Ich trat ans Fenster und schob die Vorhänge beiseite, konnte von hier aus jedoch nichts erkennen. In diesem Moment stürzte Serafina zur Tür herein und starrte mich an.

„Was ist los?", fragte ich.

„Unten am See. Es hat noch einen Mord gegeben." Serafina bekreuzigte sich und begann ein Gebet zu murmeln.

„Um Gottes willen, hör auf zu beten und rede!", schrie ich sie an. „Wer ist ermordet worden?"

Serafina sank auf die Eckbank nieder und flüsterte: „Das weiß ich nicht. Ich weiß nur, dass wir hier nicht mehr sicher sind. Jeder könnte der Nächste sein."

Fassungslos über so viel Unvernunft schüttelte ich den Kopf und stürmte aus dem Zimmer. Auf der Freitreppe standen Emily und Nina, die sich aufgeregt unterhielten.

„Was ist passiert?", fragte ich.

„Unten am See", sagte Emily. „Sie haben eine zweite Leiche aus dem Wasser gezogen."

„Wen?"

„Woher soll ich das wissen?", gab sie kühl zurück. Ihre Augen verengten sich, als sie hinzufügte: „Der Graf ist gerade nach unten gegangen. Er ist es auf jeden Fall nicht."

„Oh mein Gott!" Nina bekreuzigte sich ebenso, wie Serafina es immer tat, und sagte weinerlich: „Das ist doch nicht normal. Was ist denn nur mit dieser Familie los? Die Hofmeisterin sagt, das Haus sei verflucht. Vielleicht sollten wir kündigen. Jede von uns könnte doch die Nächste sein."

„Glaub doch nicht alles, was die Hofmeisterin erzählt", erwiderte Emily kopfschüttelnd. In ihrem Blick lag Mitleid und Verachtung für das junge Mädchen.

Ich ließ die beiden stehen und rannte zum See hinab, begleitet vom ohrenbetäubenden Lärm des Hubschraubers, der eben auf dem Golfplatz zur Landung ansetzte. Schon von Weitem erkannte ich am Ufer den Halbkreis der Männer, die um einen hellen, nackten Körper standen. Nur Johannes blickte kurz auf, als ich herantrat, und trat einen Schritt zur Seite.

Es war eine Frau. Das Gesicht war aufgequollen und von Flecken übersät, aber es war in seiner Form nicht zerstört. Erleichtert stellte ich fest, dass ich sie nicht kannte. Gelbe Haarsträhnen klebten an ihrem Schädel.

„Wer ist das?", fragte ich gegen den Hubschrauberlärm an. Johannes musste die Frage von meinen Lippen abgelesen haben, denn er beugte sich zu mir und brüllte: „Tamara de Lempicka."

In diesem Moment erlosch der Motorenlärm des Hubschraubers. Ich massierte meine Ohren, in denen ein heller Sirenenton an- und abschwoll.

„Und Sie sind sich mit dem Todeszeitpunkt wirklich ganz sicher?", hörte ich Allgaier. Er sprach zu dem Arzt, der sich Notizen gemacht hatte. Es war ein noch junger Mann mit muskulösen Händen und einem entschlossenen Gesicht.

„Ja, Herr Hauptkommissar", sagte er. „Die Leiche lag mindestens zwei Wochen im Wasser, vielleicht auch drei."

Allgaier strich sich über das Kinn, auf dem Bartstoppel standen. „Das verstehe ich nicht", sagte er in die Runde hinein. „Der Leichnam von Konrad Seifried lag eine Woche im Wasser und war fast gänzlich zerstört. Und jetzt sagen Sie, diese Leiche lag mindestens doppelt so lange in demselben Weiher. Wie kann es sein, dass sie so gut erhalten ist?"

Der junge Arzt dachte nach, bevor er antwortete. „Sehen Sie hier die Blasen auf der Haut?" Er kniete sich neben die Leiche, deutete auf den Hals, dann auf den Oberarm und schließlich auf die Innenseite der Schenkel. „Das sind ganz normale Fäulnisprozesse, wenn sich die Oberhaut ablöst. An der Luft tritt ein solches Blasenmuster etwa nach einer Woche auf. Nach der Casper'schen Regel braucht es im Wasser doppelt so lang. Das ist natürlich nur eine sehr grobe Regel. Bei Wasserleichen kommen noch viele Faktoren hinzu, die ich auf die Schnelle nicht miteinrechnen kann. Wir sollten auf jeden Fall einen Experten zu Rate ziehen."

„Es ist aber ausgeschlossen, dass die Frau erst gestern Nacht ermordet wurde?", fragte Staatsanwalt Good und sah den jungen Mann derart scharf an, dass er schluckte.

Doch der blieb tapfer bei seiner Meinung: „Wie gesagt: mindestens zwei Wochen."

Aus dem Hubschrauber waren zwei Sanitäter geklettert, die nun mit einer Bahre eintrafen.

„Moment", sagte Allgaier, „der Fotograf ist noch nicht fertig."

Allgaier wandte sich dem Staatsanwalt zu: „Sollen wir Taucher anfordern? Nachher liegt noch eine Leiche im See. Ich will keine Überraschungen mehr erleben. Oder gleich das Wasser ablassen?"

„Das Wasser ablassen?" Johannes räusperte sich. „Dafür ist der See doch viel zu groß. Wie soll das gehen?"

„Taucher", entschied Good.

Allgaier telefonierte. „Schicken Sie mir Taucher, ja, so schnell wie möglich", schrie er in sein Handy, als hörte auch er schlecht. „Ist mir doch egal .... ja, alle ... und ja, sofort. Heute noch."

Kopfschüttelnd legte er auf und trieb den Fotografen zur Eile an.

„Ich muss noch die Rückseite fotografieren", sagte der. „Kann jemand die Leiche noch mal umdrehen?"

Allgaier bedeutete den Sanitätern, sie sollten die Leiche umdrehen. Erst jetzt erkannte ich das golfballgroße Loch am Hinterkopf. Ich starrte Johannes an.

„Brauchst du mich noch?" Johannes wandte den Blick ab.

„Im Moment nicht“, erwiderte Allgaier.

Während der Fotograf das Loch im Kopf aufnahm, drehte sich Johannes um. Schweigend ging er zum Herrenhaus zurück. Ich folgte ihm. Oben am Fenster im grünen Zimmer stand Annabell und starrte uns an. Als wir näherkamen, trat sie vom Fenster zurück.

19. Kapitel

Eine Vernehmung mit überraschendem Ausgang

„Okay“, sagte Hauptkommissar Allgaier. „Es wird nur eine kurze Vernehmung werden. Wenn Sie zu erschöpft sind, Gräfin von Freybach, dann sagen Sie es einfach, ja? Dann machen wir eine Pause.“

Annabell nickte.

Es war Dienstag, der 21. Juni, 14 Uhr. Wir hatten uns im Herrenzimmer eingefunden, das in einen Verhörraum umfunktioniert worden war. Es war eine Kompromisslösung gewesen. Eigentlich war Annabell nicht vernehmungsfähig, nach dem zweiten Leichenfund hatte sie einen Nervenzusammenbruch erlitten. Doch weil bereits gemunkelt wurde, Allgaier würde die Familie zu sehr schonen, hatte man sich darauf geeinigt, Annabell auf Greenfield Hall zu vernehmen. Johannes war von der Vernehmung ausgeschlossen, nur mir war gestattet worden, zu bleiben.

Annabell saß in ihrem schwarzen Samtsessel mit Blick auf den Holztisch, der eigens zu diesem Zweck herangeschafft worden war. Allgaier und Staatsanwalt Good hatten daran Platz genommen. Eine Flasche

Wasser und Gläser standen bereit, auch für Kaffee hatte Serafina gesorgt.

Allgaier wandte sich an Annabell und sprach betont langsam: „Wann haben Sie Tamara de Lempicka zuletzt gesehen?“

Annabell starrte an ihm vorbei und reagierte nicht.

Allgaiers Blick, der zwei Tage zuvor noch hell und durchdringend gewesen war, hatte etwas Stierendes bekommen. Der entschlossene Zug um seinen Mund war verbissen geworden. Er stand unter Druck.

„Gräfin Annabell?“, sprach er sie noch einmal vorsichtig an.

Annabell nahm Beruhigungsmittel, wie es hieß, doch in ihren Augen konnte ich sehen, dass es Psychopharmaka waren. Die Tabletten hatten ihre Panik jedoch nur oberflächlich in Gleichgültigkeit aufgelöst, darunter lauerte weiterhin die Angst.

„Gräfin Annabell?“, versuchte es Allgaier wieder. „Wann haben Sie Tamara de Lempicka zuletzt gesehen?“

„Das war am Montag“, erwiderte sie nun. „Montag vor zwei Wochen.“

„Sie meinen also am Montag, den 6. Juni?“

Annabell nickte.

„Und wann?“ Allgaier bemühte sich, einfühlsam zu bleiben. Doch sein Mundwinkel zuckte.

„Es war nach dem Frühstück.“ Annabell blickte auf ihre Hände. „Ich war mit Johannes draußen. Wir wollten segeln gehen an diesem Tag. Unser Boot steht unten in Langenargen.“

„Sie haben Tamara de Lempicka also draußen gesehen?“

„Ja. Am Golfplatz."

„War sie alleine?"

„Nein."

„Wer war bei ihr?"

„Ein Mann."

„Erkannten Sie den Mann?"

„Ja. Es war Lennox. Lennox Kleinert."

„Und was haben die beiden gemacht?"

„Sie wollten Golf spielen."

„Woraus schließen Sie das?"

„Sie hatten Sportkleidung an und auch ihre Golfbags dabei. Sie gingen in Richtung von Abschlag Eins."

„Um wie viel Uhr war das?"

„Um wie viel Uhr?", frage sie und sah mich hilfesuchend an.

„Du sagtest, es sei nach dem Frühstück gewesen", half ich ihr. „Erinnerst du dich noch an die genaue Uhrzeit?"

„Nicht genau", sagte sie. „Aber ich glaube, es war gegen zehn."

Allgaier nickte. „Und Sie sind sich sicher, dass es sich bei dem Mann um Lennox Kleinert gehandelt hat?"

„Ja", sagte sie. „Ich habe mich mit Johannes noch darüber unterhalten. Ich habe gesagt, na siehst du, die beiden vertragen sich also wieder."

„Was war das für ein Streit?"

„Ich weiß nicht genau. Lennox ist Tamara immer hinterhergelaufen, doch sie hat ihn abblitzen lassen. Sie war ja auch deutlich älter."

„Und danach haben Sie Tamara nicht mehr gesehen?"

„Nein", sagte sie. „Ich wusste, dass sie am Dienstag oder am Mittwoch abreisen wollte. Aber ich dachte mir, dass sie halt früher gefahren ist. Sie war mir ja keine Rechenschaft schuldig."

„Okay." Allgaier nickte. Mit Blick auf Staatsanwalt Good fügte er hinzu: „Von meiner Seite aus war's das. Haben Sie noch Fragen?"

Der Staatsanwalt räusperte sich. Seine Frage war ihm sichtlich unangenehm: „Kann es sein, dass Ihr Mann eine Affäre mit Tamara de Lempicka gehabt hatte?"

„Nein", erwiderte sie entschieden. Annabell sah in die Ferne, wo sie sich für zwei Punkte zu interessieren schien, zwischen denen ihr Blick unermüdlich hin- und hersprang. „Glauben Sie doch nicht alles, was getratscht wird", sagte sie plötzlich hart. „Mein Mann kannte die Frau von früher, das war alles. Von einer Affäre kann nicht die Rede sein."

Allgaier wirkte erleichtert. Annabell hatte bestätigt, was Johannes gesagt hatte. Er entließ sie mit der Empfehlung, sie möge sich jetzt hinlegen und schonen.

Nach Annabell wurde Emily hereingerufen. Sie trat selbstbewusst auf wie immer. Kurz und knapp bestätigte sie die Aussage ihrer Arbeitgeber in allen Punkten. Ja, Tamara sei mit Lennox am Montag, den 6. Juni zu einer Partie Golf aufgebrochen. Und ja, Annabell und Johannes seien zum Segeln gefahren und erst spät wieder zurückgekommen. Und nein, etwas anderes sei ihr nicht aufgefallen. Sie arbeite schließlich und könne sich nicht den ganzen Tag in die Angelegenheit anderer Menschen einmischen. Als sie mit erhobenem Haupt den Raum wieder verließ, kam ihr Serafina bereits entgegen. Die beiden Frauen maßen sich mit scharfen Blicken.

„Man bekommt einfach kein gutes Personal mehr", sagte Serafina, nachdem sie sich gesetzt hatte. „Was ist mit diesen jungen Leuten nur los? Sie spielen lieber selber Herrschaften, als den Platz in der Gesellschaft einzunehmen, der ihnen zugewiesen wurde. Aber sie werden es schon noch lernen. Mit den Jahren lernen es alle. Das Leben hat noch alle zurechtgewiesen."

Allgaier zog eine Augenbraue nach oben und fragte: „Wann haben Sie Tamara de Lempicka zum letzten Mal gesehen?"

„Das war schon eine seltsame Person", sagte Serafina. „Und es wundert mich nicht, dass sie tot ist. Sie war so hochmütig. Und Hochmut kommt vor dem Fall. So sagt man doch, habe ich recht?"

Allgaiers Augenbraue zuckte, aber er unterbrach sie nicht.

„Ich meine, Tamara war wohl eine gute Hebamme, anscheinend sogar Ärztin. Das hat man mir so gesagt. Graf von Freybach hat das bestätigt. Und den Herrschaften gegenüber hat sie sich nie im Ton vergriffen. Das muss man ihr zugutehalten. Überhaupt war sie sehr korrekt. Aber sie hatte so einen Blick! Als sie uns Joanas Baby gezeigt hat, da hat sie nicht gelächelt. Sie hatte gar nichts Mütterliches an sich, obwohl sie Hebamme war. Das darf man doch seltsam finden. Eine Hebamme muss doch die Kinder lieben!" Serafina tastete über ihren Haarknoten, als sie hinzufügte: „Tamara hatte das Böse im Blick!"

Allgaier kratzte sich an der Stirn. „Und wann haben Sie sie jetzt zuletzt gesehen?"

„Am Montag, zum Frühstück."

„Sie meinen Montag, den 6. Juni?"

„Richtig."

„Sie hat hier bei uns auf Greenfield Hall gewohnt

und war immer früh wach. Meist hat sie schon um sechs Uhr gefrühstückt. Ich habe ihr wie immer das Frühstück im Erkerzimmer zubereitet. An diesem Tag habe ich auch noch das Frühstück für die Herrschaften im Salon vorbereitet und bin dann gegangen. Ich musste in die Schweiz, Besorgungen machen. Als ich nachmittags zurückkam, waren die Herrschaften nicht da. Sie seien zum Segeln gefahren." Sie starrte vor sich hin. „Das hat Conny gesagt. An diesem Montag hat er ja noch … gelebt." Sie bekreuzigte sich. „Der Friede sei mit ihm." Sie faltete ihre Hände und fügte leise hinzu: „Die Herrschaften kamen dann erst am Abend zurück, das war gegen sechs. Es gab Rinderfilet mit Kartoffeln."

„Und danach haben Sie Tamara nicht mehr gesehen?"

„Nein", sagte sie. „Ich fand es zwar seltsam, dass sie sich nicht bei mir verabschiedet hat. So korrekt wie sie immer war. Doch ich dachte mir nichts dabei. Tamara war eine beschäftigte Frau. In ihrem Beruf kann man nicht immer alles planen. Wann ein Kind zur Welt kommen will, entscheidet der Herrgott und nicht wir unseligen Menschen."

Allgaier kritzelte etwas auf seinen Block. Er sah nicht auf, als er fragte: „Wie war das Verhältnis zwischen Graf von Freybach und Tamara de Lempicka?"

„Gut", sagte sie. Und dann: „Warum wollen Sie das wissen? Wenn Sie damit andeuten wollen, der Graf habe etwas mit dieser Person gehabt, dann liegen Sie falsch." Serafina war empört. „Die Menschen haben eine so billige Phantasie. Das ist wegen dieser Fernsehserien. Da geht es doch immer nur um das Eine. Aber für den Grafen lege ich meine Hand ins Feuer. Seit er hier im

Haus ist, hat er keine andere Frau mehr angesehen. Johannes ist in allem ein Vorbild. Anfangs konnte ich zwar die Vorbehalte von Annabells Vater Graf Arthur von Freybach verstehen, weil Johannes ja kein Adliger war. Ich meine, heute erscheint das ja schon irgendwie normal, dass eine Adlige einen Bürgerlichen heiratet, aber damals war das eine kleine Revolution. Johannes hat dem alten Freybach versprochen, dass er sein Vertrauen nicht enttäuschen würde. Und er hat sein Versprechen gehalten. Bis heute. Johannes ist zwar nicht adelig, aber er ist ein edler Mensch."

Allgaier sah ihr lange ins Gesicht, als studierte er die Physiognomie einer längst vergangenen Zeit. Ihre Rede schien ihn trotz allem beeindruckt zu haben. „Danke, Frau Hofmeister", sagte er schließlich. Und dann freundlicher: „Wenn der Staatsanwalt keine Fragen mehr hat, können Sie jetzt gehen."

Good nickte.

Der Jäger Zacher betrat den Raum, der sich mit seinem Eintritt zu verdüstern schien. Er setzte sich auf den Holzstuhl, jedoch ganz vorne, jederzeit bereit, wieder aufzuspringen. Allgaier spulte seine Fragen ab. Wann er Tamara de Lempicka zuletzt gesehen habe? Gar nicht, antwortete der Jäger. Was er über diese Frau berichten könne? Nichts. Ob sie Feinde gehabt habe? Er habe keine Ahnung. Wie ihr Verhältnis zu der Gräfin gewesen sei? Auch das wisse er nicht. Und zum Grafen? Schweigen. Er habe die Hebamme nur einmal aus der Ferne auf dem Golfplatz gesehen, sagte er dann. Da sei ihm nichts Besonderes aufgefallen. Ansonsten könne er nichts sagen. Gar nichts. Er sei nur hier, weil der Graf gesagt habe, er müsse trotzdem aussagen, auch wenn er nichts wisse.

Der Mann wirkte wie ein Fremdkörper in diesem Zimmer.

Aus ihm war definitiv nichts herauszubekommen. Noch heute glaube ich nicht, dass er log. Für ihn schienen andere Menschen und die Welt außerhalb des engen Stückchens Waldes, in dem er hauste, tatsächlich nicht zu existierten. Nur Johannes akzeptierte er als seinen Herrn, so wie ein Hund seinen Herrn akzeptiert. Das war keine bewusste Entscheidung, sondern eine Schicksalsgemeinschaft.

Auch Allgaier schien angesichts so viel Verstocktheit nicht weiter zu wissen.

In diesem Moment klopfte es energisch an der Tür. Emily trat ein und ging direkt auf Allgaier zu. Sie hatte einen braunen DIN-A4-Umschlag in der Hand und überreichte ihn Allgaier mit den Worten: „Das ist eben für Sie abgegeben worden, Sir."

„Von wem?"

„Ein Fahrradkurier."

Allgaier runzelte die Stirn. Auf dem Briefumschlag stand in Druckbuchstaben *Hauptkommissar Allgaier.* Er fuhr mit dem Daumen durch den oberen Falz und entnahm zwei DIN-A4-Blätter, bei denen es sich um ausgedruckte Fotos zu handeln schien. Er betrachtet sie lange und reichte sie schließlich an Staatsanwalt Good weiter.

„Holen Sie sofort den Fahrradkurier zurück!", befahl Allgaier.

„Aber", erwiderte Emily. Dann verstummte sie und eilte aus dem Zimmer.

Nach kurzem Zögern reichte Staatsanwalt Good mir die Papiere weiter.

Es waren stark vergrößerte Fotos, die mit einem einfachen Farbdrucker ausgedruckt worden waren. Das erste Papier war mit dem Datum 06.06.22 überschrieben und zeigte zwei Fotos, die in kurzem Abstand hintereinander geschossen worden waren. Ein Mann und eine Frau standen in Golfkleidung am Weiher. Obwohl ich sie noch nie lebend gesehen hatte, wusste ich, dass es sich um Tamara de Lempicka und Lennox Kleinert handeln musste. Auf dem nächsten Bild schleifte Lennox Kleinert bereits den leblosen oder bewusstlosen, auf jeden Fall mit Blut überströmten Körper von Tamara de Lempicka in Richtung Wasser.

Fassungslos schüttelte ich den Kopf.

Auf dem zweiten Papier stand das Datum 13.06.22. Genau eine Woche später. Nun waren drei Personen am Weiher zu sehen. Ich schluckte. Der eine war Conny; seine Kappe leuchtete in der Morgensonne. Neben ihm stand ein junges Mädchen, das nicht Joana war. Ich nahm an, dass es sich dabei um Constanze handelte. Der dritte Mann war Lennox Kleinert, diesmal allerdings nicht in Golfkleidung, sondern mit bereits deutlich sichtbaren Zügen der Zerrüttung. Sein Shirt war zerrissen, der Bart wirkte verwahrlost.

Allgaier bedeutete mir, ich solle die Fotos Zacher geben.

„Wissen Sie, von wo aus die Fotos aufgenommen worden sind?", fragte Allgaier den Jäger.

„Vom Hochsitz am Waldrand."

„Überlegen Sie gut, bevor Sie meine nächste Frage

beantworten", sagte Allgaier drohend. Dann fragte er: „Haben Sie diese Fotos aufgenommen?"

„Nein."

„Wer dann?"

„Ich weiß nicht."

„Wer hat noch Zugang zu dem Hochsitz?"

„Jeder kann da hoch."

Zacher wurde vorläufig entlassen. Nachdem er aus dem Raum war, entschied der Staatsanwalt: „Wir leiten eine Großfahndung nach Lennox Kleinert ein."

In der nächsten Stunde fand Allgaiers Blick wieder zu seiner alten Strahlkraft zurück, als er vor versammelter Mannschaft kundgab, man habe einen Hauptverdächtigen. Auch wenn uns die Beweise einfach so in die Hand gespielt worden waren, war es doch ein gutes Gefühl, endlich handeln zu können. Selbst die später eintreffende Nachricht, dass Constanze von Kodály auch an diesem Tag noch nicht vernehmungsfähig war, nahm Allgaier gefasst auf.

20. Kapitel

Zachers Geheimnis

Während draußen der Hubschrauber über Greenfield Hall kreiste, saß Johannes drinnen im Herrenzimmer und rauchte. Ich brachte ihm eine Tasse Tee. Man könne nur hoffen, sagte er, dass Lennox schnell gefasst werde. Ich stimmte ihm zu. Johannes' Zustand bereitete mir Sorgen. Wenn ich ihn etwas fragte, antwortete er nur ausweichend oder starrte abwesend vor sich hin. Als er die Tasse zum Mund führte, zitterte seine Hand.

Mit der Entschuldigung, dringend etwas Bewegung zu brauchen, entfernte ich mich. Dann zog ich meine Turnschuhe an und machte mich auf den Weg zu Irene. Diesmal ging ich nicht durch die Weinberge, sondern nahm einen Umweg durch den angrenzenden Wald. Nach etwa zwanzig Minuten erreichte ich das Försterhaus am Waldrand.

Früher war es ein Haus mit einem hellgelben Putz gewesen und mit Blumenkästen vor den Fenstern. Damals hatte Zachers Frau noch gelebt, sie war eine rundliche, unscheinbare Person gewesen, die sich um alles gekümmert hatte. Die Blumenkästen waren längst verschwunden und die Fassade war grau geworden.

Unschlüssig blieb ich hinter einer Baumgruppe stehen und beobachtete das Haus. Die Garage stand offen, Zachers alter Jeep war darin. Erschrocken wich ich zurück, als Zacher aus dem Haus kam. Er hatte das Gewehr geschultert und seinen Hund dabei, einen schwarzen Dobermann, den er an der Leine führte.

Ich wartete noch fünf Minuten, bis die beiden im Wald verschwunden waren, dann ging ich hinein. Von der Garage gelangte man in die Waschkammer, in der Zacher seine dreckigen Schuhe und Kleider deponierte. Als Kinder hatten wir manchmal einen Rehbraten abgeholt, den Zachers Frau für Greenfield Hall vorbereitet hatte.

Wie damals war die Tür nicht verschlossen.

Leise trat ich ein und schlich durch den Vorraum in den Flur. Die Wände hingen voll mit Geweihen, die sich um einen ausgestopften Hirschkopf gruppierten, der mich aus großen, traurigen Augen anblickte.

Es stank nach kaltem Rauch.

Ich ging ins Wohnzimmer. Um den offenen Kamin standen präparierte Tiere; ein Iltis, ein Fasan und sogar eine Wildschweinmutter mit ihren Jungen. Die Bache und ihre Frischlinge, die an ihren Zitzen nach Milch zu suchen schienen, wirkten so täuschend lebendig, als wollten sie jeden Moment in den Wald hinauslaufen.

In der Küche stapelte sich das dreckige Geschirr, leere Raviolidosen lagen neben geöffneten Dosen mit Hundefutter. Obwohl das Küchenfenster gekippt stand, war der Gestank unerträglich. Die Tür zu einer Vorratskammer war offen, ein Bierkasten stand darin. Noch immer war ich unschlüssig, was ich eigentlich suchte. Dann betrat ich das Büro, das von einem großen, dunklen Schreibtisch und einem ebenso dunklen Ledersofa dominiert wurde. Auf dem Schreibtisch standen ein Computer und ein Drucker. Neben dem Sofa stapelten sich Schnapsflaschen, der Beistelltisch war mit Jägerzeitschriften, Pornoheften und Fotos überhäuft.

Angewidert betrachtete ich ein Foto, das eine Frau zeigte, die auf dem Boden kniete und einen Mann oral befriedigte. Die Szene spielte sich im Wald ab und schien von Zacher selbst aufgenommen worden zu sein. Am Bildrand war der Hochsitz zu erkennen, von dem aus er das Foto geschossen hatte.

Vorsichtig blätterte ich den Stapel durch. Alle Fotos waren vom Hochsitz geschossen worden. Sie zeigten Spaziergänger, Waldarbeiter und Jogger, Menschen in allen Lebenslagen, auch in solchen, in denen man sie sonst nicht sah, beim Urinieren hinter einem Baum oder beim Sex. Auch Tierbilder waren darunter.

Zacher war ein Voyeur.

Ich öffnete die oberste Schublade des Schreibtisches. Erschrocken schloss ich sie wieder, als ich Zachers Frau erkannte, die nackt und in demütigender Pose in die Kamera blickte. Auch die anderen Schubladen waren voll von Bildern von Frauen, von jungen und älteren, dicken und dünnen, die Zacher selbst geschossen oder aus dem Internet gezogen zu haben schien.

Eine Fotoserie stach hervor, weil es sich bei der Frau um eine auffällig schöne Frau handelte. Ich betrachtete die Bilder genauer. Dieser Wichser! Voller Wut knüllte ich ein Papier zusammen. Es war Joana. Ihr Gesicht war deutlich zu erkennen. Der Mann, der sie von hinten fickte, war Alfie.

Dieses Schwein! In diesem Moment wurde mir bewusst, wie sehr ich Alfie hasste.

Im Drucker fand ich schließlich das Foto, das der Polizei zugespielt worden war. Es zeigte Lennox, wie er die leblose Tamara ins Wasser schleppte. Systematisch begann ich alle Ablagen und Kartons nach dem anderen Foto zu durchwühlen, das Conny, Constanze und Lennox zeigte.

Vergeblich.

Ein Geräusch ließ mich zusammenfahren. Draußen vor dem Küchenfenster waren Männerstimmen zu hören. Schnell legte ich alles zurück, schlich in den Flur und stellte mich in die Vorratskammer. Dort betete ich, die Männer mögen das Haus nicht betreten. Vor allem der Hund. Deutlich erkannte ich jetzt Zachers Stimme. Wieder ballte sich meine Hand zur Faust. Denn der andere Mann war Alfie, dessen Stimme durch das geöffnete Küchenfenster scharf bis zu mir durchdrang:

„Lennox muss weg. Er ist ein Mörder, das ist dir doch klar?“

Zacher murmelte etwas Zustimmendes. Der Hund bellte.

„Du schaust, dass er da wegkommt. Heute noch. Verstanden?“

Wieder bellte der Hund.

„Halt dein Maul“, fuhr Zacher das Tier an. „Platz!“

„Du sagst diesem Schwein, dass sie ihn einsperren, wenn er nicht abhaut. Verstanden?“

„Ja.“ Der Dobermann jaulte auf. Zacher schien ihn getreten zu haben.

„Erschieß ihn aber nicht, kapiert? Höchstens, wenn

er mit dem Messer auf dich losgeht. Wenn es Notwehr ist, dann ist das etwas anderes. Verstanden?"

„Ja."

„Das Beste wäre freilich", Alfies Stimme wurde leiser, „er sieht seine aussichtslose Lage ein. Und zieht selbst die Konsequenzen daraus."

Zacher schwieg.

Auch der Hund war still geworden, doch mein Herz pochte laut. Dann entfernten sich die Schritte und Zacher schrie: „Kuno! Du Mistvieh! Bei Fuß!"

Nach einer Minute angespannten Lauschens hörte ich das Knattern eines Motors. Die Männer fuhren mit dem Hund davon.

21. Kapitel

Lennox' Geschichte

Zacher ist also ein Spanner", sagte Irene.

„Ein Spanner, der von seinem Hochsitz aus alles beobachtet hat", erwiderte ich.

„Auch den Mord an Tamara de Lempicka", fügte sie hinzu. Wir spielten uns die Gedanken wie Bälle zu.

„Und warum ist Zacher nicht sofort zur Polizei?"

„Weil er der Polizei misstraut?"

„Weil er jemanden deckt?"

„Oder erpresst?"

„Und warum lässt er Allgaier dann jetzt die Fotos zukommen?"

„Weil jemand die Ermittlungen vorantreiben will?"

„Und Lennox als Täter präsentiert."

Irene beschleunigte den Wagen. Wir waren auf dem Weg zum Starnberger See. Frau Goldstein erwartete uns um 16 Uhr. Wir fuhren mit offenem Verdeck, die Sonne schien, und das sonore Brummen des Porsche machte mich schläfrig. Ich lehnte mich zurück und schloss die Augen.

„Hast du Allgaier schon Bescheid gegeben?", fragte Irene.

„Ich habe ihn nicht erreicht."

„Aber das andere Foto hast du nicht bei Zacher gefunden? Ich meine das von Lennox, Conny und Constanze.“

„Nein.“

Die Autobahn war leer und wir kamen zügig voran. Irene trug ein hochgeschlossenes, blaues Kleid mit goldenen Knöpfen, in dem jede andere Frau bieder ausgesehen hätte.

„Die Hütte.“ Sie drehte ihren Kopf in meine Richtung. „In der Lennox angeblich sitzt. Hast du eine Idee, wo das sein könnte?“

„In dem angrenzenden Waldgebiet in Richtung Salem gibt es noch eine kleine Hütte“, erinnerte ich mich. „Früher hatte Zacher einen Schlüssel dazu gehabt.“

„Du solltest das Allgaier sagen. Nur für den Fall, dass seine Mannschaft dort noch nicht nachgesehen hat.“

Umgehend rief ich Allgaier an und hinterließ ihm abermals eine Nachricht auf der Mailbox. In Starnberg lenkte Irene den Porsche in Richtung See. Das Haus, vor dem wir hielten, war eine Jugendstilvilla, an der Rosen emporkletterten.

Eine zierliche Dame begrüßte uns, sie musste zwischen sechzig und siebzig sein. Ihre Gesichtszüge waren fein. Sie stellte sich als Frau Goldstein vor und bat uns auf die Terrasse hinaus, die von einem märchenhaften Garten umgeben war. Es gab einen privaten Seezugang mit einem eigenen Steg, an dem ein kleines Segelboot schaukelte.

„Danke, dass Sie sich so kurzfristig Zeit genommen haben“, sagte Irene, nachdem wir an der gedeckten Kaffeetafel Platz genommen hatten.

„Aber das war doch selbstverständlich“, meinte Frau

Goldstein. „Die Geschichte geht mir ja nach." Sie schenkte Kaffee ein. „Wissen Sie, manchmal zweifle ich daran, ob meine Haltung dem Jungen gegenüber die richtige ist. Doch was soll ich tun? Er hat meinen Sohn Christian lebensgefährlich verletzt und auch mich bedroht. Was bleibt mir denn übrig?" Sie blickte auf den See hinaus. „Wenn nur mein Mann noch leben würde. Er wüsste, was das Richtige wäre."

„Können Sie mir die Geschichte von Anfang an erzählen?", bat Irene. „Ich kenne natürlich Lennox' Version. Doch ich würde sie gern aus Ihrer Sicht hören."

„Ja, natürlich. Wenn ich dem Jungen damit helfen kann", sagte Frau Goldstein. „Ich finde es übrigens gut, dass er jetzt eine Therapie macht. Das hätte er schon längst tun sollen. Doch er hatte nie eine Krankheitseinsicht. Das war das Problem. Und man kann ja niemanden zwingen, habe ich recht, Frau Doktor Adler?"

Irene hatte sich am Telefon als Psychotherapeutin von Lennox Kleinert ausgegeben. Wir hatten auf der Hinfahrt darüber gesprochen. Ich wusste also, dass sie der alten Dame etwas vorspielte, und dennoch war ich irritiert, wie echt es wirkte.

„Es ist eine Tragödie, jemandem dabei zusehen zu müssen, wie er sich selbst zerstört." Frau Goldstein seufzte. „Doch helfen kann ihm letztlich niemand, wenn er sich dagegen wehrt. Er muss es selbst wollen."

Irene schwieg.

„Also, es ist so", begann Frau Goldstein. „Unser Sohn Christian kam am 18. November 1990 in der Privatklinik Hohenstein zur Welt. Das ist etwas außerhalb von München. Meine Hebamme hatte mir damals die Klinik empfohlen. Obwohl sie noch sehr jung gewesen war, hatte ich vollstes Vertrauen zu ihr gehabt. Sie war eine sehr energische und umsichtige Person."

„Wissen Sie noch, wie die Hebamme hieß?"

„Natürlich. Tamara Fischer."

Irene und ich blickten uns an.

„Kurz nach Christians viertem Geburtstag bekamen wir Post von einem Anwalt", fuhr Frau Goldstein fort. „Er vertrat eine gewisse Familie Kleinert aus München. Die Kleinerts hatten Grund zu der Annahme, dass ihr Baby bei der Geburt verwechselt worden war. Frau Kleinert hatte ihr Kind ebenfalls am 18. November 1990 in der Klinik Hohenstein zur Welt gebracht, es war mit einem Kaiserschnitt geholt worden. Und nun wollten sie prüfen, ob es mit unserem Kind verwechselt worden war. Das war natürlich ein Schock. Aber was blieb uns übrig? Wir haben einen DNS-Test machen lassen." Sie starrte auf den See hinaus. „Tatsächlich erwies sich der Verdacht als wahr. Es kam zu einem Prozess, uns wurde ein Schmerzensgeld von achtzigtausend Mark zugesprochen. Das Geld war mir vollkommen egal. Ich wollte nur mein Kind behalten, das ich großgezogen hatte. Es war ein Glück, dass die Kleinerts ähnlich empfanden. Auch sie wollten sich nicht mehr von ihrem Sohn trennen. Für die Kinder wäre das ein Trauma gewesen, wenn sie plötzlich neue Eltern bekommen hätten. Ist es nicht so?"

Irene legte den Kopf schief.

„Also haben wir gemeinsam beschlossen, den jeweils von uns großgezogenen Jungen zu adoptieren und auch keinen Kontakt zu halten", fuhr Frau Goldstein fort. „Wir haben beschlossen, den Kindern nichts zu erzählen. Es war ja für uns Erwachsene schon schwer, damit umzugehen. Wie hätten es die Kinder gekonnt?"

Das Segelboot schaukelte im Wind.

Frau Goldstein bot uns selbstgebackenen Apfelkuchen an. Nachdem sie jedem ein Stück aufgetan hatte, erzählte sie weiter.

„Viele Jahre vergingen. Unser Sohn Christian machte uns so viel Freude, dass wir die Geschichte fast vergaßen. Nur manchmal dachten mein Mann und ich noch an den anderen Jungen, der ja eigentlich auch unser Junge war. Es war ein seltsames Gefühl."

Irene und ich aßen den Kuchen, doch Frau Goldstein rührte ihr Stück nicht an.

„Vor sechs Jahren, es war an einem warmen Septembertag, klingelte es an unserer Tür. Damals haben wir noch in München gewohnt, im Stadtteil Nymphenburg. Draußen stand ein kränklich aussehender junger Mann, der mich mit ‚Mutter' begrüßte." Sie trank einen Schluck Wasser, verschluckte sich und hustete. Nachdem sie wieder Luft bekam, sagte sie: „Es war Lennox Kleinert. Inzwischen war er zweiundzwanzig und studierte an der Ludwig-Maximilians-Universität Medizin. Über die Blutgruppe hatte er wohl selbst herausgefunden, dass er nicht der biologische Sohn seiner Eltern sein konnte. Nachdem seine Eltern behauptet hatten, er müsse sich täuschen, hatte er einen Anwalt eingeschaltet. Die Klinik war inzwischen geschlossen worden. Doch aufgrund des Prozesses aus dem Jahr 2000 hatte der Anwalt unsere Adresse herausgefunden."

„Der Kuchen ist wirklich hervorragend", lobte Irene. Dann fragte sie: „Und wie war das damals für Sie? Als sie Lennox zum ersten Mal trafen?"

„Es war eine ganz merkwürdigte Situation." Frau Goldstein hatte Tränen in den Augen. Sie blickte zum

Ufer hinaus und sagte: „Man steht da plötzlich einem wildfremden Menschen gegenüber, der einen mit ‚Mutter' anspricht."

„Haben Sie sich denn nicht darüber gefreut?"

„Doch, schon", versicherte sie und tupfte sich mit einer Serviette über die Augen. „Aber …"

Am Ufer stand eine große Trauerweide, die Äste hingen bis in das Wasser hinab. Ein leichter Wind brachte ihre Blätter zum Zittern.

„Aber etwas hat nicht gestimmt. Dieser Lennox war so … ganz anders als ich mir meinen Sohn immer vorgestellt habe."

Schweigen.

„Wie anders?"

„Wissen Sie, Lennox ist meinem Mann wie aus dem Gesicht geschnitten. Dieselbe Nase, dasselbe feine, blonde Haar, derselbe Mund, auch dieselben Augen. Und doch ist Lennox genau das Gegenteil von ihm. Mein Mann hatte ganz besondere Augen mit runden, schweren Augenlidern. Das gab ihm manchmal einen melancholischen Ausdruck. Trotzdem wirkte sein Gesicht immer freundlich und liebevoll. Doch Lennox' Augen wirkten tot und kalt. Alles, was an meinem Mann Licht gewesen war, war bei ihm Schatten. Ehrlich gesagt hatte ich von Anfang an Angst vor ihm gehabt."

Irene nickte.

„Zudem liebe ich meinen Sohn Christian aus ganzem Herzen. Ich könnte mir kein besseres Kind vorstellen. Christian hatte nie das Bedürfnis, seine Erzeuger kennenzulernen. Für ihn waren wir seine Eltern. Punkt. Anders Lennox. Er wollte von uns adoptiert werden. Mein Mann hat das auch tatsächlich in Erwägung gezogen."

„Und Sie?“, fragte Irene. „Sie wollten das nicht?“

„Ich überließ meinem Mann die Entscheidung. Er wusste immer, was das Richtige war. Ich selbst war hin und her gerissen zwischen Schuldgefühlen und ...“ Sie verstummte und trank einen Schluck Wasser. „Lennox war mir irgendwie nicht geheuer. Aber dann wurde er auch noch frech, geradezu unverschämt. Er verlangte Geld von meinem Mann. Ich verstand nicht recht, warum sich mein Mann so hat ausnehmen lassen. Doch natürlich fühlte er sich für den Jungen verantwortlich.“

Ich blickte in den Garten. Von dem dicken Ast des Kirschblütenbaums baumelte eine Kinderschaukel.

„Und warum hat sich Ihr Mann dann gegen die Adoption entschieden?“ fragte ich.

„Das hat mit dem Angriff auf Christian zu tun.“ Frau Goldstein seufzte. „Anfangs schienen sich die beiden gut zu verstehen. Sie waren sogar ein paar Mal zusammen ausgegangen. Doch wenn Lennox betrunken war, hat er Christian angepöbelt. Christian hat sich dann von ihm distanziert. Da hat Lennox angefangen, Christian zu stalken. Eines Nachts hat er ihm aufgelauert. Christian war mit seiner Freundin auf dem Nachhauseweg, als Lennox ihn mit einem Messer bedroht hat. Er hat ihm eine Schnittverletzung an der Wange zugefügt, doch die Sache hätte auch schlimmer ausgehen können. Da haben wir die Polizei eingeschaltet. Lennox bekam ein Jahr auf Bewährung. Nach seiner Entlassung hat ihm mein Mann nochmals Geld gegeben, viel Geld, allerdings nur unter der Bedingung, dass sich Lennox in Zukunft von unserer Familie fernhält. Lennox hat sich an die Vereinbarung gehalten, zumindest eine Zeit lang.“

Frau Goldstein strich sich die Haare aus dem Gesicht. An ihrem Finger funkelte ein Ring mit einem Diamanten.

„Vor drei Jahren starb mein Mann, er hatte Krebs, und ich bin aus Nymphenburg hier an den Starnberger See gezogen. Plötzlich tauchte Lennox wieder auf. Das war vor anderthalb Jahren. Wieder wollte er Geld. Als ich ihm sagte, dass er bereits viel Geld bekommen habe, begann er mich zu beschimpfen. Ich hatte den Eindruck, dass er inzwischen Drogen nahm. Da habe ich die Polizei eingeschaltet. Lennox hat Hausverbot erhalten. Seitdem habe ich nichts mehr von ihm gehört. Allerdings vergeht kaum ein Tag, an dem ich mich nicht fürchte. Ich rechne stets damit, Lennox könnte wieder auftauchen und mich oder Christian töten."

Eine Gabel fiel zu Boden.

Frau Goldstein ließ sie liegen.

„Wissen Sie", fuhr die Dame mit erstickter Stimme fort, „ich würde Lennox ja helfen, wenn ich das Gefühl hätte, er ist auf einem guten Weg." Hoffnungsvoll sah sie Irene an. „Erst dann würde wohl diese ständige Angst aufhören. Denken Sie, er wird wieder ganz gesund werden? Hat er noch eine Chance?"

Irene trank den Kaffee in kleinen Schlucken. Dann sagte sie: „Ich hoffe, es ist noch nicht zu spät."

Frau Goldstein erzählte von ihrem Mann, der fünfzehn Jahre älter gewesen war als sie und sich immer einen Sohn gewünscht habe. Sie erzählte, wie glücklich er gewesen war, als sie nach drei Fehlgeburten endlich einen Sohn zur Welt gebracht habe. An diesem Glück habe sich nichts geändert, auch als sich herausgestellt hatte, dass Christian nicht ihr leiblicher Sohn war.

Am Ufer leuchtete das Segelboot in der Sonne.

Wir waren bereits im Aufbruch, als ein junger Mann aus dem Haus kam und die Terrasse betrat. Er hatte dunkle Locken, einen rosigen Teint und ein unwiderstehliches Lachen im Gesicht. Strahlend reichte er zuerst Irene und dann mir die Hand.

„Ich bin Christian", stellte er sich vor. Ihm folgte eine bildhübsche Frau mit langen, braunen Haaren, die ein kleines Kind auf dem Arm trug. Sichtlich stolz fügte er hinzu: „Und das ist meine Frau Laura mit unserem Sonnenschein Max."

Christian legte den Arm um seine Frau und das Kind. Das Bild des Glücks war perfekt, bis er sein Gesicht in die Sonne drehte. In diesem Moment erkannte ich die Narbe auf seiner Wange, die sich vom Ohr bis zum Kinn herabzog.

22. Kapitel

„Constanze ist doch keine Mörderin!“

Am Abend kehrte ich nach Greenfield Hall zurück und traf Johannes auf der Terrasse des Clubhauses an. Die Sonne hing bereits tief über dem Golfplatz und tauchte die grünen Hügel in ein goldenes Licht. Johannes hatte sich eine Zigarre angezündet und starrte ins Leere. Sein Gesicht wirkte eingefallen wie von tiefem Gram zerfressen.

„Johannes“, sagte ich und setzte mich zu ihm. „Warum kam Lennox eigentlich nach Greenfield Hall?“

„Ich habe ihn eingeladen.“ Johannes sah mich an. Sein Blick war müde, als hätte er seit Tagen nicht mehr geschlafen. „Es war ein Fehler“, sagte er mit schwerer Zunge. „Wenn ich könnte, würde ich es rückgängig machen.“

Aus dem Wald kroch die Dunkelheit herüber. Die Leute von der Spurenermittlung waren bereits weg. Auch die Suche nach Lennox war mit Einbruch der Dunkelheit vorläufig eingestellt worden.

Auf meinen Hinweis hin hatte Hauptkommissar Allgaier tatsächlich Kleidung und Essensreste, die auf Lennox hindeuteten, in der Hütte bei Salem gefunden.

Er schien sich dort ein paar Tage versteckt zu haben, doch er war bereits wieder fort.

Zacher saß mittlerweile in Untersuchungshaft. Er hatte gestanden, die Fotos gemacht zu haben. Nach seiner Aussage hatte Lennox sowohl Tamara als auch eine Woche später Conny erschlagen. Warum es dann keine Fotos davon gebe, hatte Allgaier gefragt. Es sei zu schnell gegangen, hatte Zacher erwidert. Zu allem anderen hatte er geschwiegen und auf einen Anwalt bestanden.

„Es bringt doch nichts, wenn du dir Vorwürfe machst", sagte ich zu Johannes. „Das war doch nicht vorhersehbar gewesen. Es war eine Verkettung unglücklicher Umstände."

Johannes antwortete nicht. Neben ihm stand eine geöffnete Weinflasche.

Für einen Moment überlegte ich, ihm zu erzählen, was wir über Lennox herausgefunden hatten. Allerdings befürchtete ich, die Geschichte könnte ihn in seinem momentanen Zustand noch mehr zerrütten. Ich würde es ihm später sagen, wenn er ausgeschlafen wäre.

Er legte die Zigarre weg und trank den Wein aus der Flasche.

Mein Blick wanderte zur Kamera und dann über den Golfplatz.

„Warum ist der Herrenabschlag eigentlich gesperrt?", fragte ich.

„Wir haben den Rasen neu ausgesät."

Wir schwiegen beide.

Sein Profil trat vor der untergehenden Sonne deutlich hervor. Unwillkürlich musste ich an Conny denken. Er hatte dieselbe römische Adlernase gehabt wie sein Onkel.

„Vielleicht solltest du ins Bett gehen", sagte ich. „Morgen ist ein neuer Tag."

Wieder setzte er die Flasche an, nahm einen tiefen Zug und meinte abwesend: „Du bist ein guter Junge, Hector. Lass mich noch ein wenig hier sitzen."

Nachdenklich ging ich zum Künstlerhaus hinüber.

Im Innenhof traf ich auf Herwig und drei andere Stipendiaten, die sich als Jill, Li-Han und Bela vorstellten. Die Gruppe saß an einem Tisch beisammen. Sie hatten Kerzen für Conny angezündet und ein Foto von ihm aufgestellt.

„Weißt du, wie es Constanze geht?", fragte Herwig und reichte mir ein Bier. Seine Hände waren kräftig und wirkten zu groß für die Flasche.

„Die Operation war wohl sehr anstrengend", erwiderte ich. „Aber anscheinend geht es ihr besser. Für morgen haben die Ärzte endlich eine Vernehmung in Aussicht gestellt." Ich nahm einen Schluck. „Wisst ihr eigentlich, was sie genau hatte?"

„Mir hat sie nichts von der Operation erzählt." Jill, die aus der Schweiz kam und mit großflächigen Landschaftsgemälden bekannt geworden war, starrte in die Flamme einer Kerze. „Sie hatte ja wohl was an der Hand. Sie hätte nicht so viel üben dürfen. Dauernd saß sie am Klavier und hat gespielt. Sie ging nie raus in die Natur, das hätte ihr sicher gutgetan, odr?"

„Schmerzen gehören leider dazu." Li-Han knetete seine Hände. Er war ein junger Geigenspieler aus Japan mit schönen Augen. „Constanze stand unter Druck. Manchmal zu viel Druck machen kaputt."

„Das ist es nicht", sagte Bela. „Constanze hat Krebs."

Alle sahen ihn entsetzt an.

Bela, der wie Constanze aus Ungarn kam, zupfte das Etikett von einer leeren Bierflasche, als er sagte: „Schon vor zwei Jahren war bei ihr Knochenkrebs diagnostiziert worden. Sie hat damals Chemo und alles bekommen und schien geheilt zu sein. Doch seit einem Jahr hatte sie wohl Probleme mit dem Oberarmknochen. In den USA gibt es ein Krankenhaus, das auf diese Operation spezialisiert ist. Deshalb ging sie dorthin. Es war ihre letzte Chance."

„Warum hat sie uns nichts erzählt?", fragte Jill und schüttelte den Kopf.

„Sie wollte kein Mitleid." Bela kratzte mit dem Fingernagel den Rest des Papiers von der Flasche. „Constanze hat mich gebeten, es niemandem zu erzählen. Deshalb habe ich es auch nicht zu Protokoll gegeben. Doch langsam bekomme ich Zweifel, ob es richtig war. Am Ende gerät Constanze noch unter Mordverdacht, weil man ihr unterstellt, sie gehe einer Vernehmung absichtlich aus dem Weg." Er sah mich an. „Das ist es doch, was die Polizei denkt, stimmt's? Dass sie Conny umgebracht haben könnte."

„Lennox gilt nach wie vor als Hauptverdächtiger", sagte ich. „Aber natürlich ist Constanze eine wichtige Zeugin."

„Wir wissen alle, dass Constanze es nicht getan haben kann!" Bela stieß die Flasche um. „Sie ist doch keine Mörderin!"

„Sie hätte niemals jemanden töten können", bestätigte Herwig. „Und Conny schon gar nicht."

„Niemals." Li-Han nickte.

„Das sehe ich auch so", pflichtete Jill bei. „Sie hat Conny regelrecht vergöttert. Ich glaube, sie hätte alles für ihn getan."

23. Kapitel

Wenn aus Liebe Hass wird

Am nächsten Morgen wurde ich durch lautes Geschrei aus der Küche geweckt. Es war Mittwoch, der 22. Juni. Eine Tür knallte. Schlaftrunken stolperte ich hinüber und fand Serafina am Kachelofen sitzend vor, den Kopf in die Hände gestützt.

„Was ist?“, rief ich alarmiert.

Mittlerweile rechnete ich mit allem.

Beinahe war ich erleichtert, als sie erzählte, sie habe Emily beim Stehlen erwischt. Emily habe einen Ring von Gräfin Annabell geklaut, einen sehr wertvollen Ring mit einem grünen Stein. Serafina habe längst vermutet, dass Emily klaue, doch bisher gab es keine Beweise. Heute Morgen habe sie allerdings den Ring der Gräfin in Emilys Tasche gefunden.

„Und was sagt Johannes dazu?“, fragte ich.

Serafina richtete sich auf und strich sich über den Haarknoten. „Er meinte, ich solle Emily entlassen. Sofort.“

„Und das hast du getan?“

„Natürlich.“

„Das ist wohl auch besser so“, sagte ich bitter.

Noch einmal prüfte Serafina ihre Haare. Dann

begann sie, Geschirrhandtücher zusammenzulegen und ich ging duschen.

Eine Stunde später, ich hatte gerade das Frühstück beendet, rief mich Allgaier auf meinem Handy an. Das hatte er noch nie getan. Zuerst dachte ich, er habe eine Nachfrage zur Hütte, doch dann erzählt er, das Kindermädchen sei eben im Präsidium gewesen. Seine Stimme klang besorgt. Emily habe ihre Aussage im Mordfall Tamara de Lempicka revidiert, fuhr er fort. Sie habe gesagt, sie habe gelogen, weil sie sich dem gnädigen Herrn gegenüber verpflichtet gefühlt habe. Die Wahrheit sei jedoch, dass am Montagmorgen, den 6. Juni, nicht nur zwei, sondern vier Golfspieler zu dem verhängnisvollen Spiel aufgebrochen seien. Es habe sich um Tamara und Lennox gehandelt, das stimme schon, aber Annabell und Johannes seien ebenfalls mit von der Partie gewesen.

„Das glaube ich nicht", sagte ich entrüstet. „Johannes und Annabell waren segeln."

„Das habe ich auch gedacht", erwiderte Allgaier.

Zuerst habe auch er dem Kindermädchen keinen Glauben geschenkt, meinte Allgaier. Er wusste bereits, dass Emily entlassen worden war, weil sie Schmuck gestohlen hatte. Es lag auf der Hand, dass sie sich mit der belastenden Aussage an ihren Arbeitgebern rächen wollte. Doch dann habe Emily zum Erstaunen aller ein Selfie auf ihrem Handy vorgelegt. Es zeigte die junge Frau, wie sie im Schlafzimmer von Gräfin Annabell in deren schwarzer Spitzenunterwäsche vor dem Fenster posierte. Im Hintergrund seien deutlich vier Menschen zu erkennen, die auf Bahn Eins zusammen Golf spielten.

Es handle sich tatsächlich um Tamara, Lennox, Johannes und Annabell.

„Hast du schon mit Johannes gesprochen?", fragte ich.

„Nein", erwiderte Allgaier. „Deshalb rufe ich an. Johannes hat sein Telefon ausgeschaltet. Kannst du mal schauen, ob er noch schläft?"

Nach dem Telefonat begab ich mich unverzüglich ins Obergeschoss. Als ich an Joanas Zimmer vorüberkam, biss ich mir auf die Lippe. Sie hatte die letzte Nacht mit dem Baby wieder in der Villa bei Alfie verbracht, der sich extra ein paar Tage freigenommen hatte, um sich um seine Frau zu kümmern, wie er es ausdrückte. Allein der Gedanke verursachte mir Übelkeit.

Die vorletzte Tür auf der linken Seite führte ins Schlafgemach von Johannes und Annabell. Ich klopfte. Nachdem ich keine Antwort erhielt, trat ich vorsichtig ein. Annabell saß im Bett und sah mich aus großen Augen an. Sie hörte mir zu, doch meine Worte schienen nicht zu ihr vorzudringen. Ein gemeinsames Golfspiel? Sie zuckte mit den Achseln. Wo Johannes sei? Wieder zuckte sie mit den Achseln. Er könnte zum Segeln hinausgefahren sein, meinte sie dann.

Auf ihrem Nachttisch lagen drei verschiedene Tablettenschachteln.

„Soll ich einen Arzt rufen?", fragte ich.

„Einen Arzt?" Annabell lachte seltsam. „Mir kann kein Arzt mehr helfen."

Panisch rüttelte ich sie an der Schulter. „Annabell! Was ist mit dir? Hast du etwa alle Tabletten auf einmal genommen?"

„Natürlich nicht", sagte sie plötzlich entrüstet. „Was

denkst du denn! Lass mich bitte alleine. Ich bin einfach nur müde."

Verwirrt machte ich mich auf den Weg nach Kriegerskopf hinaus. Die Weinberge schlossen sich über meinem Kopf zusammen. Als ich die Anhöhe erreichte, wandte ich den Blick vom Bodensee ab. Das strahlende Blau schmerzte in meinen Augen.

Irene wusste bereits über alles Bescheid. Sie zeigte mir sogar das besagte Foto auf ihrem Handy; Allgaier hatte es ihr weitergeleitet.

„Klar, dass Emily gezögert hat, das Foto als Beweis vorzulegen", sagte ich und konnte mir trotz der angespannten Situation ein Schmunzeln nicht verwehren.

„Das Foto ist gut", sagte Irene und zwinkerte mir zu: „Und erstaunlich scharf."

„Hast du Johannes schon erreicht?", fragte ich wieder ernst.

„Nein." Irene schüttelte den Kopf. „Und du?"

„Auch nicht."

Immerhin hatte er sein Handy wieder eingeschaltet, doch er hatte meinen Anruf wiederholt weggedrückt. Offensichtlich war er beschäftigt. Nachdem Irene und ich einen Espresso getrunken hatten, brachen wir zu einem Spaziergang auf.

„Warum haben Johannes und Annabell gelogen?", überlegte ich laut. „Das war doch reichlich unklug."

„Was glaubst du?", fragte sie zurück. „Lass deine Einbildungskraft spielen. Das wahre Zeichen von Intelligenz ist nicht Wissen, sondern Vorstellungskraft."

Ich sah sie an.

„Das hat Einstein einmal gesagt", erwiderte sie und strich sich eine Haarsträhne aus der Stirn.

„Vielleicht gibt es eine harmlose Erklärung", versuchte ich es. „Wäre es nicht möglich, dass sie zwar zu viert losgezogen sind, sich dann aber bereits nach dem ersten oder zweiten Loch getrennt haben? Bei solchen Vierer-Flights kommt es ja oft zu Streitigkeiten." Ich rupfte einen Löwenzahn vom Wegesrand. „Vielleicht haben Johannes und Annabell alleine weitergespielt und nichts mitbekommen von dem dramatischen Geschehen am Wassergraben. Vielleicht haben sie das Spiel auch ganz abgebrochen und sind dann tatsächlich zum Segeln. Da Tamara ohnehin vorhatte abzureisen, haben sie sich keine Gedanken darüber gemacht, dass sie seitdem nicht mehr aufgetaucht ist. Als dann gestern Tamaras Leiche entdeckt worden ist, hatten sie natürlich sofort Lennox in Verdacht. In gewisser Weise kann ich Johannes verstehen, dass er nicht in die Sache verwickelt werden wollte. Deshalb hat er sich selbst aus dem Spiel gelassen. So eine Falschaussage verkompliziert die Ermittlungen unnötig, aber leider erlebe ich das oft bei Zeugenbefragungen. Im ersten Schock lassen die Zeugen oft instinktiv genau die Details weg, die sie selbst mit dem Mord in Verbindung bringen könnten. Mit jeder Stunde, die vergeht, wird es dann schwerer, die anfängliche Falschaussage richtigzustellen, ohne sich selbst verdächtig zu machen."

Kleine, knorrige Apfelbäume auf grünen Wiesen säumten unseren Weg, der bergan führte. Irene blickte in den Himmel und schirmte mit der Hand die Augen gegen die Sonne ab. Es war zehn Uhr und die Glocken läuteten.

„Das passt dann auch zu der Aussage von Luise Schätzer", meinte ich. „Sie hat Annabell ja beobachtet, wie sie am Mittwoch im Teich nach etwas gesucht hat.

Vielleicht wollte sie, einer dunklen Ahnung folgend, überprüfen, ob Tamara auch wirklich abgereist ist."

„Deine Loyalität Johannes und Annabell gegenüber ehrt dich", sagte Irene und setzte ihre Sonnenbrille auf. „Ich mag die beiden auch. Aber lass deine Einbildungskraft mal in einem weniger milden Licht spielen. Wie könnte es noch gewesen sein?"

Ich schlitzte mit dem Fingernagel den Stängel des Löwenzahns auf und fuhr mit dem Daumen über die glatte, milchige Innenseite. „Du meinst", sagte ich, „Johannes und Annabell könnten ebenfalls zu Zeugen des Verbrechens geworden sein? So wie Zacher? Aber warum sollten sie es dann verschweigen? Warum sollten sie alle gemeinsam einen Mörder decken?" Ich warf den Löwenzahn weg. „Dann hätten sie doch die Leiche nicht im Weiher liegen lassen. Außerdem verstehe ich nicht, wie das mit dem zweiten Mord an Conny zusammenhängen könnte. Das ergibt einfach keinen Sinn."

Irene nickte. „Den sehe ich bisher auch noch nicht." Dann fragte sie: „Was hältst du von der Möglichkeit, nicht Lennox, sondern Johannes oder Annabell könnten den Schlag ausgeführt haben?"

„Du vergisst das Foto. Es zeigt eindeutig Lennox."

„Es zeigt, wie Lennox die Leiche ins Wasser schleift. Aber es zeigt nicht, wie er den Schlag ausführt."

„Johannes ist doch kein Mörder!" Empört schüttelte ich den Kopf. „Niemals! Und Annabell … allein der Gedanke ist vollkommen absurd."

„Gibt es dir nicht zu denken, dass der Herrenabschlag an der Eins gesperrt ist? Es ist die einzige Stelle, die nicht von der Kamera erfasst wird."

Im Vorübergehen riss ich ein Blatt von einem

Strauch und begann es zu zerrupfen. Ich ahnte, was Irene damit andeuten wollte und natürlich hatte ich auch schon daran gedacht.

„Dafür gibt es eine Erklärung“, sagte ich trotzdem. „Der Rasen braucht Erholung.“

„Es gibt noch eine andere Erklärung“, erwiderte sie. „Johannes hätte den Abschlag sperren lassen können, um nicht aufgezeichnet zu werden. Ich gebe zu, diese Möglichkeit gefällt mir auch nicht. Denn sie würde auf einen vorsätzlichen Mord hindeuten.“

„Niemals!“ Warum war ich mir nur so sicher? „Selbst wenn Johannes einmal mit dieser Tamara eine Affäre gehabt haben sollte, was ich nicht glaube, deshalb bringt er sie doch nicht um! Und Annabell auch nicht. Die beiden sind das perfekte Paar. Es hätte ihnen nichts anhaben können.“

Eine Weile gingen wir schweigend bergan, bis wir die Anhöhe erreichten, auf der die Klosterkirche Birnau stand. Ihre Fassade strahlte. Sie war die perfekte Kulisse für Hochzeiten. Wir traten auf den Vorplatz hinaus und blickten über den Bodensee.

„Was ist die stärkste Energie, die uns Menschen zur Verfügung steht?“, fragte Irene.

Ich suchte in dem Blau da draußen nach einer Antwort.

„Liebe“, sagte Irene.

Sie sagte es derart ernst, dass ich beeindruckt war.

„Nichts lässt uns so lebendig sein und fühlen wie die Liebe“, fuhr sie fort. „Sie ist die stärkste Waffe, über die wir Menschen verfügen.“ Nach einem Moment der Stille fügte sie hinzu: „Leider auch die gefährlichste. Nichts ist so zerstörerisch wie enttäuschte Liebe. Ich habe

Männer gekannt, die einen Krieg begonnen haben, weil sie es nicht ertragen konnten, abgewiesen oder verlassen worden zu sein."

Ich sah sie von der Seite an.

„Und Frauen, die nicht eher Ruhe gaben, bis die Andere auf dem Scheiterhaufen brannte." Sie sagte es ganz ruhig. „Selbst wenn die Verletzung jahrelang zurückliegt, schlummert sie wie eine Landmine unter der Oberfläche. Kommt sie durch Zufall nach oben, können Dinge geschehen, die von außen betrachtet vollkommen absurd erscheinen, jedoch einer inneren Logik folgen, die den wenigsten Beteiligten bewusst ist."

Schweigend setzten wir unseren Weg fort, bis wir das Anwesen von Greenfield Hall erreichten. Ein Beamter, der das Seitentor bewachte, grüßte, als wir eintraten. Nachdenklich gingen wir an der Längsseite des Hauses entlang bis zum Haupteingang.

„Verdammt!" Irenes alarmierte Stimme riss mich aus meinen Gedanken. Vor der Freitreppe parkten drei Streifenwagen mit blinkenden Alarmlichtern. Die Tür zum Herrenhaus stand offen. Irene eilte bereits die Freitreppe hinauf.

Ich spurtete hinterher.

Im Dämmerlicht der Halle erkannte ich die Konturen von fünf Gestalten, die mit dem Rücken zu uns standen. Es war Allgaier, der von Einsatzkräften des Sonderkommandos flankiert wurde. Sie trugen kugelsichere Westen und Waffen, die sie auf etwas richteten, das am anderen Ende der Halle vor sich ging. Zögernd trat ich näher. Allgaier drehte sich nur kurz zu uns um, doch sein Blick genügte, dass wir stehenblieben. Mit angehaltenem Atem spähte ich zwischen den Männern hindurch.

Ich erkannte zwei Gestalten.

Eine davon war Johannes.

„Bleibt weg", rief Johannes in unsere Richtung. „Tut bitte, was er sagt."

Seine Stimme zitterte. Er versuchte, ruhig zu bleiben, doch die Panik drang aus jedem Wort. Mit erhobenen Händen bewegte sich Johannes auf eine Gestalt zu, die sich bei näherem Hinsehen als zwei Menschen entpuppte. Ich blinzelte. Dann erkannte ich es: Ein Mann drückte Annabell ein Messer an die Kehle. Instinktiv wusste ich, dass es Lennox war.

„Weg mit den Waffen!", krächzte Lennox und deutete mit dem Kinn in unsere Richtung. Seine Stimme klang heiser, als hätte er schon lange nicht mehr gesprochen. Für einen Moment blitzten seine Augen im Dämmerlicht auf. Ich musste an einen Wolf denken, der in der Falle saß.

„Tut, was er sagt", rief Johannes.

„Nehmt die Waffen runter", sagte Allgaier zu seinen Männern. Sie taten, wie ihnen befohlen worden war.

„Du bekommst einen fairen Prozess", sagte Johannes zu Lennox. Die steinernen Wände der Halle trugen jedes Wort zu uns herüber. Sogar den gehetzten Atem von Lennox konnte ich hören.

Und Annabells Herzschlag.

„Lass Annabell gehen", sagte Johannes. „Sie hat dir nichts getan. Nimm mich."

Lennox blickte sich um. Er suchte nach einem Ausweg.

„Sie kommen hier nicht raus", schaltete sich Allgaier ein. „Johannes hat recht. Machen Sie es nicht noch schlimmer."

„Ich verspreche dir, alles wird gut", versuchte Johannes ihn zu besänftigen. „Mein Ehrenwort. Du bekommst so viel Geld, wie du willst." Johannes ging einen Schritt nach vorne, Lennox zog Annabell mit sich zurück. Lennox hinkte. Sein rechtes Bein schien verletzt zu sein. Annabell wimmerte.

„Sei ein Mann und lass Annabell gehen", rief Johannes plötzlich scharf und ging einen Schritt auf ihn zu.

„Zurück", zischte Lennox.

Johannes tat noch einen Schritt nach vorne.

„Du hast Tamara im Affekt erschlagen", sagte Johannes. „Ich kann das bezeugen. Es war im Affekt. Da kommst du mit einer glimpflichen Strafe davon. Aber das hier ist etwas anderes. Lass Annabell los. Wenn du sie auch noch auf dem Gewissen hast, dann..."

„Schwein!", keuchte Lennox. „Ihr alle!"

„Alles wird gut", sagte Johannes und ging noch einen Schritt auf ihn zu.

„Gottverdammte Schweine!"

Plötzlich schrie Lennox auf. Es war der qualvolle Schrei eines Menschen, der sich für den Tod entschieden hat. Doch Annabell ließ er frei. Es war Johannes, den er mitnehmen wollte. Mit einem abermaligen Schrei stürzte er sich auf ihn. Wir alle sahen das Messer in seiner Hand. Die Schneide blitzte hell auf.

In diesem Moment fiel ein Schuss. Mitten im Sprung sackte Lennox zusammen. Er landete direkt vor Johannes' Füßen, der noch versuchte, sich wegzudrehen. Mit letzter Kraft stach Lennox ihm das Messer in die Wade. Dann blieb er regungslos liegen.

„Verdammt", sagte Irene. Und dann noch mal: „Verdammt!"

24. Kapitel

Allgaier klärt auf

Nach diesem Tag wollte ich nicht alleine bleiben. Dankbar nahm ich Irenes Einladung an, auf Kriegerskopf noch ein Glas Wein zu trinken. Es gab keinen besseren Ort, um Abstand zu den Dingen zu bekommen, die mich verfolgten. Hauptkommissar Allgaier schien ähnlich zu empfinden. Als ich die Terrasse betrat, saß er schon dort. Er nickte mir zu, als hätte er mit mir gerechnet. Dann schloss er die Augen, hob das Kinn in den Wind und lauschte. Das Plätschern der Wellen klang wie das Summen einer Mutter, die ihr Kind nach einem Alptraum zurück in den Schlaf wiegte.

„Waren Sie im Krankenhaus?", fragte ich.

Allgaier nickte, massierte sich mit Daumen und Zeigefinger der rechten Hand die Nasenwurzel und sprach zur untergehenden Sonne: „Ich komme direkt von dort."

Die Kugel des Scharfschützen hatte Lennox' Schläfe durchbohrt; er war sofort tot gewesen. Die letzte Kraft seines Lebens hatte er dafür genutzt, Johannes die Wadenmuskulatur zu durchtrennen. Noch war unklar, ob Johannes jemals wieder ohne Hilfe gehen konnte. Man hatte ihn und Annabell in das nahegelegene Krankenhaus nach Überlingen gebracht, wo sie auch psychologisch betreut wurden. Annabell hatte vollkommen ruhig gewirkt, was für einen schweren Schock sprach. Joana wollte die Nacht bei ihren Eltern im Krankenhaus verbringen. Ihre Naivität war beneidenswert. Letztlich sei es doch besser so, hatte sie zu mir gesagt, und hinzugefügt: Jetzt werde alles gut.

„Schmied hat vollkommen richtig gehandelt", sagte Allgaier und sah Irene an, als erhoffte er sich von ihr eine Absolution. „In so einem Moment kann man nicht lange abwägen. Das Leben der Geiselopfer geht vor. Er hat alles richtig gemacht. Wir haben es alle gesehen."

Irene führte ihr Weinglas an die Lippen und trank.

„Trotzdem wünschte ich, der Fall wäre nicht auf eine so dramatische Weise beendet worden", fügte Allgaier hinzu. „Das gibt wieder viel Wirbel in der Presse."

„Ist er denn das?", fragte Irene. „Beendet?"

„Tut mir leid, meine Liebe." Allgaier griff nach seinem Glas und prostete Irene mit einem erschöpften Lächeln zu: „Diesmal bleibt nichts mehr für dich übrig. Die Beweise sind erdrückend: Am Montag, den 6. Juni erschlug Lennox Kleinert die Hebamme Tamara de Lempicka beim Golfen. Das Eisen Sieben, das wir in der Hütte sichergestellt haben, ist eindeutig die Tatwaffe. Eine Woche später, am 13. Juni, erschlägt er dann Konrad Seifried mit dessen eigenem Golfschläger. Auch darauf konnten wir die Fingerabdrücke von Lennox Kleinert sicherstellen. Jetzt geht es nur noch um Details."

Irene schwieg. Auch ich hing meinen Gedanken nach. Die Wellen plätscherten ans Ufer.

Johannes hatte inzwischen die Aussage des Kindermädchens bestätigt. Tatsächlich seien sie am Morgen des 6. Juni zu viert zu der folgenschweren Golfpartie aufgebrochen. Bereits nach dem ersten Loch hätte man sich allerdings getrennt, da Tamara und Lennox miteinander in Streit geraten seien. Zuerst habe Johannes versucht zu schlichten. Als er jedoch erkannt habe, dass es aussichtslos gewesen sei und seine Anwesenheit das Ganze nur noch schlimmer gemacht habe, war er mit Annabell zum Segeln gefahren.

Ich nahm einen Schluck Wein. Der gesperrte Herrenabschlag bedeutete also nichts – und schon gar keinen Vorsatz. Niemand konnte einen Mord planen, von dem er nicht wusste, dass er stattfinden würde.

Die Abendsonne warf einen roten Streifen über den See.

Nachdem Johannes und Annabell vom Segeln zurückgekehrt waren, hätten sie erleichtert festgestellt, dass Lennox und Tamara abgereist waren. Zumindest habe er sich das gewünscht, hatte Johannes gesagt. Erst mit dem Leichenfund habe er zu ahnen begonnen, was wirklich passiert war. Als sich dann herausgestellt hatte, dass nicht nur Tamara, sondern auch Conny ermordet worden war, habe sich ein Abgrund aufgetan, der seine sonstige Rationalität vorübergehend verdunkelt habe. Instinktiv habe er Annabell zu schützen versucht, indem er sie beide mit einer Falschaussage aus dem Spiel genommen habe. Das sei nicht richtig gewesen, hatte Johannes zerknirscht erklärt. Er sei bereit, die Verantwortung dafür zu übernehmen.

„Johannes hat nichts zu befürchten“, sagte Allgaier. „Er hat seine Aussage ja noch nicht eidlich vor Gericht abgelegt.“ Er nippte an seinem Wein. „In gewisser Weise kann ich ihn verstehen. Außerdem ist er gestraft genug durch die Schuldvorwürfe, die er sich macht.“

„Schuldvorwürfe?", fragte Irene.

„Er glaubt, er hätte den Mord an Conny verhindern können, wenn er aufmerksamer gewesen wäre. Wenn er Lennox erst gar nicht nach Greenfield Hall eingeladen hätte." Allgaier seufzte. „Wenn, wenn …"

„Aber Johannes konnte ja nicht ahnen, welch tickende Zeitbombe dieser Mann war", verteidigte ich ihn.

Allgaier nickte. „Wir haben die Hütte im Wald durchsucht, in der Lennox die letzten beiden Wochen gehaust hat. Danke übrigens noch mal für den Tipp, Hector."

„Gerne", sagte ich.

„Meine Männer haben Unterlagen gefunden, die belegen, dass sich Lennox Kleinert offensichtlich seit Jahren mit Tamara de Lempicka beschäftigt hat. Die Auswertung läuft noch, doch eine erste Sichtung ergibt eindeutig das Bild eines psychisch zerrütteten Menschen, der an seinem Schicksal zerbrochen ist."

Ich starrte auf den Säntis, der kaum noch zu erkennen war. Seine Konturen verschmolzen in der Dämmerung mit dem dunklen Himmel.

Allgaier räusperte sich. „Ihr habt ja bereits mit Frau Goldstein gesprochen", hörte ich seine Stimme, in der ein vorwurfsvoller Unterton mitschwang. „Also in Zukunft wäre es besser, wenn ihr die Zeugenbefragungen der Polizei überlassen würdet."

„Gestern war sie noch keine Zeugin", wandte ich ein.

Allgaier murmelte etwas.

„Hat sich denn inzwischen bestätigt, was sie gesagt hat?", fragte Irene.

Allgaier zog sein Smartphone heraus, in dem er sich Notizen gemacht hatte, und sagte: „Korrigiert mich bitte, wenn etwas fehlt." Der Schein des Displays erhellte sein Gesicht wie der Mondschein.

„Lennox Kleinert wurde am 18. November 1990 in der Privatklinik Hohenstein bei München geboren", begann Allgaier. „Damals war die Geburtsklinik vor allem bei Eltern aus der wohlhabenden Münchner Gesellschaftsschicht beliebt. Das Ehepaar Kleinert gehörte nicht dazu. Franz Kleinert, so heißt sein Vater, war Arbeiter in einer Maschinenfabrik gewesen, die Mutter Maria half auf dem Bauernhof ihres Onkels mit. Drei Wochen vor dem Geburtstermin besuchte sie Verwandte auf dem Land, als ihr unerwartet die Fruchtblase platzte. So wurde sie als Notfall in die nahegelegene Klinik Hohenstein eingeliefert. Das Baby musste mit einem Kaiserschnitt geholt werden, bei welchem die Mutter in Vollnarkose versetzt worden war. Der Vater war nicht anwesend. Als man der Mutter das Baby später ans Bett brachte, folgte der Schock: Das Kind war unterdurchschnittlich entwickelt, die Lungen nicht vollständig ausgebildet. Im Geburtsbericht steht, man müsse sogar mit dem Tod des Neugeborenen rechnen."

„Moment", wandte ich ein. „Das hat Frau Goldstein so nicht erwähnt. Ihr eigenes Kind war bei der Geburt also kränklich?"

„So steht es in dem Krankenhausbericht." Allgaier nickte. „Also über das angebliche Kind von Frau Kleinert. Das ja eigentlich das Kind von Frau Goldstein war." Verwirrt schüttelte er den Kopf. „Doch der Junge war zäh und überlebte. Aber er sollte noch lange kleiner und schmächtiger als seine Altersgenossen bleiben. Allerdings schien Lennox überdurchschnittlich intelligent gewesen zu sein." Er kratzte sich am Kopf. „In dem rauen Umfeld, in dem das Kind aufwuchs, tat sich der körperlich schwächliche Junge allerdings schwer. Zudem musste er schon als Fünfjähriger Herz- und Lungenoperationen über sich ergehen lassen. Für diese Operationen war seine Blutgruppe bestimmt worden. Eine Krankenschwester wunderte sich, da der Junge die Blutgruppe 0 positiv hatte, im Mutter-Kind-Pass die Blutgruppe der Mutter aber mit A negativ vermerkt war." Er schwieg. „So kam zufällig ans Licht, dass Lennox weder der leibliche Sohn von Franz Kleinert noch von Maria Kleinert sein konnte. Die einzige Erklärung war, dass er in der Klinik Hohenstein nach der Geburt mit einem anderen Kind verwechselt worden war. Und wie ihr bereits wisst", Allgaier räusperte sich, „erwies sich der Verdacht als wahr."

Die Wellen plätscherten vorwurfsvoll.

„Tatsächlich war das Baby der Kleinerts mit dem Baby der Familie Goldstein verwechselt worden. Maria Kleinert hatte eine Vollnarkose beim Kaiserschnitt bekommen. Erst achtzehn Stunden nach der Entbindung brachte ihr eine Schwester das Kind. In diesem Zeitraum muss die folgenschwere Verwechslung passiert sein. Ein Anwalt riet den beiden Parteien zu einem Prozess. Ihnen wurde ein Schmerzensgeld von achtzigtausend Mark zugesprochen, also beiden. So eine hohe Summe war bis dahin noch nie ausgezahlt worden. Beide Elternpaare beschlossen, den jeweils von ihnen großgezogenen Jungen zu adoptieren und keinen Kontakt zu halten."

Die Wasseroberfläche glitzerte rötlich.

„Die Kleinerts haben Lennox offenbar nie etwas von dem Vorfall erzählt. Doch er habe immer gefühlt, schreibt er später seinen leiblichen Eltern, dass er dort nicht hingehören würde. Er habe sich immer fremd gefühlt, nie wirklich zu Hause."

Irene nahm einen großen Schluck Wein.

„Lennox begann ein Medizinstudium", fuhr Allgaier fort. „Dafür hatten seine Eltern große Entbehrungen auf sich genommen, sie unterstützten den Jungen, wo sie konnten. Nach einer Blutspendeaktion im zweiten Semester ist Lennox dann selbst darauf gekommen: Seine Eltern waren nicht seine biologischen Erzeuger. Diese Entdeckung ließ ihm fortan keine Ruhe mehr. Er wollte seine biologischen Eltern kennenlernen und engagierte nun seinerseits einen Anwalt. So lernte Lennox die Familie Goldstein kennen, eine wohlhabende Bankiersfamilie im Münchner Villenviertel Nymphenburg."

Allgaier blickte zu Irene auf.

Sie nickte.

„Ein Foto, das wir in Lennox' Sachen gefunden haben, zeigt ihn mit seinem leiblichen Vater Maximilian Goldstein. Die Ähnlichkeit ist unübersehbar. Auch ein Brief lag dabei. Maximilian Goldstein bedauerte dieses Schicksal zutiefst, schrieb er in einem Brief an Lennox, doch zugleich hätte er sich kein besseres Kind wünschen können als das, das er erhalten und großgezogen habe. Es war offensichtlich, dass die Goldsteins ihren Sohn Christian liebten."

Irene nickte erneute.

„Anders als Lennox fühlte sich Christian Goldstein in dem Leben, in das er hineingewachsen war, offenbar rundum wohl. In Lennox' Unterlagen fand sich auch eine Postkarte von Christian, er würde immer nach vorne blicken, schrieb er, nie zurück. Auch Christian hatte seine leiblichen Eltern getroffen. Doch für ihn waren sie nicht mehr als zwei fremde Menschen. Seine Eltern würden immer die bleiben, die ihn in Liebe großgezogen hatten, hatte er Lennox gegenüber erklärt. Daran könne auch ein Blut- oder DNS-Ergebnis nichts ändern."

Die Sonne sank tiefer.

„Bei Lennox sah der Fall anders aus. Er wollte von den Goldsteins zurückadoptiert werden, eine Forderung, die seine eigenen Eltern zutiefst verletzt haben musste. Offenbar hatten die Goldsteins auch kurz mit diesem Gedanken gespielt. Dann war es allerdings zu einem beunruhigenden Zwischenfall gekommen: Lennox hatte Christian mit einem Messer angegriffen und verletzt. Es gab ein Verfahren wegen Körperverletzung. Herr Goldstein bot Lennox noch eine Art Abfindung an, eine Einmalzahlung von 250.000 Euro, wenn er sich von der Familie Goldstein in Zukunft fernhalte. Lennox nahm an. Doch nach fünf Jahren hatte Lennox das Geld ausgegeben und sein Studium abgebrochen. Zunächst versuchte er es wieder bei den Goldsteins, doch Herr Goldstein war inzwischen verstorben und Christine und Christian Goldstein lehnten jeden Kontakt zu Lennox ab.

Zur selben Zeit kam ein ähnlicher Fall aus Frankreich in die Presse. Nach zwanzig Jahren hatten zwei Familien aus Cannes eine Klinik auf zwölf Millionen Euro verklagt, weil die Angestellte einer Geburtenstation zwei neugeborene Mädchen verwechselt hatte. Lennox realisierte, dass die achtzigtausend Euro Schmerzensgeld ein viel zu geringer Betrag gewesen waren. Also strebte er erneut einen Prozess gegen die

Klinik Hohenstein an, doch er wurde abgewiesen, da der Fall bereits einmal verhandelt worden war. Zudem war die Klinik Hohenstein bereits geschlossen worden. So musste in Lennox der Plan gereift sein, die Frau zu finden, die damals für die Verwechslung verantwortlich gewesen war."

„Tamara de Lempicka", sagte ich und nickte.

„So hieß sie erst später", erwiderte Allgaier. „Zur Zeit von Lennox' Geburt lautete ihr Name noch Tamara Fischer. Im Prozess aus dem Jahr 1994 hatte sie sich bereits vor Gericht verantwortet. Sie hatte ausgesagt, dass beide Babys, die in der Nacht vom 17. auf den 18. November zur Welt gekommen waren, stark untergewichtig gewesen seien und beide im Verdacht gestanden hätten, Gelbsucht zu entwickeln. Deshalb habe man sie mit Rotlicht behandelt. Allerdings sei eine Lampe ausgefallen, sodass man die Kinder nebeneinander in ein Bettchen gelegt habe. Als Tamara am nächsten Morgen wieder ihren Dienst antrat, hatte sie entdeckt, dass die Armbändchen von den Handgelenken der Neugeborenen gerutscht waren. Da musste es passiert sein. Anders könne sie sich die Verwechslung nicht erklären. Tamara war zu dem Zeitpunkt erst zwanzig Jahre alt gewesen und von ihren Arbeitgebern als äußerst pflichtbewusst und zuverlässig beschrieben worden. Für sie sei die Verwechslung aber eine persönliche Tragödie, sagte sie vor Gericht, so etwas dürfe einfach nicht passieren, egal wie unglücklich die Umstände in jener Nacht gewesen seien.

Das Gericht hatte Tamaras Geschichte Glauben geschenkt und sie freigesprochen. Trotzdem kündigte sie ihre Stelle in Hohenstein, wechselte die Stadt, ja sogar das Land, heiratete und nahm den Nachnamen ihres polnischen Ehemannes an, der ein berühmter Frauenarzt gewesen war. Doch Tamara arbeitete nur kurz in der Klinik ihres Mannes in Warschau. Als er starb, machte sie sich mit einer Privatpraxis in Frankreich selbständig und begann selbst, Medizin zu studieren.

Alle Versuche von Lennox, Tamara Fischer zu finden, waren fehlgeschlagen. Deshalb begann er, über die sozialen Medien nach ihr zu suchen. Tamara erfuhr erst vor wenigen Monaten davon. Sie fühlte sich durch Lennox' wirre Posts bedroht, es muss ein Alptraum für sie gewesen sein, erneut mit diesem dunklen Kapitel aus ihrer Vergangenheit konfrontiert zu werden. In ihrer Verzweiflung vertraute sie sich auch Johannes an.

Weil er Tamara helfen wollte, hatte er Lennox kurzerhand nach Greenfield Hall eingeladen. Johannes ist ja stets der Meinung, alle Probleme lassen sich auf diplomatischem Weg lösen. Er hat Lennox einfach falsch eingeschätzt."

„Hat Johannes das gesagt?", fragte Irene.

„Ja." Allgaier nickte.

Nachdenklich drehte ich mein Weinglas hin und her.

„Doch Johannes hatte offenbar unterschätzt, wie weit der Hass bereits Lennox' Seele zerfressen hatte", meinte Allgaier. „Er war vollkommen fixiert auf das bittere Gefühl, vom Schicksal ungerecht behandelt worden zu sein."

„Hat ihn das Schicksal nicht auch ungerecht behandelt?", fragte Irene in die Nacht hinein. „Wäre Lennox nicht ein anderer geworden, wenn er als Christian Goldstein aufgewachsen wäre?"

Allgaier nahm sein Glas und schwenkte den Wein.

„Die Kleinerts waren keine Monster. Sie haben für das Kind getan, was sie konnten." Er trank. „Warum schaffen es die einen, ihr Leben trotz widriger Umstände und Schicksalsschläge zu gestalten – die anderen aber nicht?"

„Das musst du Hector fragen", sagte Irene und lächelte mir zu: „Oder Johannes. Beide hatten es nicht gerade einfach."

„Das sind für mich die wahren Helden", sagte Allgaier und prostete mir zu.

Ich schwieg.

„Hass ist ein Weg, auf dem es langsam eng wird für uns", sagte Irene und fixierte einen Punkt in weiter Ferne. „Am Ende steht immer der Tod."

„Oder Mord." Allgaier räusperte sich. In der Stimme des Beamten fuhr er fort: „Der Fall ist jetzt also klar. Am Montag, den 6. Juni, erschlägt der 32jährige Lennox Kleinert die 53jährige Hebamme und Frauenärztin Tamara de Lempicka. Wir gehen davon aus, dass die Tat nicht bewusst geplant war, sondern im Affekt geschah, als eben jener Streit eskaliert ist, dessen Beginn Johannes und Annabell noch mitbekommen haben." Allgaier nickte sich selbst bestätigend zu. „Danach flüchtete Lennox in das Waldgebiet in Richtung Salem und versteckte sich in der Hütte. Auch das spricht gegen einen geplanten Mord. Lennox reagierte nicht wie ein kaltblütiger Mörder, sondern instinktiv wie ein Tier. Es sucht sich ein Versteck, durchstreift ruhelos die Wälder und kehrt dabei immer wieder zum Tatort zurück. Dort trifft er eine Woche später auf Conny – und schlägt wieder zu. Wir wissen alle, dass die Hemmschwelle, nach einem ersten Mord einen zweiten zu begehen, deutlich herabgesetzt ist."

Ich nickte.

„Warum hätte Lennox Conny töten sollen?", fragte Irene.

„Du hast es doch selbst gesagt. Einfach weil er ihn hasste. Vielleicht erinnerte er ihn an diejenigen, die vom Schicksal bevorzugt worden sind. Außerdem wissen wir, dass er ihn schon mal bedroht hat."

„Für mich klingt das alles sehr plausibel", sagte ich. „Allerdings ist mir die Rolle noch nicht klar, die Alfred von Freybach in der Geschichte spielt. Da ist ja noch die Sache mit dem Subventionsbetrug."

„Das ist eine andere Geschichte", erwiderte Allgaier überzeugt. „Die Staatsanwaltschaft wird ihr gesondert nachgehen."

Irene schwieg.

„Zum genauen Tathergang erhoffen wir uns letzte Klarheit durch die Aussage von Constanze von Kodály", fuhr Allgaier fort. „Die Kollegen in den USA werden sie morgen vernehmen."

„Wie geht es der jungen Frau denn?", fragte Irene plötzlich voller Mitgefühl.

„Wohl besser", erwiderte Allgaier. „Zumindest so gut, dass sie vernehmungsfähig ist."

„Was genau hat sie denn?"

„Knochenkrebs", meinte Allgaier. „Doch sie schien Glück gehabt zu haben. Bei der Operation hat man festgestellt, dass sich der Krebs in den letzten Monaten spontan zurückgebildet hat. So etwas gibt es. Allerdings wird sie nie mehr Klavierspielen können."

„Sie wird nie mehr Klavierspielen können?", fragte Irene entsetzt. „Haben die Ärzte das so gesagt?"

Allgaier nickte.

Irenes Augen leuchteten seltsam. Sie schien aufrichtig um Constanzes Wohlergehen besorgt zu sein. Plötzlich sah sie mich an. Irene musste gespürt haben, dass ich sie beobachtete. Noch ahnte ich nicht, was hinter dem Blick stand, den sie mir in diesem Moment zuwarf.

25. Kapitel

Constanze sagt aus

Constanze von Kodálys Aussage war für alle eine Überraschung. Doch für Allgaier war sie eine Ohrfeige. Sie belastete Joanas Ehemann Alfie im Mordfall Konrad Seifried schwer. Alfie war am Montag, den 13. Juni ebenfalls am Tatort gewesen, Constanze hatte sogar ein Video davon gemacht.

Staatsanwalt Good ordnete sogleich eine Hausdurchsuchung am Wohnort von Alfie und Joana von Freybach an. Gleichzeitig bat er rechtshilfeweise die zuständige Zürcher Staatsanwaltschaft darum, auch eine Hausdurchsuchung in den Büros am Arbeitsort von Alfie in Zürich anordnen und durchführen zu lassen. Der Staatsanwalt hatte Alfie sogar umgehend international zur Fahndung und Verhaftung ausgeschrieben. Doch Alfie befand sich auf einer Geschäftsreise im Ausland, wie es hieß, und hatte sich noch nicht zurückgemeldet.

Constanzes Vernehmung hatte bereits am Mittwochabend im Krankenhaus von Santa Barbara stattgefunden, wo sie inzwischen von der Intensivstation auf die normale Station verlegt worden war. Die Kollegen aus Kalifornien hatten noch am selben Abend einen Bericht ins Polizeipräsidium nach Ravensburg gemailt.

Aufgrund der Zeitverschiebung von neun Stunden war er dort erst am Donnerstagmorgen um fünf Uhr eingetroffen.

Ich saß gerade beim Frühstück in der Küche von Greenfield Hall, als mein Handy klingelte. Es war Irene. Allgaier habe sie gebeten, sich um Joana zu kümmern. Er selbst befand sich auf dem Weg nach Zürich. Er komme gerade von der Hausdurchsuchung der Villa, wo sie Akten in Alfies Büro sichergestellt hatten. Alfie sei seit sechs Uhr geschäftlich unterwegs, hatte Joana gesagt, doch sie wisse leider nicht, wohin. Sie sei am Vortag erst spät aus dem Krankenhaus nach Hause gekommen, da habe Alfie bereits geschlafen. Allgaier habe Joana angeboten, jemanden vom kriminalpsychologischen Dienst vorbeizuschicken, doch sie habe abgelehnt.

Irene und ich machten uns sofort auf den Weg. Als wir in der Villa eintrafen, war Joana gerade dabei, einen Koffer zu packen.

„Ich halte es hier keine Sekunde länger aus", sagte sie. „Ich meine, ich kann es nicht glauben, dass Alfie was mit der Sache zu tun hat. Aber wenn, dann möchte ich ihn nie wieder sehen!"

Joana wirkte verändert. Sie trug eine Jeans und ein weißes T-Shirt, dazu Turnschuhe. Ohne Make-up sah sie anders aus. Ihre Bewegungen waren entschieden und ihr Blick war klar, als hätte sie eine Art Traumzustand abgeschüttelt, in dem sie sich in den letzten Wochen befunden hatte. Sie wollte unbedingt wissen, was Constanze von Kodály im Detail ausgesagt hatte. Das ganze Protokoll dürfe er ihr nicht geben, hatte Allgaier gesagt, doch schließlich hatte er eingelenkt, ihr wenigstens einen Teilauszug davon zukommen zu lassen. Er hatte den Auszug an Irene gefaxt und vertraute auf ihr psychologisches Geschick, Joana bei der Lektüre zu begleiten.

„Kann ich es lesen?", fragte Joana ungeduldig.

Irene nickte und reichte es herüber.

Joana und ich saßen nebeneinander auf dem Sofa im Wohnzimmer. Die Jalousien waren oben. Bei Tageslicht sah man weit über das Dorf auf den Bodensee hinaus, über dem sich die Alpenkette klar und mächtig abzeichnete. Die bedrückende Enge war aus dem Raum verschwunden, doch die unpersönliche Kälte war geblieben.

Oben auf dem Protokoll befand sich eine handschriftliche Notiz von Allgaier: *Vernehmung Constanze von Ko•ály, Mittwoch 22/06/22, 18:00-18:30 Uhr, Santa Barbara Cottage Hospital, Kalifornien, Auszug Protokoll Seite Drei.* Der Text darunter war maschinengeschrieben. Einzelne Passagen waren geschwärzt.

> ***Inspector Ramsay:*** *„Es geht jetzt konkret um •ie Frage, was sich am Montagmorgen, •en 13. Juni, auf •em Golfplatz von Greenfiel• Hall abgespielt hat. Können Sie sich erinnern?"*
>
> ***C. v. Kodály:*** *„Ja, sehr gut sogar. Ich habe mit Konra• Seifrie• am Montagmorgen noch eine Run•e Golf gespielt. Wir sin• früh los, es war kurz vor sieben gewesen. Ich musste •anach gleich weiter nach Zürich zum Flughafen un• wollte mich vor •em langen Flug noch etwas bewegen. Also ich bin keine routinierte Golfspielerin. Wir kamen nur langsam voran. Am En•e •er •ritten Bahn machten wir eine Pause am Weiher. Wir*

standen lange am Ufer und Conny gab mir Tipps, welchen Schläger ich nehmen sollte."

„Wo am Ufer?"

„In der Nähe vom Wald. Es gibt dort eine Stelle, von der aus man am besten abschlagen kann. An manchen Stellen ist der Weiher fast hundert Meter breit, doch von dieser Stelle gelangt man mit sechzig Meter zum Grün hinüber. Dort standen wir also, als ein Mann aus dem Wald kam. Es war Lennox Kleinert, er war auch Stipendiat auf Greenfield Hall gewesen. Zuerst erkannte ich ihn nicht wieder. Er sah ganz anders aus, als ich ihn in Erinnerung hatte."

„Wie anders?"

„So als habe er seit Tagen nicht mehr geschlafen. Und sich auch nicht mehr gewaschen und rasiert. Seine Haare waren strähnig und er hatte einen Bart. Er sagte, er mache ein Survival-Experiment. Also das war sicher gelogen, es war klar, dass mit ihm etwas nicht stimmte. Doch Conny tat, als glaubte er ihm. Er versuchte herauszufinden, was mit ihm los war. Ich wurde bereits unruhig wegen meinem Flug. Da kam plötzlich noch ein Mann aus dem Wald. Er hatte ein Gewehr über der Schulter. Es war der Mann von Joana, ich glaube, er heißt Alfie. Ich habe ihn am Vorabend bei meinem Konzert gesehen."

„Ein zweiter Mann? Sie sind sich ganz sicher?"

„Ja, absolut. Alfie hatte, wie gesagt, ein Gewehr dabei und trat sehr aggressiv auf. Er sagte, er habe Lennox vom Hochsitz aus beobachtet. Er sagte, er würde Lennox erschießen, wenn er nicht sofort verschwinden würde. Conny meinte, Alfie würde alles nur noch schlimmer machen, er solle wieder gehen, Conny würde das alleine mit Lennox klären. Doch Alfie ging nicht. Mir wurde das alles zu viel, ich holte mein Handy heraus und blickte auf die Uhr. Ich hatte Angst, meinen Flug zu verpassen. Conny muss meine Unruhe bemerkt haben. Er gab mir die Autoschlüssel und meinte, ich solle allein zum Flughafen fahren, er könne jetzt hier nicht weg. Das Auto sollte ich am Flughafen auf dem Außenparkplatz abstellen, er würde es dann schon holen, das sei kein Problem. Ich solle den Schlüssel einfach beim Infopoint hinterlegen. Zuerst wollte ich ihn nicht alleine lassen, doch nachdem Conny mich abermals darum bat, zu gehen, machte ich mich auf den Weg."

„Wo war das Auto geparkt?"

„Am hinteren Waldparkplatz. Mein Koffer war schon im Kofferraum."

„Als Sie gegangen sind, war Konrad Seifried also noch am Leben?"

„Ja."

„Können Sie noch mal wiederholen, wer sich zusammen mit Konrad Seifried am Weiher befand, als sie aufgebrochen sind?"

„Lennox Kleinert und Alfred von Freybach."

„Und um wie viel Uhr haben Sie die drei Männer zuletzt gesehen?"

„Kurz nach neun. Ich fuhr um 09:15 Uhr los. Daran erinnere ich mich, weil ich das Navi eingestellt hatte."

„Haben Sie sonst noch etwas bemerkt?"

„Nein. Aber warten Sie. Ich habe ein Video mit meinem Handy gemacht. Weil mir die ganze Geschichte schon so komisch vorkam. Wollen Sie es sehen?"

Der Auszug aus dem Protokoll endete mit der Beschreibung des Films, der auf Constanzes Handy sichergestellt worden war. Das Video war nur vier Sekunden lang. Es zeigte drei Männer: Alfred von Freybach, Lennox Kleinert und Konrad Seifried. Alfred und Lennox standen sich feindselig gegenüber, Conny sagte zu den beiden: „Hört doch endlich auf." Danach brach das Video ab.

„Was passiert jetzt?", fragte Joana. „Werden sie Alfie verhaften?"

„Er wird zunächst einmal aussagen müssen", antwortete Irene. „Wie lange er dann in Untersuchungshaft bleiben muss, hängt von seinem Anwalt ab."

„Ich fahre solange zu einer Freundin", sagte Joana.

„Zu welcher Freundin?"

„Ach, eine alte Freundin. Wir kennen uns schon ewig. Ich halte es hier wirklich nicht mehr aus! Und dann das ganze Geschwätz überall."

Irene stand am Fenster. Sie blickte weit über die oberschwäbische Landschaft und schwieg.

Nur ich sah Joana fragend an. Joana hatte nie eine beste Freundin gehabt. Das waren immer Conny und ich gewesen.

26. Kapitel

Der Juli vergeht

Nachdem sich die Ereignisse Ende Juni überschlagen hatten, ging der Juli vorüber, ohne dass viel geschah. In meiner Erinnerung verdichten sich seine Tage wie heiße, schwere Wolken über Greenfield Hall. Beinahe stündlich rechnete ich mit einem erlösenden Gewitter.

Doch es blieb aus.

Aus den paar Tagen, die Joana hatte verreisen wollen, waren Wochen geworden. Alles, was ich von ihr gehört hatte, war eine Whatsapp gewesen. Es gehe ihr gut, hatte sie geschrieben. Das solle ich auch ihren Eltern ausrichten. Viel mehr gab sie nicht preis. Wir wussten weder, wie die Freundin hieß, bei der sie sich aufhielt, noch wo sie genau war.

Johannes und Annabell befanden sich in einer Reha-Klinik im Allgäu. Johannes konnte nicht mehr richtig gehen und Annabell nicht mehr richtig essen; beide wurden immer schwächer. Serafina und ich waren in den ersten beiden Juliwochen alleine auf Greenfield Hall und behandelten uns äußerst rücksichtsvoll.

Auch Irene war verreist. Mal war sie in Frankreich, dann in London; kaum war sie aus Montenegro zurück, brach sie nach Belarus auf. Sie besuche Freunde, meinte sie. Ich ahnte, dass sie mir etwas verschwieg. Doch auf meine vorsichtigen Nachfragen wich sie stets gekonnt aus. Bis heute hoffe ich, dass sie eines Tages so viel Vertrauen zu mir gefasst haben wird, um mir ihre Geschichte zu erzählen.

Am 14. Juli fand eine kleine Trauerfeier für Conny statt. Es war noch nicht die Beerdigung, da Connys Leiche noch nicht freigegeben worden war. Der eigenartige Verwesungsprozess gab den Experten immer noch Rätsel auf. Auf dem Friedhof in Friedrichshafen war nur der engste Kreis geladen. Doch Joana kam selbst zu diesem Anlass nicht nach Hause. Auch Johannes und Annabell ließen sich entschuldigen; aus gesundheitlichen Gründen sei es ihnen leider nicht möglich, die Kur zu unterbrechen, hatte Johannes erklärt.

Wenn ich heute an diese Trauerfeier zurückdenke, erinnere ich mich an die lauten Gebete von Serafina. Und an die toten Augen von Susanne. Sie waren sehnsüchtig auf das Holzkreuz gerichtet gewesen, an dem der gefolterte Jesus hing. Noch gruseliger war eigentlich nur Thomas' dumpfe Vitalität gewesen, sein gerötetes Gesicht und sein Appetit, mit dem er die Saitenwürste verspeist hatte, die als Leichenschmaus serviert worden waren.

Heute ist der 21. Dezember. Im Juli war es so heiß gewesen, dass man über Mittag nicht hatte rausgehen können. Heute sitze ich auf Kriegerskopf und friere. Ich passe auf Irenes Haus auf, die wieder verreist ist, und füttere den Kater. Zwei Wochen habe ich gebraucht, um den bisherigen Bericht zu verfassen, doch ich bin noch nicht am Ende. Drei Tage gebe ich mir noch. Weihnachten möchte ich fertig sein.

Sherlock liegt zusammengerollt in seinem Körbchen neben dem Ofen und schnurrt. Draußen fallen lautlos die ersten Schneeflocken. Wenn ich aus dem Fenster blicke, sehe ich den Bodensee. Er hat sein südliches Blau verloren und sich in eine graue Fläche verwandelt.

Alfie hatte sich damals umgehend bei der Polizei gemeldet und sich plötzlich äußerst kooperativ gezeigt. Gegen ihn war ein Prozess wegen Verdachts auf Missbrauch von Steuergeldern eingeleitet worden. Unklar war damals noch gewesen, ob er auch wegen des Verdachts auf Mord an Konrad Seifried angeklagt werden würde. Angesichts des belastenden Videos hatte er seine Anwesenheit am späteren Tatort zugegeben. Doch zugleich hatte er zu Protokoll gegeben, dass Conny noch gelebt habe, als er den Weiher wieder verlassen habe. Alfie habe Conny nur ungern alleine gelassen, doch Conny habe ihn selbst mehrmals dazu aufgefordert, zu gehen. Als dann eine Woche später Connys Leichnam entdeckt worden war, habe er sich natürlich Vorwürfe gemacht. Doch aufgrund der „momentanen Missstände in seinem Geschäft", wie er es ausgedrückt hatte, habe er keine Zeit gehabt, lange bei der Polizei herumzusitzen. Deshalb habe er das Foto Hauptkommissar Allgaier anonym zukommen lassen. Und ja, er sei an diesem Morgen zusammen mit Zacher beim Jagen gewesen. Aber nicht lange. Den Rest des Vormittags habe er dann im Homeoffice verbracht. Wahrscheinlich würde sich Alfie deswegen noch eine Anklage wegen Behinderung der Polizeiarbeit und Falschaussage einfangen. Doch für Mord schien es einfach nicht zu reichen. Dafür waren letztlich die Fingerabdrücke auf der Mordwaffe entscheidend. Auf Connys Golfschläger waren neben Connys eigenen nur Lennox' Fingerabdrücke sichergestellt worden. Zudem bestätigte Zacher seine Version.

Das Netz aus Lügen, das Alfie spann, wurde immer dichter. Auch Hauptkommissar Allgaier verhedderte sich darin. Zweimal besuchte ich Allgaier noch im Präsidium und zweimal verließ ich ihn mit einem unguten Gefühl, in dem die Ohnmacht über die Wut siegte und mich zusehends lähmte.

„Ihr müsst Zacher zum Reden bringen!", hatte ich Allgaier wiederholt angefleht.

„Wir haben ihn mehrmals verhört", hatte er mit einer gewissen Resignation in der Stimme erwidert. „Typen wie Zacher könntest du vierteilen und er würde nichts verraten."

„Und Alfie? Glauben Sie ihm etwa?"

„Alfred von Freybach scheint seine Lektion gelernt zu haben und gibt sich demütig. Ob ich ihm das glaube? Für mich ist er ein Wirtschaftsmensch durch und durch. Sein Handeln wird ausschließlich vom Geld motiviert. Das macht ihn zwar nicht zu einem Sympathieträger, doch berechenbar. Er scheint Conny als guten Mitarbeiter geschätzt zu haben. Conny habe ihn selbst noch auf die Missstände in der Firma hingewiesen. Dafür sei er ihm dankbar. Auch wenn Alfred selbst davon nichts gewusst zu haben schien, sei er bereit, die Verantwortung zu übernehmen. Man müsse diese Missstände so schnell wie möglich aufdecken und ihre Beseitigung angehen. Alfred mag aus übersteigertem Gewinnstreben die Grenze zum Betrug überschritten haben, doch für Mord fehlt mir bei ihm die emotionale Triebkraft."

Ich war mir nicht sicher, ob Allgaiers Analyse von Alfies Charakter zutraf. Geld. Natürlich ging es Alfie um Geld, um viel Geld sogar, doch für mich ging sein Motiv tiefer. Sein ökonomisches Denken mochte oberflächlich betrachtet rational erscheinen. Doch war es nicht nur ein Instrument, um sich an Menschen wie Conny zu rächen. War Alfie nicht genauso voller Hass wie Lennox? Er konnte es nur besser verstecken. So gut, dass sogar Joana ihm glaubte.

Zumindest dachte ich das damals.

27. Kapitel

Flashback

Am Montag, den 25. Juli, ging ich am späten Nachmittag ins Künstlerhaus hinüber. Wieder war es ein heißer Tag gewesen. Die Temperaturen waren auf über 35 Grad Celsius gestiegen. Auf Greenfield Hall hielt Serafina alle Fensterläden und Rollläden auch tagsüber geschlossen. Einer der wenigen Orte, an denen man es noch aushalten konnte, war Herwigs Atelier. Die alten Steinmauern des ehemaligen Kutscherhauses sorgten für ein erträgliches Arbeitsklima, im Durchzug zwischen Fenster und Scheunentor ging immer ein leichter Wind.

Herwig hatte mir einen Kalkstein überlassen, den ich seit Wochen mit Hammer und Meißel bearbeitete. Noch fehlte mir die entscheidende Idee, welche Figur ich aus dem Rohling freilegen sollte. Ich tastete mich suchend im Stein voran, als ich plötzlich einen schrillen, hellen Ton bemerkte. Zuerst dachte ich an Feueralarm. Fragend blickte ich zu Herwig, der konzentriert an einer Holzfigur schnitzte.

„Hörst du das nicht?“

„Was?“

Nur langsam wurde mir bewusst, dass der Ton nicht

von außerhalb kam. Er existierte nur in meinem Kopf. Dort schwoll er bedrohlich an. Schlagartig wurde mir übel. Der Hammer fiel mir aus der Hand und dann fiel auch ich. Ich schrie wie damals, als ich mit Joana am Weiher gestanden hatte, und über mir flog wieder der Vogel am Himmel.

„Hector?“

Als ich zu mir kam, lag ich auf dem Steinboden. Herwig beugte sich über mich. Meine Beine lagen auf einem Bierkasten.

„Hector?“

Verwundert sah ich ihn an. Das Rauschen und Pochen in meinem Kopf ließ nach. Mühsam richtete ich mich auf. „Geht schon wieder“, meinte ich verwirrt.

Herwig reichte mir eine Cola. Vorsichtig trank ich einen Schluck und wischte mir den Schweiß von der Stirn. Als der Schwindel nachließ, stand ich auf und ging mit zitternden Knien zur Couch hinüber.

„Das ist die Hitze.“ Herwig trug mir die Cola nach und setzte sich zu mir. „Du musst darauf achten, genug zu trinken.“

Ich trank.

„Geht es wieder?“, fragte Herwig. „Ich dachte zuerst, du hättest dir den Kopf aufgeschlagen. Du hast geschrien wie am Spieß.“

Ich tastete über meinen Schädel. Dann blickte ich mich suchend im Raum um.

„Was stinkt denn hier so?“, fragte ich.

Herwig schnupperte ebenfalls. Er ging zum geöffneten Fenster, blickte hinaus und rief: „Meinst du die Farbe?“

Draußen unter dem Fenster, vor dem ich gearbeitet

hatte, stand ein offener Eimer Farbe in der Sonne. Sobald ich mich der Stelle näherte, wurde mir wieder übel. Es war einer der Farbtöpfe, mit denen das Künstlerhaus saniert worden war. Fliegen quollen schillernd aus dem Eimer hervor.

„Und dann habe ich plötzlich das Bewusstsein verloren“, erzählte ich Irene am Abend von dem Vorfall. Sie war erst wenige Stunden zuvor wieder nach Hause gekommen. Wir saßen auf ihrer Terrasse und beobachteten den Sonnenuntergang. Die glutrote Kugel war bereits zur Hälfte hinter die Alpenkette gesunken und setzte den Abendhimmel in Flammen.

„Merkwürdig.“ Irene nahm einen Schluck Wein. „Was war das für ein Geruch?“

„Kein Geruch“, korrigierte ich sie. „Ein Gestank. Eine Mischung aus Ammoniak und Fäulnis.“ Angewidert verzog ich das Gesicht. „Ein wenig so wie der Kadaver damals im Teich.“

„Und das Summen der Fliegen? War das auch so wie damals gewesen?“

Ich nickte.

Über dem brennenden Abendhimmel drückte eine graue Masse herab, die von Minute zu Minute dunkler wurde. Bald würde das Schwarz alle Farben schlucken.

Irene saß bereits im Schatten. Der Kater lag auf ihrem Schoß. Sein Schnurren verlieh ihrer Stimme eine Tiefe, als sie sagte: „Der Ammoniakgeruch in Kombination mit dem Summen der Fliegen haben dich zurück zu jenem Augenblick an den Weiher katapultiert, in dem du Connys Leiche entdeckt hast. Ich denke, dein Unbewusstes hat uns damit einen wichtigen Hinweis gegeben.“

„Was für einen Hinweis?"

„Du sagst, die Fliegen werden von der Farbe angezogen?"

„Ja." Ich schwenkte den Wein. „Es ist eine spezielle Biofarbe."

„Vielleicht wirkt sie auch auf Fische anziehend."

„Auch auf Fische?" Ich überlegte. „Meinst du, bei den merkwürdigen Verfärbungen auf dem Leichnam könnte es sich um Farbe gehandelt haben?"

„Das wäre eine Erklärung."

„Dann hätte ihn aber jemand damit anstreichen müssen."

„Richtig."

„Aber warum? Um den Verfall absichtlich zu beschleunigen?"

„Das klingt plausibel."

„Und dieser Jemand war nicht Lennox."

„Folgt das daraus?"

„Wenn du mich fragst, ja", meinte ich. „Es ist nicht die gleiche Handschrift. Lennox hat Tamaras Leiche ja auch einfach so, wie sie war, in den Teich geworfen. Warum hätte er sich bei Conny die Mühe machen sollen? Das ergibt doch keinen Sinn. Zumal Lennox zu diesem Zeitpunkt schon nicht mehr strategisch denken konnte."

Sherlock hob den Kopf und sah mich an. Ein wenig sah es aus, als lächelte er über meinen unausgebildeten Instinkt, der so viel langsamer arbeitete als sein eigener.

28. Kapitel

Eine Golfpartie mit dem Staatsanwalt

Für Mittwochabend, den 27. Juli, hatte Staatsanwalt Good seinen Besuch auf Greenfield Hall angekündigt. Johannes und Annabell waren inzwischen aus der Reha zurückgekehrt, doch wirklich gut ging es ihnen nicht. Johannes konnte nur mit Krücken gehen und setzte all seine Hoffnung auf eine Operation, bei der ihm ein Stück Wadenmuskulatur transplantiert werden würde. Annabell ernährte sich nur noch von Obst, vor allem von Melonen, die Serafina ihr in kleinen Stücken reichte. Doch nicht einmal die Melonenstücke aß Annabell, sondern saugte nur den Saft heraus.

Staatsanwalt Good kam nach Dienstschluss. Er hatte seinen Anzug abgelegt und Golfkleidung angezogen, doch zunächst bat er Johannes um ein Gespräch unter vier Augen. Die beiden verschwanden im Herrenzimmer. Unruhig ging ich hinaus und schlug schon mal ein paar Bälle auf der Range.

Eine gute Stunde später gesellte sich Good zu mir. Es war kurz nach sieben. Selbst um diese Uhrzeit war es noch drückend warm. Der Rasen hatte große, braune Flecken bekommen. Man musste Wasser sparen, hieß es, und Johannes wollte nach alldem, was passiert war, kein Aufsehen mehr erregen, indem er seinen Privatplatz großzügig mit Wasser besprengte.

„Da hatten Sie ja einen guten Riecher, Hector", meinte Good und klopfte mir anerkennend auf den Rücken.

Die Analyse der Farbe hatte ergeben, dass Connys Leichnam im Gesicht, am Leib und den Händen tatsächlich damit angestrichen worden war. Die Farbe wirkte wie ein Geruchsmagnet auf Fische und anderes Ungeziefer und hatte den Fäulnisprozess exponentiell beschleunigt.

„Die Farbe müsste doch auch auf der Kleidung von Lennox nachweisbar sein", sagte ich nachdenklich. „Wenn er es getan hat."

„Das Labor wird das klären", war alles, was Good erwiderte.

Wir beschlossen, gemeinsam eine Runde zu spielen. Der Herrenabschlag war längst wieder geöffnet und ich überließ dem Staatsanwalt den ersten Abschlag.

„Sehr schön", lobte ich ihn. Er war mit seinem Ball bis auf wenige Meter ans Grün herangekommen. Ich bemühte mich, mit meinem Abschlag hinter seinem zurückzubleiben. Der Staatsanwalt war ein ehrgeiziger Spieler, der schnell mürrisch werden konnte, wenn er zurücklag. Mein Ball kam zehn Meter hinter seinem zum Liegen.

„Auch nicht schlecht", kommentierte er meinen Schlag.

Gemeinsam machten wir uns auf den Weg über das Fairway. Good hatte seinen elektrischen Schiebewagen mitgebracht, ich trug meine Tasche.

„Gibt es bereits Neuigkeiten Alfie betreffend?", fragte

ich schließlich. „Wird er jetzt des Mordes an Conny angeklagt oder nicht?"

„Nicht so schnell, junger Mann", antwortete Good. „Alfie behauptet nach wie vor, unschuldig zu sein."

„Unschuldig?" Ich lachte laut.

„Alfie behauptet, Konrad habe noch gelebt, als er gegangen sei. Alfie mache sich schwere Vorwürfe deswegen, weil er glaubt, er hätte den Mord an Konrad verhindern können, wenn er geblieben wäre."

„Aber das ist doch gelogen!"

„Die Wahrheitsfindung wird natürlich dadurch erschwert, dass Konrad und Lennox tot sind", gab Good zu. „Doch letztlich entscheiden die Fakten. Mittlerweile steht zweifelsfrei fest, dass Konrads Golfschläger auch wirklich die Tatwaffe ist. Das Loch in Konrads Schädel passt eindeutig zu dem Muster seines Eisen Sieben. An diesem Schläger befanden sich Lennox' Fingerabdrücke. Keine Fingerabdrücke von Alfred von Freybach."

„Fingerabdrücke! Ja und?" Ich konnte es nicht mehr hören und blickte in den Abend. „Mein Gefühl sagt mir trotzdem, dass es Alfie war!" Ich blieb dabei. „Können Sie sich keine stimmige Geschichte vorstellen, die erklärt, warum die Fingerabdrücke fehlen? Was ist zum Beispiel mit Handschuhen?"

„Geschichten, Gefühle, soso." Good sah mich an, als müsste ich noch viel lernen. „Gerichtsprozesse werden nicht aufgrund von Gefühlen entschieden, sondern von Fakten."

„Fakten", wiederholte ich nachdenklich. „Ihre positivistische Haltung in allen Ehren. Aber sind Sie sich wirklich sicher, dass es so ist? Stellen sich nicht Fakten oft genug als Fiktion heraus? Oder gar als bewusst manipuliert? Als Fake? Und sind Gefühle nicht auch Fakten? Ich frage mich, wie viele Prozesse in der Geschichte der Menschheit letztlich aufgrund von Gefühlen entschieden worden sind. Gefühle sind die einzige Triebkraft unserer menschlichen Empfindungswelt."

Good zog eine Augenbraue nach oben. Trotzdem war sein Blick wohlwollend auf mich gerichtet, als er meinte: „Ich verstehe. Sie waren in letzter Zeit oft bei unserer Freundin Irene Adler draußen. Ich schätze Sie wirklich sehr, nicht dass wir uns falsch verstehen. Sie hat uns schon oft entscheidende Hinweise zur Aufklärung eines Verbrechens geliefert. Doch letztlich sind ihre Ermittlungsmethoden, wie soll ich sagen, unkonventionell, höchst individuell. Daraus kann man keine allgemeingültigen Regeln und Gesetze ableiten, die von jedem angewendet werden können. Und die braucht es nun mal, um eine Strafuntersuchung zu führen."

Ich schwieg.

Good chippte seinen Ball aufs Grün und lochte mit dem nächsten Schlag ein. Er hatte die erste Bahn mit drei Schlägen geschafft. Ich bemühte mich, erst mit dem vierten Schlag einzulochen.

„Immerhin", sagte er und klopfte mir gönnerhaft auf die Schulter: „Ein Bogey ist doch auch schon was."

Dann schlugen wir nacheinander an der Zwei ab.

„Und was ist mit der Betrugsgeschichte?", fragte ich. „Sind Sie da inzwischen weitergekommen?"

„Das ist in der Tat ein unerfreuliches Thema." Good räusperte sich. „Tatsächlich wurden über Jahre zu hohe Rechnungen gestellt. Insgesamt scheint es sich zwar um eine weit niedrigere Summe zu handeln als zunächst angenommen." Als wir zwischen den beiden Bunkern hindurchgingen, fügte er hinzu: „Allerdings sind wir noch auf ein Nummernkonto in der Schweiz gestoßen, das auf die Firma gemeldet war. 1,6 Millionen Schweizer Franken. Alfie hat zunächst behauptet, nichts von diesem Konto zu wissen. Später konnte er sich doch wieder daran erinnern, es vor Jahren für einen Kunden eingerichtet zu haben."

„1,6 Millionen Schweizer Franken", sagte ich und stieß einen leisen Pfiff aus.

Good blieb stehen. Er blickte in die Abendsonne, als er sagte: „Es gibt da allerdings noch etwas Merkwürdiges. Am 9. Juni, also vier Tage vor Connys Tod, hat jemand vierhunderttausend von diesem Konto abgehoben und sich bar auszahlen lassen."

„Wer?"

„Das wüssten wir auch gerne", erwiderte Good. „Das Phantombild, das aufgrund der Aussage der Bankbeamten angefertigt worden war, zeigt einen vollbärtigen Mann mit buschigen Augenbrauen. Der Mann habe stark schwäbischen Dialekt gesprochen."

„Ach was", sagte ich verblüfft. „Und Sie haben das Geld bei Alfie nicht gefunden? Wahrscheinlich hat er es zur Seite geschafft, weil er Angst hatte, dass sein Betrug auffliegen könnte."

„Möglich", gab Good zu. „Doch bisher fehlt jede Spur von dem Geld."

Während wir uns auf Bahn Zwei vorankämpften, erklärte er mir, wie mühsam es sei, die gefälschten Rechnungen aufzutreiben, vorzulegen und nachzuweisen. Drei Mitarbeiter seien seit Wochen mit nichts anderem beschäftigt. Auch könne man sich nicht vorstellen, wie findig man in solchen Firmen war, wenn es darum ging, den Nachvollzug des Zahlungsverkehrs zu erschweren.

Das könne ich mir schon vorstellen, erwiderte ich und war stets darauf bedacht, ihn nicht einzuholen. An der Zwei schloss er mit einem Birdie ab und seine Stimmung verbesserte sich wieder. Erst als wir den Weiher erreichten, hielt er mich zurück und bestand darauf, eine Schweigeminute für Conny einzulegen.

Danach schaffte er es, mit einem langen Schlag auf die andere Seite zu gelangen. Auch ich wollte meinen Ball auf keinen Fall im sumpfigen Ufer verlieren und tat es ihm gleich. Während wir die restlichen drei Bahnen absolvierten, weihte er mich in die Kunst komplexer Strafuntersuchungen ein. Die Sonne ging darüber unter. Am Ende hatte Good mit vier Schlägen Vorsprung gesiegt – und mit der Überzeugung, einen guten zukünftigen Staatsbeamten aus mir gemacht zu haben.

29. Kapitel

Joanas Brief

Mein lieber Kommissar,

ich schreibe •iesen Brief am 16. August, nach•em ich erfahren habe, •ass Alfie nicht •es Mor•es an Konra• angeklagt wer•en wir•. Das habe ich befürchtet. Der Fall gilt jetzt also als aufgeklärt, auch wenn •as Ergebnis unbefrie•igen• bleibt.

Lennox wur•e zum Mör•er, um sich an •er Welt zu rächen, •ie ihn ungerecht behan•elt hat. Das ist eine alte Geschichte.

Nieman• möchte, •ass eine noch tiefere Wahrheit ans Licht kommt, •ie sich über Jahre im •unklen Gestein von Greenfiel• Hall abgelagert hat. Auch ich nicht. Ich wäre froh, wenn wir •ie Geschichte an •ieser Stelle been•en könnten.

Das kannst •u mir glauben.

Doch Irene un• ihre neugierigen Fragen lassen mir keine Ruhe. Deshalb bitte ich •ich, uns zu helfen.

Ich muss •ir etwas gestehen. Ich habe •ir von Anfang an etwas vorgespielt. Es war leicht, •a es genau •as war, was •u in mir sehen wolltest: Eine naive junge Frau, •ie letztlich nicht •ie Kraft hat, ihr eigenes Leben zu leben. Denkst •u etwa, ich hätte nicht gespürt, wie •u mich •amals auf •em Heimweg von Irene angesehen hast? Wie gerne hätte ich •ir einfach •ie Wahrheit gesagt! Doch als •u nach Jahren •es Rückzugs einfach so bei

Mamas Geburtstagsfeier wie•er aufgetaucht bist un• überall nach Conny gefragt hast, habe ich erkannt, •ass •u es sein wirst, •er uns eines Tages helfen wir•.

Bitte verzeih mir.

Ja, ich habe •ich mit Absicht zu •er Leiche geführt. Ich habe meinen Ball genau •orthin gespielt, wo ich ihn haben wollte. Un• ja, ich wollte, •ass •u zu Irene gehst un• mithilfst, •ass •er Dextor-Betrug ans Licht kommt, musste ich •och befürchten, •ass Alfie alles tun wür•en, •ass er im San• verläuft. Mein vorheriger Plan, •ass •ie Polizei nach •em Einbruch bei uns in Alfies Büro ermitteln wür•e, war ja lei•er gescheitert. Natürlich habe ich •as erfun•en, aber nur, •amit en•lich mal jeman• genauer hinsieht.

Un• ich muss •ir noch etwas gestehen. Es gab eine weitere Zeugin, •ie •en Mor• an Konra• beobachtet hat. Das war ich gewesen. An jenem Montagmorgen, an •iesem ver•ammten 13. Juni, habe ich gesehen, wie ein Mensch getötet wor•en war. Ich war mit •em Baby spazieren gewesen un• stan• im Schatten •es Wal•es. Vom Weiher her kamen laute Stimme. Oh, ich habe gesehen, wie Alfie zugeschlagen hat! Doch letztlich war es nicht Alfie gewesen, •er Konra• umgebracht hat. Ich war es, •ie beschlossen hatte, •ass er sterben musste.

Du musst mir helfen, Hector!

Du fragst •ich sicher, warum •u •as tun solltest. Ich sage es •ir: Mein Motiv ist •ie Liebe – eine große, wahre Liebe, •ie keinen Platz in •er Gesellschaft hat, in •er ich aufgewachsen bin. Denn es war Conny, •en ich liebte. Seit ich ein kleines Mä•chen war, habe ich ihn geliebt. Als er mir vor vier Jahren zum ersten Mal gestan•, •ass er •asselbe für mich empfan•, suchten wir nach einem Weg, •iese Liebe leben zu können. Doch wir fan•en keinen. Unsere Eltern hätten sich niemals

•amit abgefun•en. Zeitlebens gegen sie zu kämpfen, hätte uns zugrun•e gerichtet.

Erst als wir •en Weg gingen, •en sie für uns vorgesehen hatten, ließen sie uns gewähren: Ich bekam einen vielversprechen•en Verlobten un• Ehemann – un• Conny einen vielversprechen•en Job. Conny wür•e Karriere machen un• ich heiraten un• Kin•er bekommen.

Doch wir sin• •iesen Weg nur zum Schein gegangen.

Konra• musste sterben, •amit wir glücklich wer•en konnten, verstehst •u •as? Bitte, nimm es einfach so hin.

Aber jetzt lebe wohl, mein Kommissar. Du musst •einen Weg gehen un• ich meinen. Nieman• an•ers kann •as für uns tun. Doch wer weiß, vielleicht wer•en wir uns eines Tages wie•erbegegnen. Un• wer weiß, vielleicht wirst •u mich •ann verstehen. Denn ich habe es in •einen Augen gelesen, •ass •u ebenfalls •aran glaubst, an •ie Liebe.

Ich weiß, •ass •u zu Irene gehen wirst. Es wir• •as Erste sein, was •u tun wirst, nach•em •u •iesen Brief gelesen hast. Tu •as! Wenn •u mit ihr sprichst, sag ihr bitte, alles geschah aus Liebe, nicht aus Hass. Ich hoffe, sie wir• es verstehen. Bitte sie •arum, uns freizugeben.

Ich wer•e •ich nie vergessen, mein lieber Kommissar,
für mich bist •u •er Beste,
un• ja, ich vermisse •ich,
so sehr Joana

Der Brief war eine wirre, hingeworfene Botschaft, die mich stark aufwühlte. Während ich nach Kriegerskopf hinauslief, hörte ich Joanas Stimme so deutlich, als ginge sie neben mir. Sie sprach heiter wie immer, doch erst jetzt wurde mir bewusst, dass die Quelle ihrer Heiterkeit nicht Verdrängung, sondern Wahnsinn war.

Hatte sie mir in diesem Brief nicht gestanden, dass sie es gewesen war, die Conny umgebracht hatte? Dass sich Lennox letztlich für sie geopfert hatte? Verwirrt klopfte ich an Irenes Tür und überreichte ihr wortlos den Brief. Nachdem sie beide Bögen gelesen hatte, sah sie mich an.

„Wusstest du es etwa die ganze Zeit?", fragte ich vorwurfsvoll. „Wusstest du, dass Joana wahnsinnig geworden ist und Conny umgebracht hat?"

Sie sah mich mit einer Ruhe an, die mich fassungslos machte. Dann sagte sie: „Ist das der Schluss, den du aus ihrem Brief ziehst?"

„Welchen Schluss sollte ich denn sonst ziehen?" Ich war aufgebracht. Ruhelos ging ich im Wohnzimmer auf und ab. Sherlock lag im Bücherregal und beobachtete mich durch zwei Augenschlitze. „Joana schreibt doch selbst, dass Lennox Conny nicht getötet hat. Sie schreibt doch selbst, dass Konrad sterben musste, damit sie glücklich werden konnte."

Irene schüttelte den Kopf und lächelte mich an. Dieses Lächeln machte mich verrückt. Vielleicht war ich es, der wahnsinnig wurde.

„Erklär es mir!", sagte ich trotzig. „Klär mich endlich auf! Was hast du die ganze Zeit geahnt? Sag es mir endlich, bevor ich selbst wahnsinnig werde."

Ich fuhr mir mit beiden Händen durch die Haare, die ich seit Monaten nicht mehr geschnitten hatte. Die dunklen Locken reichten mir bis zum Kinn.

„Du hast die Stelle gerade nicht ganz richtig zitiert", sagte Irene und deutete auf den Brief. „Joana schreibt nicht, dass Konrad sterben musste, damit sie glücklich werden *konnte*. Korrekt heißt es: damit sie glücklich werden *konnten*. Das ist ein Plural." Sie deutete auf das

Ende des Briefs. „Mit demselben Plural schließt auch ihr Brief: *Bitte Irene •arum, •ass sie* uns *freigibt.*“

Verwirrt sah ich sie an.

„Wer kann mit diesem Plural nur gemeint sein?“, fragte Irene.

„Willst du jetzt um Wörter diskutieren?“ Ich war wütend. „Sie meint wahrscheinlich Conny und sich selbst. Das große, romantische Liebespaar“, sagte ich bitter. „Aber darin liegt doch der Wahnsinn! Das ergibt keinen Sinn. Kein normaler Mensch kann mit einem Toten glücklich werden!“

„Da gebe ich dir allerdings recht.“ Irene nickte. „Doch wie würde es Sinn ergeben? Könnten die beiden trotzdem glücklich werden?“

„Trotzdem? Glücklich?“ Fassungslos sah ich sie an. „Was immer das bedeuten soll. Aber von mir aus: Glücklich könnte Joana nur dann mit Conny werden, wenn er noch leben würde. Aber die DNS-Analyse hat eindeutig bestätigt, dass es Connys Leichnam war.“

„Siehst du“, sagte Irene. „Und nun sind wir an dem Punkt, an dem uns die Wissenschaftsgläubigkeit dumm macht. Sie beschneidet unsere Einbildungskraft. Das Ergebnis der Labor-Analyse ist wahr, aber sie hat nicht die Wahrheit ans Licht gebracht. Du hast zu intensiv in den Stern der Wissenschaft gestarrt, so intensiv, bis du geblendet geworden bist. Aber die Wahrheit liegt in der Deutung des ganzen Sternbildes. Lass uns also einen Schritt zurücktreten und das Ganze erneut betrachten. Wie müssen wir die Fakten neu ordnen, damit das Ganze einen Sinn ergibt?“

30. Kapitel

Lukrative Geschäfte

„Okay." Irene hatte uns einen Espresso gemacht und eine Flasche Wasser auf den Tisch gestellt, die in der Sonne glänzte. Ihre Augen leuchteten so eindringlich wie das Glas, als sie sagte: „Fangen wir also an. Ordnen wir das, was wir wissen, neu. Dabei solltest du auf Details achten, denen du bisher keine Aufmerksamkeit geschenkt hast. Nimm zum Beispiel die Information, dass Conny und Constanze an aufeinanderfolgenden Tagen Geburtstag haben."

„Ja und?", fragte ich immer noch wütend. „Was spielt denn das für eine Rolle?"

„In einer Geschichte, in der eine Hebamme umgebracht worden ist, sollte so ein Detail nicht untergehen. Es kann zu einem entscheidenden Stern in unserem Sternbild werden."

Ich massierte mit dem Daumen und Zeigefinger der rechten Hand die Nasenwurzel, so wie ich es an Allgaier beobachtet hatte.

„Was wissen wir noch?", fuhr Irene herausfordernd fort. „Der DNS-Abgleich hat ergeben, dass Susanne und Thomas Seifried die leiblichen Eltern des Leichnams sind. Aber folgt daraus, dass Conny der Leichnam ist?"

„Ja“, sagte ich trotzig. „Weil Conny der Sohn von Susanne und Thomas Seifried war.“

Irene schwieg. Dann fragte sie: „Aber *war* er auch ihr leiblicher Sohn?“

„Wenn Conny adoptiert worden wäre, würde ich das wissen!“

„Was, wenn auch er bei der Geburt vertauscht worden wäre?“

„Vertauscht?“ Ich lachte, so wie Staatsanwalt Good gelacht hatte. „Noch eine Vertauschung?“ Ich schüttelte den Kopf und rief aufgebracht: „Und jetzt sagst du mir gleich, dass er mit Constanze vertauscht worden ist, was?“

Irene schwieg.

Die Sonne glitzerte auf dem See. Sie malte hundert kleine, funkelnde Punkte auf die Oberfläche. Es war halb sieben. Eine Möwe flog heran und setzte sich auf die Balustrade. Das warme Abendlicht färbte ihr Gefieder rötlich.

„Nehmen wir das mal rein hypothetisch an“, sagte sie. „Conny und Constanze könnten bei der Geburt vertauscht worden sein – so wie Lennox und Christian sechs Jahre zuvor.“

„Aber das ist doch absurd!“, rief ich laut. Die Möwe flog krächzend davon. „Solche Vertauschungen geschehen sehr selten“, erinnerte ich sie an das, was man uns gesagt hatte: „Alle sagen das! Alle Ärzte beteuern, dass solche Vertauschungen eigentlich nie passieren.“

„Und doch geschehen sie“, erwiderte Irene. „Merkwürdig ist, dass Tamara bei beiden Geburten anwesend war, sowohl bei der Geburt von Lennox, als auch bei Conny. Das gab mir zu denken.“

„Das schon“, gab ich ihr recht. „Aber erinnerst du

dich nicht, was Tamara im Prozess Kleinert/Goldstein von 2000 ausgesagt hat? So ein Fehler würde ihr nie mehr passieren. Gerade ihr nicht. Sie habe ihre Lehre daraus gezogen und werde es sich zur Lebensaufgabe machen, in Zukunft noch sorgfältiger zu arbeiten."

„Tamara war damals äußerst überzeugend vor Gericht, das stimmt." Sie rührte Zucker in ihren Espresso. „Das kann zweierlei bedeuten: Entweder ist Tamara die Person, die sie vorgibt, zu sein, nämlich ein guter Mensch, der Fehler zum Anlass nimmt, sich weiterzuentwickeln. Oder ..."

Irene trank ihren Espresso.

„Oder?", fragte ich. Es klang wie das Krächzen der Möwe.

„Oder wir haben es mit einer skrupellosen, sehr gefährlichen Frau zu tun. Denn wenn sie gelogen hat, dann hat sie es sehr überzeugend getan. Dann erklärt sich ihr Verhalten nicht durch menschliches Versagen, sondern durch ein verbrecherisches System."

Ich sah Irene an.

„Ich habe angefangen, über Tamara zu recherchieren. Doch das meiste wussten wir ja bereits: Tamara hatte sich von Anfang an auf eine sehr exklusive Kundschaft spezialisiert. Oft waren es Schwangerschaften, die mit Komplikationen verbunden waren, weil bei den Kindern bereits im Mutterleib ein Gendefekt oder ein Organfehler diagnostiziert oder vermutet worden war. Schwangerschaften, bei denen befürchtet worden war, das Baby könnte tot oder behindert zur Welt kommen."

Ich schüttelte unmerklich den Kopf.

„Susanne hatte vor Connys Geburt zwei Fehlgeburten. Und erinnere dich an die Worte von Christine

Goldstein. Auch sie hat bestätigt, dass sie vor der Geburt von Lennox mehrere Fehlgeburten erlitt." Irene trank einen Schluck Wasser. „Beide Frauen waren die Ehefrauen von wohlhabenden Männern, für die ein Stammhalter die wichtigste Frucht einer Ehe war. Wenn die Frauen diesen nicht zur Welt gebracht hätten, wäre die Ehe über kurz oder lang zum Scheitern verurteilt gewesen. Darüber machten sich weder Susanne noch Christine Illusionen. Beide hatten es zuvor bereits mit der modernen Reproduktionsmedizin versucht und mehrere künstliche Befruchtungen über sich ergehen lassen. Als sie dann erneut schwanger geworden waren und abermals der Verdacht im Raum stand, auch dieses Kind könne nicht überlebensfähig sein, waren sie verzweifelt. Hinzu kommt noch die Scham, dass sich diese Frauen selbst die Schuld daran geben, weil ihre Umgebung es bis heute so suggeriert: Eine Frau, die kein gesundes Kind zur Welt bringt, ist selbst nicht gesund, zweite Ware. Oder ihr wird unterstellt, sie habe in der Schwangerschaft etwas falsch gemacht, getrunken, Tabletten genommen, was weiß ich. So wächst mit dem Kind die Angst in ihnen heran, dass die Ehe und damit oft auch ihre Existenz zerbrechen könnte, wenn auch dieses Kind nicht überlebensfähig wäre."

Ich schwieg.

„Auf dieser Angst basierte das Geschäftsmodell von Tamara", fuhr Irene fort. „Oft sind die Ehemänner gar nicht involviert. Tamaras Kundinnen sind Frauen, denen sie hilft, den Schein zu wahren. Wenn das lang ersehnte Kind krank oder tot zur Welt kommt, vertauscht sie es mit einem gesunden Kind."

„Aber das vermutest du doch nur, oder?"

„Was ist eine Vermutung?", fragte sie konzentriert.
„Eine Vermutung ist der Schlüssel zu einer Geschichte, die geeignet ist, etwas zu erklären. Wenn meine Vermutung richtig war, dann musste Susanne mir eine solche Geschichte erzählen können. Eine Geschichte, die uns das Geschehene in einem neuen Licht zeigt. Wenn wir sie hören, haben wir das Gefühl, es schon immer irgendwie gewusst zu haben. Und diese Geschichte hat Susanne mir erzählt."

Ich blickte auf den See. Die Sonne hatte sich wieder in einen glühenden Ball verwandelt, der seinen Feuerschweif auf die Wasseroberfläche warf.

„Ich musste nicht lange bohren", fuhr Irene fort. „Schnell brach alles aus Susanne heraus. Connys Tod hatte die Decke der Verdrängung bereits dünner werden lassen. Außerdem war sie verwirrt über das Ergebnis der DNS-Analyse. Sie konnte sich nicht erklären, warum Thomas als leiblicher Vater bestätigt worden war. Kurz und gut: Susanne wollte mit jemandem reden. Sie wollte sich befreien – und das hat sie getan."

Ich sah Irene an.

„Als sie damals im sechsten Schwangerschaftsmonat erfuhr, dass auch mit diesem Kind wieder etwas nicht ganz in Ordnung zu sein schien, war sie verzweifelt." Irene blickte zu den Alpen hinüber und sprach wie von dort herüber: „Sie traute sich nicht, mit Thomas darüber zu sprechen. Es gab nur einen Menschen, dem sie sich anvertrauen konnte."

„Und das war ihr Bruder", sagte ich. „Johannes."

Irene nickte.

„Die Geschwister hatten bereits viel zusammen durchgestanden. Und auch diesmal fanden sie einen Weg. Es war ein Weg, der nicht nur Susanne, sondern auch Johannes half, seine Ziele weiterzuverfolgen."

„Was für Ziele?", fragte ich.

„Johannes wollte Annabell heiraten", erwiderte sie.

„Was auch immer du damit andeuten willst", sagte ich. „Johannes liebt Annabell. Daran gibt es für mich keinen Zweifel."

„Das mag ja sein", erwiderte sie versöhnlich. „Doch was ist ein Paar bereit, für sein Glück zu opfern?" Wieder blickte sie zum Säntis. Die Kälte des Gipfels lag in ihrer Stimme, als sie fragte: „Und ist es dann noch Glück?"

31. Kapitel

Mignon

Du weißt wahrscheinlich", sagte Irene, „dass Johannes viele Affären hatte, bevor er Annabell heiratete."

„Das ist mir bekannt", sagte ich und rutschte vor bis zur Stuhlkante. Ich war bereit, Johannes zu verteidigen: „Er hat ja nie einen Hehl daraus gemacht. Bis er Annabell kennenlernte, sei die Liebe für ihn flüchtig gewesen wie die Wolken am Himmel. So hat er das mir gegenüber mal formuliert."

„Eine seiner Geliebten hieß Mignon Durand", fuhr Irene fort. Plötzlich nahm ihre Stimme einen harten Unterton an, wie ich ihn noch nie bei ihr gehört hatte. „Mignon kam aus einem armen Elternhaus, sie wuchs in einem Fischerdorf an der normannischen Küste auf. Das Mädchen wollte Tänzerin werden, doch für eine umfassende Ausbildung hatte das Geld nicht gereicht. So landete sie schließlich in einem Varieté in Paris, wo sie Nacht für Nacht auftrat. Johannes sah sie und hat sich wahnsinnig in sie verliebt."

Die Sonne verschwand Stück für Stück hinter dem Säntis. Das Dach von Kriegerskopf warf seine Schatten über uns.

„Ein paar Monate später wurde Mignon schwanger", fuhr Irene fort. „Das Mädchen tanzte noch bis zum fünften Monat, dann konnte sie den Bauch nicht mehr verbergen." Irene sah mich an, sagte: „Wir schreiben das Frühjahr 1995."

„1995", wiederholte ich plötzlich fröstelnd.

„Zur selben Zeit lernte Johannes Annabell kennen. Sie brachte all das mit, was er sich immer gewünscht hatte: Annabell kam aus einer angesehenen Familie, verfügte über Ländereien, war adelig, schön und intelligent. Zudem war sie ernsthaft an Johannes interessiert, sie hatte sich in den Lebemann verliebt und wünschte sich eine Familie mit ihm."

Ich schluckte.

„Johannes hatte also ein Problem. Selbst wenn er sich von Mignon getrennt hätte, wäre das schwierig gewesen. Annabell hätte ihn wohl nie geheiratet, wenn er eine andere Frau schwanger hätte sitzen lassen. Und dann der Skandal! Annabells Familie hätte Johannes nicht akzeptiert. Es war ja so schon schwierig, ihre Eltern davon zu überzeugen, einen Bürgerlichen zu heiraten."

Meine Kehle war trocken.

„Nicht nur Susanne befand sich im Frühjahr 1995 also in einer verzweifelten Lage. Auch Johannes. Wieder einmal band das Schicksal die Geschwister aneinander. Und sie erkannten, wie sie sich gegenseitig helfen konnten. Der Plan war schnell gefasst: Susanne würde die Schwangerschaft so lange aufrechterhalten, notfalls zum Schein, bis Mignon das Kind zur Welt gebracht hatte, das sie von Johannes erwartete. Es sollte ein Junge werden. Nach der Geburt würden sie die Kinder austauschen. Susanne würde den gesunden Jungen erhalten, Mignon sollte in dem Glauben belassen werden, ein totes oder krankes Kind zur Welt gebracht zu haben. Der Plan erschien ihnen genial, denn der Junge, den Susanne aufziehen würde, wäre Johannes' Sohn und somit eng mit Susanne verwandt. Nun brauchten sie nur noch eines: eine Hebamme oder Ärztin, die auf solche Fälle spezialisiert war."

In meinen Ohren begann es zu rauschen.

„Johannes hatte sich umgehört und geriet schließlich an Tamara, die damals noch Fischer hieß. Sie hatte eine kleine Privatpraxis in der Nähe von Nantes. Man wurde sich handelseinig."

Ich griff nach meinem Wasser und trank.

„Johannes mietete eine Wohnung in der Bretagne in der Nähe von Bénodet, nur hundert Kilometer von Nantes entfernt, ganz in der Nähe, wo er bereits ein Ferienhaus besaß. Dort, an den weißen Sandstränden, mit Blick auf den ewigen Ozean, verbrachte Mignon ihre letzten Schwangerschaftsmonate, abgeschirmt von den Blicken der Pariser Gesellschaft. Auch Susanne reiste dorthin, sie wohnte in dem Ferienhaus, angeblich, um sich in den letzten Schwangerschaftsmonaten zu erholen."

Ich trank das Glas leer.

„Alles lief nach Plan", fuhr Irene fort. „Susanne konnte das Kind noch bis zur Mitte des achten Monats halten, dann setzten die Wehen ein. Sie rief Johannes an und man begab sich in die Praxis von Tamara. Johannes brachte Mignon ebenfalls dorthin, angeblich zu einer Routineuntersuchung. Tamara erklärte der jungen Tänzerin, dass sie das Kind früher holen mussten, weil etwas nicht in Ordnung sei. Als bei Susanne die Wehen einsetzten, verabreichte sie Mignon ein Medikament, das die Wehen frühzeitig auslöste. So wurden die Kinder fast am selben Tag geboren.

Susanne erhielt den Jungen, den sie auf den Namen Conny tauften. Mignon erlitt einen Schock, als man ihr nach der Entbindung ein krankes Kind an die Brust legte, dessen Tod in nur wenigen Tagen erwartet wurde. Mignon bekam starke Blutungen, die nicht aufhörten. Das kann durch den Schock verursacht worden sein, aber auch eine Nebenwirkung des Wehen auslösenden Medikaments gewesen sein. Als es immer schlimmer wurde, brachte Johannes Mignon schließlich in ein Krankenhaus, doch es war zu spät. Mignon verstarb sieben Tage nach der Geburt ihres Sohnes in einem kleinen Provinzkrankenhaus bei Nantes."

„Aber …" Ich schluckte. „Warum musste sie sterben? Denkst du, denkst du, dass Johannes etwa …?"

„Nein." Irene schüttelte den Kopf. „Ich denke nicht. Johannes hatte seine Geliebte loswerden wollen, doch umgebracht hat er sie nicht. Die Schuld, die ihn trifft, ist keine juristische, sie ist feinkörniger, so fein, dass man sie einatmen kann und fortan in sich trägt. In seinem Plan tauchte der einzigartige Mensch, der Mignon gewesen war, nie auf. Dass die junge, gesunde Frau sterben konnte, war für ihn unvorstellbar gewesen."

Ein leichter Wind kam auf. Es war das erste Mal, dass die Luft nach Herbst zu riechen begann.

„Es gibt einen kleinen Friedhof bei Bénodet. Ich war letzte Woche dort und habe mich ans Grab von Mignon gesetzt. Es ist ein unbehauener Stein, der unter einer Trauerweide steht. Der Blick geht aufs Meer hinaus. In den Stein hatte Johannes nur ihren Vornamen eingravieren lassen: *Mignon.*"

Ich schüttelte den Kopf, weil ich es nicht wahrhaben wollte. Zugleich fühlte ich die Wahrheit dieser Worte. Plötzlich empfand ich Mitgefühl für die junge, enttäuschte Tänzerin, obwohl ich sie niemals kennengelernt hatte. Mehrmals blinzelte ich. Der Wind trieb mir Tränen in die Augen.

„Johannes hat einen hohen Preis bezahlt, um Annabell heiraten zu können", sagte Irene.

„Aber", sagte ich schließlich. „Das andere Kind, das Kind von Susanne. Was wurde aus ihm? Hat man es mit Mignon begraben?"

„Nein." Irene trank etwas Wasser. „Johannes war davon ausgegangen, dass es gestorben war. Er hatte es nicht sehen wollen, es war abgemacht, dass Tamara sich um alles kümmert." Noch ein Schluck. „Doch dieses Kind war zäh, äußerst zäh. Es überlebte. Tamara machte daraus ein weiteres Geschäft. Sie verkaufte das Kind an ein älteres Künstlerehepaar aus Ungarn, an die Kodálys. Die beiden hatten sich schon lange ein Kind gewünscht, waren jedoch aufgrund ihres Alters nicht mehr für ein reguläres Adoptionsverfahren in Frage gekommen."

Ich starrte vor mich hin. Irene reichte mir eine Decke, in die ich mich dankbar hüllte. „Und der Gendefekt?", fragte ich. „Sie war doch krank, oder?"

„Bis auf eine Chromosomenanomalie war das Kind gesund", sagte Irene. „Es handelte sich dabei um ein sogenanntes XXY-Individuum, auch Klinefelter-Mann genannt." Sie schwieg. Dann: „In diesem Fall hatte das Neugeborene auch äußerlich nicht eindeutig festgelegte Geschlechtsmerkmale. Da sich die Kodálys ein

Mädchen gewünscht hatten, trug Tamara ein weibliches Geschlecht auf der Geburtsurkunde ein. So wuchs das Kind als Mädchen auf und wurde zur Frau. Die Kodálys übernahmen auch den Namen, den Tamara in die Geburtsurkunde eingetragen hatte: Constanze. Weil Susanne ihren Sohn Konrad getauft hatte, nannte Tamara das Mädchen Constanze. Ihr war nichts anderes eingefallen."

„Aber ..." Ich schüttelte den Kopf. „Aber das würde ja bedeuten, dass ..." Mein Kopf weigerte sich, das zu verarbeiten.

„Bei dem Leichnam im Teich handelte es sich um den Leichnam von Constanze von Kodály", sprach Irene es aus. „Deshalb stimmte der DNS-Abgleich mit Susanne und mit Thomas Seifried überein. Der Leichnam im Wassergraben war das Kind, das Susanne damals geopfert hat, um ihre Ehe mit Thomas nicht zu gefährden."

„Aber ...", stammelte ich. Mein Herz war betäubt und mein Kopf suchte nach einem Ausweg: „Aber es wurde doch auch ein DNS-Abgleich mit Proben aus Connys Zimmer vorgenommen", wandte ich ein. „Und die stimmten ja auch mit dem Leichnam überein."

Irene nickte. „Die Experten haben Material aus Connys Haarbürste und Zahnbürste entnommen. Das tun sie meistens. Das war vorhersehbar. Es war ein Leichtes, die entsprechenden Vorkehrungen zu treffen und Constanzes Zahnbürste und Haarbürste in Connys Zimmer zu platzieren."

„Aber ..." Ich versuchte, klar zu denken. „Aber das würde nicht nur bedeuten, dass ..." Zu viele Folgerungen gingen mir durch den Kopf, doch nur eine zählte in diesem Moment: „Aber das würde ja bedeuten, dass ...“ Mir wurde schwindelig, als ich fragte: „Conny lebt?“

„Das würde es.“ Irene nickte.

Plötzlich zitterte ich. Spielte Irene nur mit Hypothesen? Wollte sie mir eine Probe der ungeheuren Kraft ihres Geistes geben, Möglichkeiten real erscheinen zu lassen? Oder war das keine Möglichkeit, sondern Realität?

„Conny lebt?“, fragte ich mit klopfendem Herzen: „Wirklich?“

Sie sah mich an und lächelte, wie man ein Kind anlächelte. Doch noch immer behielt mein Kopf die Übermacht und weigerte sich, das anzuerkennen. Alles, was ich sagte, war: „Ich verstehe das nicht. Wer hat dann Constanze umgebracht? Und warum?“

32. Kapitel

Der Moment, in dem es Klick macht

Im Grunde weißt du es selbst", sagte Irene. Inzwischen hatte sie uns einen zweiten Espresso zubereitet und auch etwas Brot und Käse auf den Tisch gestellt. Der Wind hatte zugenommen und auch meine Ungeduld wuchs.

„Du weißt längst alles, was du wissen musst", fuhr Irene fort. „Vertrau einfach darauf. Schließ die Augen und sieh in dich hinein. Beobachte, wie sich die Teile ineinanderfügen und fühle den Moment, in dem es Klick macht. Und dann sag *du* mir, wie es gewesen ist."

„Aber", sagte ich. „Ich kann das nicht."

In diesem Moment löste sich ein Schatten aus der Dämmerung und glitt herüber. Es war Sherlock. Lautlos sprang er auf meinen Schoß und rollte sich darin zusammen. Ich streichelte über sein dunkles Fell, bis er zu schnurren begann.

„Gehen wir gemeinsam zurück", sagte Irene. „Es ist Montag, der 13. Juni."

„Du meinst den Tag, an dem Conny ...", ich zögerte, „also an dem Constanze ermordet worden war?"

„Eben jener Montag", bestätigte sie. „Es ist sechs

Uhr früh. Draußen liegt noch der Morgennebel über Greenfield Hall, unten in der Küche klappern bereits die Tassen. Der Duft von frisch gemahlenem Kaffee weht herüber."

Ich nickte. Ich konnte den Kaffee riechen.

„Was siehst du?", fragte Irene.

„Conny und Constanze sind bereits wach." Das vibrierende Schnurren der Katze wirkte hypnotisierend und ich starrte auf den See hinaus, während ich fortfuhr: „Die beiden sitzen in der Küche an ihrem Lieblingsplatz am Fenster und trinken einen Kaffee. Constanzes Gepäck steht schon in der Eingangshalle bereit. Conny lädt es ins Auto. Gegen sieben parken sie das Auto am hinteren Waldparkplatz und machen sich von dort auf den Weg zu einer Runde Golf."

„Richtig", bestätigte Irene. „Zur selben Zeit bricht Joana mit ihrem Kinderwagen zu ihrem morgendlichen Spaziergang auf. Alfie ist bereits seit vier Uhr morgens unterwegs. Sie nimmt an, er sei nach Zürich gefahren. Sie wusste nicht, dass er zum Jagen ist und seit Stunden auf dem Hochsitz am Weiher sitzt."

„Er beobachtet nicht nur das Wild", ergänzte ich. „Er beobachtet auch, wie Lennox im Wald herumschleicht und Conny und Constanze beobachtet."

„Das sehe ich genauso." Irenes Gesichtsausdruck erschien mir völlig losgelöst von der Umgebung, als befände auch sie sich in einer Art Trancezustand: „Alfie beobachtet, wie Conny und Constanze vor dem Wassergraben verweilen. Er sieht, wie Lennox aus dem Wald heraustritt und auf die beiden zugeht. Mit seinem Handy schießt er mehrere Fotos, welche die Dreiergruppe zeigen. Noch wartet er ab, was passiert."

„Einem dunklen Impuls folgend steigt er schließlich vom Hochsitz und gesellt sich zu den Dreien", sagte ich.

Irene nickte. „Was dann genau geschah, wissen wir leider bis heute nicht. Hat Alfie verbal zur Eskalation beigetragen, damit Lennox zu dem tödlichen Schlag ausholt? Oder hat er selbst zugeschlagen?"

„Aber", wandte ich ein. „Wenn es stimmt, was du sagst, dann wurde nicht Conny, sondern Constanze erschlagen. Warum hätten Lennox oder Alfie Constanze erschlagen sollen? Außerdem ist Constanze doch nach Zürich gefahren. Das passt also nicht zusammen."

„Wer hat gesagt, dass Constanze nach Zürich gefahren ist?", fragte sie.

„Constanze. Bei der Vernehmung im Krankenhaus", erwiderte ich und schwieg. Noch immer weigerte sich mein Verstand, etwas anderes anzuerkennen.

Als ich Irenes Hand auf meinem Arm fühlte, öffnete ich die Augen. Sie sagte: „Ich weiß, es klingt verrückt. Aber es ist möglich. Gehen wir mal davon aus, dass Constanze nicht gefahren ist. Lennox fühlt sich in die Enge getrieben, er ist unbewaffnet und sieht Connys Schläger. Er greift nach diesem Schläger. Conny versucht weiterhin, zu schlichten. Es kommt zu einem Handgemenge. Lennox holt zum Schlag aus. Constanze sieht es und versucht instinktiv, Conny zu schützen. Sie geht dazwischen. Der Schlag, der Conny hätte treffen sollen, trifft sie."

Ich starrte in die offene Dämmerung hinaus.

„Was, wenn Lennox doch nicht zugeschlagen hat? Und Alfie den Schläger nahm? Wenn *er* damit zugeschlagen hat?" Ich nickte. In diesem Moment sah ich alles ganz deutlich vor mir: „Constanze liegt blutend am

Boden und Lennox flüchtet. Alfie verfolgt ihn in den Wald hinein. Er schießt und verletzt ihn am Bein. Lennox strauchelt und schleppt sich humpelnd weiter bis zur Hütte. Deshalb hatte er die Beinverletzung. Wenn Alfie ihn hätte töten wollen, hätte er es getan. Während der Verfolgung muss ein anderer Plan in ihm gereift sein. Er verspricht, ihm zur Flucht aus Deutschland zu verhelfen, wenn er tut, was er sagt. Insgeheim hat er jedoch die Absicht, ihn als Mörder zu präsentieren."

Irene nickte. Beide blickten wir auf den See hinaus, der zu einem schwarzen Spiegel geworden war.

„Inzwischen hat auch Joana den Weiher erreicht", fuhr ich fort. „Sie sieht, wie Lennox oder Alfie zugeschlagen hat und wie Alfie und Lennox im Wald verschwinden. Joana stellt den Kinderwagen ab und rennt zu Conny, der verzweifelt die sterbende Constanze im Arm hält. Gemeinsam versuchen sie, die Klavierspielerin zu retten, doch sie stirbt in Connys Armen."

Es herrschte Stille. Auch Sherlock hatte aufgehört, zu schnurren.

„Der Tod ist eine Erfahrung absoluter Ohnmacht und Sinnlosigkeit", sagte Irene. „Doch Conny und Joana erkennen für sich, wie sie Constanzes Tod einen Sinn geben können. Durch ihn werden sie leben. Der Zufall hat ihnen diese Tür eröffnet, und sie haben entschieden, hindurchzugehen."

Ich sah sie entgeistert an.

„Die beiden ziehen der Toten die Kleider aus und beschmieren all jene Körperteile, die zur Identifikation des Leichnams beitragen, mit irgendeiner Lösung, die Fische und Insekten anlockt."

„Mit der Farbe", sagte ich. „Joana wusste, dass das

Künstlerhaus gerade erst neu gestrichen worden ist und dass diese Farbe extrem anziehend auf Insekten wirkt. Also huschte sie schnell ins nahegelegene Künstlerhaus und holte einen Eimer."

Irene sah mich anerkennend an.

„Sehr gut", sagte sie. „Dann legten sie Constanzes Leiche in den Weiher. Die DNS-Analyse würde die Ermittler auf Connys Spur bringen. Joana brauchte nur noch die Haarbürste in Connys Zimmer austauschen. Eigentlich wäre es nicht notwendig gewesen, auch noch Connys Kappe ins Wasser zu werfen. Aber die beiden wollten ganz sicher gehen, dass Conny für tot erklärt wird."

Irene aß etwas Brot und trank einen Schluck Wasser dazu.

Ich fragte: „Aber dann muss Conny ja gewusst haben, dass er mit Constanze vertauscht worden war?"

„Ja", sagte Irene. „Constanze muss Conny erzählt haben, dass sie adoptiert worden ist. Conny wusste, dass sie nur einen Tag nach ihm in derselben Kleinstadt in Frankreich zur Welt gekommen war. Constanze selbst hatte kein Interesse daran, herauszufinden, wer ihre biologischen Erzeuger waren. Sie liebte ihre Eltern. Doch Conny hatte aus ihren Informationen die richtigen Schlüsse gezogen. Das war es, was die beiden so tief verband." Irene nahm noch einen Schluck Wein. „Nachdem Joana und Conny die Leiche ins Wasser gelegt haben, zieht Conny die Kleidung von Constanze an und fährt zum Flughafen. Er reist als Constanze von Kodály in die USA ein. Er wird als Constanze weiterleben."

„Aber warum?", fragte ich wütend, auch wenn es wie ein Wimmern klang.

„Wenn Conny für tot erklärt wird, wären die beiden mit einem Schlag all ihre Probleme los", sagte Irene. „Conny war mittlerweile in die Betrugsgeschichte selbst verstrickt. Ich vermute, er hat sich von dem Konto, auf dem die hinterzogenen Steuergelder lagen, selbst einen Teil abgezwackt. Immerhin vierhunderttausend Euro."

„Conny?" Ich schüttelte den Kopf: „Conny ging es nie um Geld."

„Auch Conny muss von etwas leben", erwiderte sie knapp. „Der Grund seines Handelns ist jedoch nicht Geld, da stimme ich dir zu. Conny war bewusst, dass er mit den Jahren genauso erstarren würde, wie er das an seinem Vater und seiner Mutter beobachtet hatte. Seit Jahren wollte er ausbrechen aus den alten Mustern, die noch immer so mächtig sind und ihn gefangen hielten. Er hatte versucht, Kompromisse zu schließen, auch was Joana betraf, doch die beiden kamen nicht voneinander los. Wie hätten sie Alfie und ihren Eltern auch das mit dem Baby erklären sollen?"

„Das mit dem Baby?"

„Ich glaube, Noah ist das Baby von Joana und Conny", sagte Irene. „Jeder, der Augen im Gesicht hat, sieht die Ähnlichkeit zu Conny. Sicher bin ich mir aber nicht. Doch ich nehme an, dass auch Alfie diesen Verdacht hatte."

Ich schloss die Augen. Äußerlich ruhig saß ich da, doch Sherlock musste meine Erschütterung gespürt haben. Plötzlich stellte er die Ohren auf, sprang von meinem Schoß und glitt lautlos in die Dämmerung zurück.

„Aber ich verstehe nicht, das geht doch nicht, wie soll das gehen, dann lebt Conny jetzt als Frau weiter?", fragte ich als erwache ich aus einem seltsamen Traum.

„Als was auch immer“, erwiderte Irene. „Constanze hatte sich mit achtzehn zwar dafür entschieden, als Frau zu leben, doch dafür hatte sie keine Operation gebraucht. Ihr biologisches Geschlecht war nach wie vor männlich. Oder halt zum Teil auch männlich. Keine Ahnung, wie man dazu sagt. Wir weigern uns bis heute, jeden Menschen in seiner Einzigartigkeit zu sehen. Warum fällt es uns so schwer, die Brille der vorgegebenen Kategorien abzulegen, durch die wir doch nichts erkennen als die Weltanschauung unserer Zeit?“

„Und jetzt?“, krächzte ich. „Was tun wir jetzt?“

„Jetzt essen wir erstmal was.“

Irene reichte mir den Brotkorb, zögernd nahm ich ein Stück heraus, doch ich hatte keinen Appetit. „Aber das ist doch keine Lösung, dass sich Joana und Conny bis ans Ende ihrer Tage irgendwo verstecken müssen! Und dass ihre eigenen Eltern denken, sie wären tot. Das kann doch nicht die Lösung sein!“

„Das sehe ich auch so“, sagte Irene. „Wahre Liebe versteckt sich nicht, zumal nicht vor den Menschen, die wir lieben.“

Ich sah sie an. Das Blau in ihren Augen wurde intensiver. In diesem Moment begann sich etwas zu verändern. Etwas Hartes wurde weicher. Damals suchte ich es noch in Irenes Augen. Heute weiß ich, dass ich mich zu verändern begann.

„Was willst du tun?“, fragte ich leise.

„Wir werden mit Johannes und Annabell reden. Auch Susanne und Thomas sollten dabei sein. Wenn du genau über alles nachdenkst, fällt dir auf, dass einige Details nicht ganz passen. Auch Johannes und Annabell verschweigen noch immer etwas. Wir werden versuchen, das zu klären."

„Wir?" Meine Stimme klang alarmiert.

Es war seltsam. Nach alledem, worüber wir geredet hatten, machte mir ein Gedanke immer noch panische Angst: Der Gedanke an Johannes. Alfie war ein Heuchler, Lennox von Hass und Selbsthass getrieben. Doch Johannes war für mich immer der gute König gewesen. Ich wollte nicht, dass in meiner Geschichte der gute König sterben musste, weil er sich letztlich in nichts von einem habgierigen Herrscher unterschied, der über Leichen ging. Wenn Johannes Fehler gemacht hatte, dann nur, weil er es damals nicht besser gewusst hatte. Wenn er etwas verschwiegen hatte, dann aus Liebe. Oder nicht? An dieser Hoffnung hielt ich verzweifelt fest. Vielleicht hatte meine Angst genau hier ihren Ursprung: dass sich mein Glaube an die „gute Macht" als bloße Illusion herausstellen könnte.

33. Kapitel

Die zweite Aufklärung

Drei Tage später, es war Donnerstag, der 25. August, versammelten wir uns abends im Herrenzimmer von Greenfield Hall. Die Kaminuhr schlug sieben Mal, und im Kamin brannte ein Feuer.

Johannes saß in seinem Ledersessel, der zu groß für ihn geworden war. Zum ersten Mal fiel mir auf, dass er abgenommen hatte, wenn auch nicht so drastisch wie Annabell. Sie trug ein langes, schwarzes Kleid, unter dem kein Körper mehr zu sein schien. Gespenstisch thronte sie in ihrem schwarzen Samtsessel und starrte ausdruckslos in das Feuer. Der Arzt hatte gesagt, wenn sie nicht bald wieder zu essen begänne, würde sie sterben. Annabell hatte seine Worte gehört, doch es schien ihr nichts auszumachen. Sie unterschied sich kaum mehr von den Gemälden ihrer Vorfahren an der Wand. Ihr Ururgroßvater, der Eiserne Wilhelm, starrte mitleidlos auf sie herab. Nur die Ader, die an ihrer Schläfe blau hervortrat, verriet, dass noch Blut in ihr floss.

Irene stand am Fenster.

Ein Holzscheit knackte.

Wir warteten auf Susanne und Thomas. Als die Tür aufging, betrat eine gedrückte Gestalt den Raum, die sich mit gesenktem Blick zum Sofa schleppte, wo sie in der äußersten Ecke niedersank. Es war Susanne. Die leeren Plätze auf der Couch traten deutlicher hervor als sie selbst.

„Kommt Thomas noch?", fragte Johannes.

Susanne schüttelte stumm den Kopf. „Ich soll ausrichten", sagte sie leise, „dass der Fall für ihn abgeschlossen ist."

Das Knacken im Kamin ließ Annabell zusammenzucken.

„Okay." Johannes räusperte sich. „Dann sind wir ja vollzählig." Müde sah er mich an, dann Irene, und fragte: „Ihr habt uns heute Abend hier zusammengebeten. Was gibt es Neues?" Dann, leiser: „Hat sich Joana gemeldet?"

Irenes hohe Gestalt wirkte im Gegenlicht plötzlich bedrohlich.

„Ja, das gibt es", hörte ich sie sagen. „Sie hat sich gemeldet, allerdings nicht bei mir. Hector hat vor ein paar Tagen einen Brief von ihr erhalten."

Alle Blicke richteten sich auf mich. Ich bohrte meinen rechten Daumen so lange in die Stelle unterhalb des linken Handgelenks, dass es schmerzte.

„Sie hat dir geschrieben?", fragte Johannes erstaunt. „Aber wir haben doch vollstes Verständnis, wenn sie sich nach der ganzen Sache eine Zeit lang zurückzieht. Warum meldet sie sich nicht bei uns?" Er sah seine Frau an. „Haben wir nicht schon genug Leid aushalten müssen? Was bezweckt Joana nur mit der Aktion? Kannst du uns das bitte erklären?"

„Ich glaube", krächzte ich. „Ich glaube, sie möchte einfach nur leben. Ihr eigenes Leben leben." Die

Antwort erschien mir vollkommen unpassend, doch etwas anderes fiel mir nicht ein.

„Was willst du damit sagen?“ Früher hätte Johannes diesen Satz als Vorwurf ausgesprochen, hart und drohend. Nun klangen seine Worte zerbrechlich, wie eine echte Frage.

Allerdings wie eine Frage, auf die ich keine Antwort wusste. Ich fasste mir an den Hals, schluckte, doch die Worte kamen nicht heraus. Hilfesuchend blickte ich zu Irene.

„Der Fall ist noch nicht abgeschlossen“, half mir Irene.

„Was willst du damit sagen?“ Plötzlich war der vorwurfsvolle Unterton wieder da. „Allgaier hat den Fall geschlossen“, fuhr Johannes sie an. „Es gibt keinen Prozess.“

„Dieser Fall wird nicht mehr vor einem äußeren Gericht verhandelt werden“, bestätigte Irene. „Doch es gibt ein Gericht, das weitaus härtere Urteile fällt. Ich spreche von dem Gericht in uns. Es wird so lange tagen, wie die ganze Wahrheit noch verschüttet liegt. Deshalb haben wir euch hergebeten. Ich bin keine Richterin und werde niemanden verurteilen. Doch ihr könnt euch selbst freisprechen.“

Niemand sagte ein Wort.

Selbst Johannes schwieg.

„Gehen wir zurück ins Jahr 1995“, sagte Irene und begann, so lautlos im Raum hin- und herzugehen als schwebte sie. „In das Jahr, in dem Conny geboren wurde. Johannes war damals sechsunddreißig, ein junger, talentierter Mann, der nicht recht wusste, wie es mit ihm und seiner Firma weitergehen sollte. Er suchte nach einem Weg, etwas aufzubauen, das nicht beim ersten Sturm wieder einbrach.“

Alle lauschten Irenes Stimme.

„Auf der Silvesterfeier im Grand Hotel Bonaparte lernte er Gräfin Annabell kennen“, fuhr Irene fort. „Beide wussten intuitiv, dass der andere das fehlende Teil war, das sie ergänzte. Eine Woche später schworen sie sich bereits, den Rest ihres Lebens miteinander zu teilen. Doch Johannes hatte ein Geheimnis, das sein Glück trübte.“

Johannes hob die Hände, als wollte er einen Angriff abwehren, dann ließ er sie wieder sinken.

„Johannes hatte eine Geliebte, die zu diesem Zeitpunkt im vierten Monat schwanger war. Er hatte Angst, Annabell deshalb zu verlieren“, sagte Irene und blieb hinter Annabell stehen. Neben ihr standen Obststücke bereit, die Serafina zubereitet hatte, doch Annabell hatte bisher keines davon angerührt. Ihre Lippen waren trocken und rissig. Irene berührte Annabell an der rechten Schulter, als sie fragte: „Wusstest du es, Annabell?“

Annabell starrte vor sich hin, hob die rechte Hand und nickte.

„Was?“ Johannes stemmte seine Hände auf die Armlehnen, als wollte er jeden Moment aufspringen. Doch dann sprangen nur seine Worte hervor: „Du *wusstest* es? All die Jahre?“

Annabell sah ihn nicht an. Sie blickte verwundert auf ihre rechte Hand und begann wie in Trance zu sprechen: „Ich habe von Anfang an gespürt, dass Johannes nicht frei war. Also habe ich meine Erkundigungen eingezogen. Es war nicht schwer gewesen, herauszufinden, was Johannes quälte. Die junge Frau hieß Mignon Durand und war fast noch ein Kind. Ich habe mich mit ihr getroffen. Sie war wunderschön, sehr sinnlich und lebendig. Im Vergleich zu ihr fühlte ich mich alt und hässlich. Alles, was mich interessierte, war, ob Johannes sie ebenfalls in dem Glauben belassen hatte, die Ehe mit ihr einzugehen."

„Das habe ich nie getan", fuhr Johannes dazwischen, „du weißt, dass ich dich liebe!"

Annabell schien ihn nicht gehört zu haben. Sie fuhr mit ihrer traumähnlichen Stimme fort: „Mignon vertraute mir. Sie dachte, ich sei ihre Freundin. Ihre Gönnerin. Vollkommen offen erzählte sie mir, dass Johannes ihr nie die Ehe versprochen habe. Das war das Entscheidende für mich. Ich begann sie zu bearbeiten. Einen so verantwortungslosen Mann wie Johannes habe sie gar nicht verdient, sagte ich. Sie dürfe ihr Herz nicht an einen Mann hängen, der sie so behandelt, sagte ich. Sie sei noch zu jung, um sich zu binden, sagte ich. Ich versprach ihr meine finanzielle Unterstützung, wenn sie ihren eigenen Weg als Tänzerin weitergehen würde. Die Kleine fiel mir vor Dankbarkeit um den Hals. Genau das habe sie immer gewollt: Tanzen. Eigentlich habe sie nie ein Kind gewollt und heiraten wollte sie auch nicht. Ich war erleichtert, das zu hören. Also wurden wir uns einig. Sie würde Johannes freigeben und ich würde ihr Geld für ihre Ausbildung geben."

Noch einmal richtete sich Johannes auf, sank dann allerdings noch tiefer in seinen Sessel zurück.

„Als ich nach der Entbindung ins Krankenhaus kam, erfuhr ich, dass ihr Kind bei der Geburt gestorben war. Ihr selbst ging es nicht gut, sie war schwach und hatte viel Blut verloren. Ich bin keine Ärztin, aber jeder hatte sehen können, dass Mignon eine Bluttransfusion gebraucht hätte – und vor allem jemand, der sich für ihr Wohlergehen einsetzte. Doch niemand schien sich um sie zu sorgen, die Ärzte nicht, die Schwestern, Johannes nicht. Auch ich nicht. Drei Tage später war sie tot."

Das Holz knackte im Kamin.

Ausdruckslos fügte Annabell hinzu: „Mignon ist nicht einfach so gestorben. Ich habe sie umgebracht." Dann blickte sie ihren Mann an und sagte: „Johannes und ich haben sie umgebracht."

34. Kapitel

Zur Sprache kommen

Du redest im Wahn“, sagte Johannes. Er war der erste, der nach Annabells Geständnis wieder Worte fand.

Annabell lächelte. „Ich war noch nie so klar wie in diesem Augenblick“, sagte sie und wiederholte den schrecklichen Satz: „Du weißt es. Wir haben Mignon umgebracht!“

Johannes starrte sie an.

„Ich habe sie umgebracht“, bekräftigte sie. „Und du hast es auch getan. Denn wir haben beide nichts unternommen, damit sie überlebt. Eigentlich wäre es sehr leicht gewesen. Heute weiß ich auch, warum ich nichts unternommen habe. Insgeheim hoffte ich, dass diese Frau stirbt. Insgeheim hasste ich sie, weil sie so schön war.“ Annabell begann zu zittern: „Als sie dann tot war, murmelte ein Arzt etwas Unverständliches und eine Krankenschwester meinte, das komme leider selbst noch in Europa vor, dass Mütter nach einer schweren Geburt an einem Blutsturz sterben. Vor allem wenn sie so dünn und zart seien wie Mademoiselle Durand.“ Annabell schüttelte den Kopf: „Dabei wussten es doch alle besser! Die junge Tänzerin war nicht gestorben, weil sie eine schwere Geburt hinter sich gehabt hatte, sondern weil sie schlecht versichert war, weil sie aus keiner wohlhabenden Familie kam, weil sie keinen Ehemann hatte und weil sie eine eifersüchtige Frau als Freundin hatte. Zugleich, das gebe ich zu, war ich erleichtert."

Entsetzt sah ich Annabell an. Ein tiefes Beben erfasste ihren ausgemergelten Körper. „Eigentlich war es der perfekte Mord", sagte sie mit klappernden Zähnen.

Irene legte beruhigend ihre Hände auf Annabells Schultern und meinte: „Der perfekte Mord sind die vielen kleinen Verbrechen, die wir an uns selbst begehen." Nach einem Moment der Stille fragte sie: „Und ihr habt nie darüber gesprochen, Johannes und du? In all den Jahren nicht?"

Mit stockender Stimme antwortete Annabell: „Ich … erinnere mich an einen Abend am Bodensee … Johannes und ich saßen auf einem Steg … die Sonne ging unter … da wollte ich darüber reden. Ich erinnere mich auch … an einen schönen Morgen … wir lagen beieinander im Bett … auch da wollte ich es ansprechen … um endlich den Knoten zu lösen … doch ich habe es nicht geschafft, und der Knoten hat sich noch enger um mein Herz geschlungen." Sie starrte durch die Gemälde ihrer Vorfahren ins Nichts: „Ist das nicht seltsam? Immer, wenn ich es aussprechen wollte, starben die Worte … in meinem Mund. Als wären sie junge, suchende Tiere, die sich tastend aus der Höhle wagen. Doch draußen wartete etwas, das einen Knüppel in der Hand hält und bereit ist, zuzuschlagen, sobald sie ihre Schnauzen hinausstrecken. Besser sie bleiben im Schutz der Dunkelheit, selbst zu dem Preis, dort drinnen zu verkümmern."

Ich starrte ins Feuer.

„Die Leiche im Weiher", fuhr Annabell fort: „Nachdem, was damals passiert war, habe ich eigentlich immer damit gerechnet, dass eines Tages eine Leiche auf Greenfield Hall auftauchen würde. Auch dass sie im Wasser liegen würde, wusste ich. Letztlich war es nur die Frage, wen es treffen würde. Und dann war es … ausgerechnet Conny. Ausgerechnet er, der mich immer an Mignon erinnert hatte."

„Annabell", sagte Irene: „Weißt du wirklich nicht, was mit Johannes' Kind passiert ist? Mit Johannes' und Mignons Kind?"

Annabell wirkte ganz in sich versunken.

„Das Kind", wiederholte Irene lauter: „Was geschah mit dem Kind?"

„Es starb." Annabell nickte, dann hielt sie plötzlich inne und flüsterte: „Das Kind wurde mit der Mutter beerdigt, auf einem kleinen Friedhof am Meer."

Johannes saß vollkommen ruhig da.

Irene schüttelte Annabell sanft. Plötzlich rieb sich Annabell die Augen und blickte sich erstaunt um, als erwachte sie aus einem Traum. Dann sah sie Johannes an und fragte mit veränderter, hellwacher Stimme: „Dein Kind starb doch bei der Geburt? Oder nicht?"

Johannes vergrub das Gesicht in beiden Händen.

„Johannes trifft keine Schuld", sagte plötzlich eine andere Stimme, die heller und dünner war als die von Annabell. Es war Susanne, die nun zu sprechen begann: „Es ist alles meine Schuld. Ich habe … ich hatte so Angst, dass Thomas … wenn ich wieder versagt hätte … wenn ich wieder ein krankes Kind zur Welt gebracht hätte … dann … ich war so verzweifelt … ich war so … dumm." Ein Ruck ging durch ihren Körper, der sich plötzlich versteifte, als sie hart hinzufügte: „Ich verachte mich so sehr für das, was ich getan habe."

„Um Gottes Willen, Susanne!" Annabell sah ihre Schwägerin an. Beinahe flehte sie sie an, als sie sagte: „Ich verstehe dich nicht. So sprich doch deutlich. Was hast du damit zu tun?"

Susanne stammelte etwas von dem Druck, unter dem sie damals gestanden habe und davon, wie sehr sie Thomas dafür hasste. Und dass sie auch sich selbst hasse, weil sie so schwach gewesen sei. Die Worte kamen abgehackt und unzusammenhängend aus ihrem Mund. Fasziniert starrte ich sie an. Es war, als beobachtete ich einen Menschen, der nach einem Schlaganfall mühsam das Sprechen neu erlernte. Nur langsam formte sich daraus eine Geschichte, die Sinn ergab.

„Conny ist Johannes' Sohn?", fasste Annabell schließlich das zusammen, was sie gehört hatte.

Susanne senkte ihr Haupt.

„Dann war es also Susannes Kind, das bei der Geburt gestorben ist", folgerte Annabell.

„Nein", antwortete Irene. „Susannes Kind ist damals nicht gestorben."

„Was?", fragte Susanne leise. Dann lauter: „Was?"

Irene ging zu Susanne, stellte sich hinter sie und wiederholte: „Dein Kind ist damals nicht gestorben. Es hat überlebt. Hast du das nicht geahnt? Hast du es nie gespürt? Hast du tief in dir nie die Möglichkeit in Betracht gezogen, dass es noch lebt?"

„Ich …", stammelte Susanne. „Nein. Man hat mir gesagt, es sei gestorben. Johannes hat das gesagt. Tamara hat das gesagt."

Schweigen.

„Das Kind hat überlebt", sagte Irene. „Tamara hat es an ein ungarisches Ehepaar verkauft, an die Kodálys." Sie legte Susanne sanft die Hände auf die Schultern, als sie sagte: „Constanze von Kodály war deine Tochter, Susanne."

Susanne schüttelte ungläubig den Kopf. „Mein ... ganzes ... Leben ... habe ich", stammelte sie, verstummte abrupt und sah Johannes an. Sie sah ihn einfach nur an.

„Ich wusste das nicht", sagte Johannes gefasst. Sein Widerstand schien gebrochen, nun redete auch er. „Darauf gebe ich dir mein Ehrenwort, Susanne. Ich wollte es nicht wissen. Ich habe mich nie getraut, Tamara zu fragen, ob das Kind bei der Geburt bereits tot gewesen war oder ob es noch geatmet hatte. Ob sie es erstickt oder ertränkt hat. Ob sie es vielleicht an einem kalten Ort abgelegt hatte, wo es dann gestorben war. All diese Bilder habe ich verdrängt", er schluckte, „und noch heute träume ich von einem kleinen, zarten Geschöpf, das mich fragend und vorwurfsvoll anblickt."

Susanne begann lautlos zu weinen.

Annabell griff nach einem Stück Melone und schlang es hinab. Der Saft rann ihr über das Kinn und die Hände. Dann nahm sie ein zweites Stück und aß es ebenso gierig. Offensichtlich hatte sie erst jetzt gemerkt, dass sie am Verhungern gewesen war.

„Soll ich dir ein Brot holen?", fragte ich.

Sie nickte. Schnell rannte ich in die Küche. Serafina war von dieser Unterredung ausgeschlossen worden. Als sie hörte, dass Annabell Hunger habe und etwas essen wollte, bekreuzigte sie sich und schmierte eilig eine Brezel mit sehr dick Butter. Wieder zurück im

Herrenzimmer riss Annabell mir die Brezel aus der Hand, klappte sie auf und leckte die Butter herunter.

Johannes blickte sie erstaunt an. Nun begann er zu erzählen: „Wie dünn das Eis gewesen war, auf dem ich mich all die Jahre so sicher gefühlt habe, verstand ich erst, als ich Tamara im Mai zufällig auf Greenfield Hall wiederbegegnet bin. Auch Tamara war überrascht, als sie mich erkannte. Siebenundzwanzig Jahre, nachdem wir uns in ihrer Praxis in Nantes verabschiedet hatten, tauchte sie plötzlich wieder in meinem Leben auf. Und mit ihr eine vage Bedrohung, eine Ahnung, dass sie mich zerstören würde." Er starrte zum Kamin, dann wieder auf seine Frau, die noch immer kaute und schluckte. „Tamara hat sich ihre Hilfe damals teuer bezahlen lassen. Sie hatte damals so viel gefordert, dass es mich gerade nicht ruiniert hatte. Doch nun, siebenundzwanzig Jahre später, erkannte sie, dass noch viel mehr zu holen war. Sie berechnete mir dreißigtausend Euro für die Geburt von Joanas Baby. Eine Summe, die viel zu hoch war. Doch sie wusste, dass ich zahlen würde. Und ich zahlte. Aber das war nicht genug für sie. Am Ende forderte Tamara 500.000 Euro, eine halbe Million, die sie für den Aufbau ihrer Klinik verwenden wollte. Doch eine halbe Million, das war einfach zu viel."

Annabell biss in die Brezel. In ihren Blick kehrte das Leben zurück.

„Ich machte Tamara klar, dass sie selbst viel zu tief in der Geschichte verstrickt war, um solche Forderungen stellen zu können", fuhr Johannes fort. „Schließlich wäre auch ihre eigene Existenz ruiniert, wenn die Geschichte ans Licht kommt. Tamara gab sich vordergründig damit zufrieden, doch sie lächelte. Da wusste ich, sie würde mich bei gegebener Zeit wieder erpressen. Diese Frau, die mir damals meine Familie erst ermöglicht hatte, war auch die Frau, die sie eines Tages zerstören würde."

Johannes blickte hoch zur Gewölbedecke, die mit den Wappen der Familie Freybach verziert war. „Daraufhin habe ich Lennox eingeladen, um ihn als Waffe gegen Tamara einzusetzen. Das war ein Fehler. Ich kannte ja seine Vorgeschichte und wusste, wie wütend und gefährlich dieser Mensch war. Doch ich dachte, ich könnte ihn kontrollieren, deshalb habe ich ihm zehntausend Euro überwiesen. Dabei ahnte ich, dass dieser Mensch nicht zu kontrollieren war. Die Golfpartie am Morgen des 6. Juni war kein Zufall. Ich habe die beiden zusammengebracht und mich dann mit Annabell verabschiedet. Lennox sollte Tamara allerdings nur erschrecken und zur Abreise bewegen, nicht töten."

„Johannes." Ich räusperte mich. „Warum hast du den Herrenabschlag sperren lassen?"

„Ich weiß, es klingt bescheuert." Er starrte mich an. „Aber letztlich weiß ich es nicht. Wie gesagt, es war nur so eine Ahnung. Falls doch etwas passierte, wollte ich nichts damit zu tun haben."

„Johannes, du hast was getan?", fragte Susanne.

„Aber Johannes, du …", begann Annabell einen Satz und verstummte.

„Juristisch trifft dich keine Schuld", sagte ich.

„Juristisch nicht", bestätigte er. „Aber Irene hat recht. Ich fühle mich schuldig. All das wäre nicht passiert, wenn ich nicht versucht hätte, die Wahrheit zu ersticken."

Das Kaminfeuer loderte auf.

„Ich möchte meine Tochter sehen", sagte Susanne.

Ein wenig hatte es wie eine Frage geklungen, doch dann wiederholte sie den Satz und er wurde zu einer Entscheidung: „Ich möchte meine Tochter sehen! Ich möchte Constanze kennenlernen."

„Das geht leider nicht mehr." Irene stand noch immer hinter Susanne und legte ihr erneut die Hände auf die Schultern, als sie sagte: „Die Tochter, die du damals geopfert hast, ist tot. Constanze starb durch einen Schlag mit einem Golfschläger, der sie tödlich an die Schläfe traf."

„Aber ..." Susanne verstummte.

„Constanze?", fragte Johannes. Dann verstummte auch er.

Wieder war es Annabell, welche die richtige Frage stellte: „Conny lebt?" Und dann, nochmal: „Conny lebt?" Annabell nickte sich selbst zu: „Ja, natürlich."

„Richtig", bestätigte Irene. „Conny kann leben." Dann wandte sie sich wieder Susanne zu und sagte: „Du hast damals deine eigene Tochter geopfert, um dich anzupassen. Siebenundzwanzig Jahre sind seitdem vergangen. Nun erhältst du eine zweite Chance. Du stehst jetzt abermals vor einer Entscheidung: Du kannst sie annehmen oder aufgeben."

„Conny lebt", wimmerte Susanne.

„Thomas wird das nie akzeptieren", sagte Annabell und aß das letzte Stück Brezel, das noch übrig war.

„Conny lebt", wiederholte Susanne. Dann stand sie auf und sagte: „Vielleicht ist es nicht zu spät."

Ich sah auf. Ihre Stimme hatte so anders geklungen. Zum ersten Mal empfand ich Bewunderung für diese Frau, die mich ansah und klar und deutlich sagte: „Diesmal entscheide ich mich für das Leben. Bedingungslos."

35. Kapitel

Weihnachten

Nun ist es soweit. Heute ist Samstagmorgen, der 24. Dezember. Ich werde meinen Bericht gleich schließen.

Es bleibt mir nicht mehr viel hinzuzufügen. Nach jenem denkwürdigen Abend auf Greenfield Hall hatte Annabell wieder zu essen begonnen und Johannes die neuartige Operation in der Schweiz durchführen lassen. Seitdem kann er wieder ohne Krücken gehen, doch hinken wird er vermutlich bis ans Ende seines Lebens. Erstmals überlegt er, sich ein Golf-Cart zu kaufen.

Der Betrugsprozess gegen Alfie dauert bis heute an; wie es aussieht, wird er mit einem Jahr Haftstrafe auf Bewährung davonkommen. Das ehemalige Kindermädchen Emily Brandner besucht ihn regelmäßig in der Untersuchungshaft. Joana hatte die Scheidung bereits im September eingereicht und die Ehe war aufgrund der besonderen Situation sofort geschieden worden.

Es gibt nur eine Person, die Alfie noch als Mörder überführen könnte, und das ist Conny. Doch bisher hat niemand etwas von ihm gehört. Manchmal zweifle ich sogar, ob Irenes Geschichte wirklich wahr ist. Mehr als einmal beschlich mich in den letzten Monaten der

Verdacht, sie könnte sie nur erzählt haben, um uns neuen Lebensmut zu geben.

Auch Susanne hatte die Scheidung eingereicht. Ich solle ihr ausrichten, hatte Thomas mir damals am Telefon gesagt, dass sie ein Nichts sei, eine gestörte, kranke Frau, die keinen Cent von ihm erhalten würde. Er ließ die Ehe sogar rückwirkend annullieren, um ihr nichts abgeben zu müssen. Dabei übersah er, dass er ihr noch nie etwas gegeben hatte, das sie zum Leben gebraucht hätte. Susanne war bereits im September nach Greenfield Hall gezogen, wo sie Serafina in der Küche half und das Golfspiel für sich entdeckte.

Für mich hatten sich ebenfalls neue Perspektiven aufgetan. Allgaier hatte mir eine Stelle im Polizeipräsidium Ravensburg angeboten. Ich hatte mir eine Bedenkzeit bis Weihnachten erbeten. Der Herbst war gekommen und hatte die Blätter golden gefärbt. Ich war auf Greenfield Hall geblieben und hatte nichts getan, außer die Trauben in den Weinbergen beobachtet, wie sie voll und dunkel geworden waren.

„Weißt du", hatte Irene bei einem Herbstspaziergang gesagt, „wenn du es genau betrachtest, ändern die Blätter ihre Farbe im Herbst gar nicht. Das Chlorophyll hat sich nur wie ein Vorhang über ihr Rot, Gelb oder Orange gelegt. Wenn das Grün verschwindet, kommt letztlich nur die Farbe zum Vorschein, die ihnen von Anfang an eigen war."

Im Unterschied zu allen anderen, die mich fast täglich bedrängt hatten, ich müsse mich doch endlich entscheiden, hatte Irene gemeint, ich sei doch längst auf dem richtigen Weg. Zur gegebenen Zeit würde ich wissen, wie es weiterging. Ich glaube, das war es, was sie mir mit den Blättern hatte sagen wollen.

Wenn ich an den Herbst zurückdenke, erinnere ich mich wieder an jene Szene, die sich an einem Oktoberabend auf Greenfield Hall abgespielt hatte. Ich kam vom Joggen, draußen war es bereits dunkel geworden und der Nebel hatte so dicht über dem Bodensee gelegen, dass man das andere Ufer nicht mehr erkannt hatte.

Drinnen saßen Susanne und Serafina in der Küche beisammen. Ich blieb in der geöffneten Tür stehen und beobachtete die beiden Frauen. Sie höhlten Kürbisse aus. Auf dem Herd köchelte eine Suppe. Ich nahm meine Kopfhörer ab und sagte: „Mmh, riecht lecker."

Beide hoben den Blick und lächelten mich an.

„Ach, Serafina", fügte ich hinzu: „Das Lied war übrigens von Falco."

„Welches Lied?", fragte sie.

Ich ging zu ihr und reichte ihr die Kopfhörer. Sie legte das Messer beiseite, setzte das Teil auf und sah mich plötzlich entsetzt an. Sofort riss sie sich den Hörer wieder herunter und fuhr sich verwirrt über den Haarknoten, aus dem sich eine Strähne gelöst hatte.

„Muss ich denn sterben, um zu leben", sagte Serafina kopfschüttelnd. „Du solltest so ein Zeug doch nicht hören, Hector." Besorgt sah sie mich an. „So etwas darf man nicht hören und auch nicht sagen. Man darf es noch nicht einmal denken. Jesus Christus allein ist von den Toten wieder auferstanden", fuhr sie fort und bekreuzigte sich beim Sprechen: „Durch ihn hat uns der Herrgott das ewige Leben geschenkt."

Ich nickte und sah Susanne an, die Tränen in den Augen hatte. Sie wünschte sich nichts sehnlicher, als

Conny wiederzusehen, doch es war abgemacht, dass Irene zuerst mit der jungen Familie sprechen würde, die noch immer irgendwo unter der Sonne Kaliforniens weilte.

Am 4. Dezember hatte sich Irene auf den Weg zu ihnen gemacht. Nachdem ich sie zum Flughafen Zürich gebracht hatte, kehrte auch ich nicht mehr zurück nach Greenfield Hall.

Ich war nach Kriegerskopf gezogen, um das Haus zu hüten. Sherlock hatte mich maunzend begrüßt, als ich ihm abends die Balkontür geöffnet hatte, um ihm sein Fressen zu geben. Nachts sprang er auf mein Bett und schlief eng an meine Füße geschmiegt. Auf Greenfield Hall hatten mich zuletzt alle abgelenkt, vor allem Annabell. Nachdem sie jahrelang geschwiegen hatte, kam jetzt alles auf einmal heraus. Ich redete gern mit ihr, daran lag es nicht, aber im Unterschied zu den Gesprächen, die ich mit Irene geführt hatte, lenkten mich die Gespräche mit Annabell von dem ab, worum es mir eigentlich ging.

Auch Johannes litt noch unter dem unermüdlichen Bedürfnis, sich erklären und rechtfertigen zu müssen. Dabei hatte ich ihm längst verziehen. Anfang November war er trotz seines schlimmen Beins nach Frankreich an das Grab von Mignon gefahren, zusammen mit Annabell, die ihn dazu ermutigt hatte. Unter Mignons Namen standen seitdem die Worte: *Nous t'aimerons pour toujours. Wir werden dich immer lieben.*

Beide hatten mich wieder daran glauben lassen, dass es doch eine „gute Seite der Macht“ gab und dass es einen Unterschied für das eigene Leben machte, für welche Seite man sich entschied.

Susanne hatte sich in den letzten vier Monaten verändert. Eine stille Zuversicht hatte ihr Gesicht von innen heraus zum Erblühen gebracht. Erstmals sah ich, wie schön sie war, ja ich erkannte sogar Connys Offenheit in ihren Zügen wieder. Sie wurde ihm immer ähnlicher, obwohl er nicht ihr leiblicher Sohn war. Wenn Susanne neben Serafina in der Küche saß und ihr Gesicht über die Zwiebeln oder Karotten senkte, sah sie aus wie eine Madonna.

Langsam wird es Zeit.

Es ist 10:15 Uhr.

Ich werde das Manuskript jetzt ausdrucken, es verpacken und Irene zu Weihnachten schenken. Danach werde ich den Schreibtisch aufräumen, neues Holz in den Ofen legen, mich rasieren und auf den Weg zum Flughafen machen, um sie abzuholen. Durch das Schreiben bin ich mir vollkommen klar geworden. Meine Entscheidung steht fest: Ich werde Allgaiers Stellenangebot annehmen und bei der Kripo am Bodensee anfangen. Meinem Vorgesetzten aus Berlin werde ich viele gute Gründe dafür anführen können. Doch den besten werde ich verschweigen.

Er heißt Irene Adler.

36. Kapitel

Nachtrag

Irenes Maschine war für 12:45 Uhr angekündigt. Ich war eine halbe Stunde zu früh am Flughafen Zürich und schlenderte durch die weihnachtlich dekorierten Geschäfte. Einige hatten bereits geschlossen, andere boten Last-Minute-Geschenke an. Wir hatten ausgemacht, uns nichts zu schenken; trotzdem kaufte ich in einer Parfümerie eine Rosenseife für Serafina, ein Lavendelöl für Susanne und Pralinen für Annabell. Den Weihnachtsabend würde ich auf Greenfield Hall verbringen. Serafina und Susanne waren seit Tagen mit den Vorbereitungen beschäftigt. Johannes hatte es sich auch dieses Jahr nicht nehmen lassen, die Tanne selbst zu fällen. Auch Irene war eingeladen und hatte wider Erwarten kurzfristig doch noch zugesagt.

Ich blieb stehen.

Die Auslage einer Bäckerei erinnerte mich daran, dass ich noch nichts gegessen hatte. Ich kaufte ein belegtes Brötchen, bekam aber keinen Bissen herunter. Sollte ich für Irene auch noch ein Parfüm kaufen? An einem Blumenstand erstand ich eine Rose und warf sie kurz darauf wieder in den Müll.

Es war 12:30 Uhr.

Langsam begab ich mich in Richtung Ankunftshalle. Vor der hell leuchtenden Trennwand warteten bereits ein paar Menschen, um die letzten Reisenden des Weihnachtstags in Empfang zu nehmen. Sekündlich blickte ich auf die Anzeigentafel. Als ein blinkendes Licht die Landung der Maschine ankündigte und die Gepäckausgabe lief, trat auch ich von einem Bein aufs andere.

12:54 Uhr.

Die ersten Passagiere kamen heraus, ein Geschäftsmann, ein älteres Ehepaar und ein junger Surfer.

Der Surfer sah verdammt gut aus. Er hatte den Kragen seiner Lederjacke nach oben gestellt und trug eine Basecap. Sein lässiger Gang erinnerte mich an Conny. Ich spähte nach hinten zur Tür, doch Irene war noch nirgends zu sehen. Der Surfer hatte ein sonnengebräuntes Gesicht und lächelte. Auch sein Lächeln erinnerte mich an Connys Lächeln. Als er näherkam, sah ich seine Augen. Sie glänzten in einem hellen Blau und wirkten wie zwei Fenster zum Himmel. So wie Connys Augen.

Mein Herz zog sich zusammen. Die Betriebsamkeit des Flughafens stand mit einem Mal still. Der Mann, der auf mich zukam, *war* Conny.

„Hector." Er stand direkt vor mir. „Ich …" Er schluckte. „Es tut mir leid."

„Du Arsch!" Hilflos trommelte ich mit den Fäusten auf seinen Brustkorb und stammelte: „Du bist … so ein … Arsch!"

„Tut mir leid, ehrlich." Conny nahm meine Handgelenke und hielt sie fest, bis mein Widerstand erlahmte. Dann umarmten wir uns, zunächst schweigend, dann lachend. Es war das erste Mal in meinem Leben, dass ich vor Glück weinte.

„Jetzt ist aber wieder gut!" Joana stand vor mir, kräuselte die Lippen und fragte: „Und mich willst du nicht begrüßen?"

„Ihr seid beide solche Idioten!" Ich wischte mit dem Ärmel über meine feuchte Wange und umarmte Joana. Danach redeten wir alle gleichzeitig:

„Und wie wollt ihr jetzt …?"

„Hector, du …"

„Ich …"

„Ja, aber! Ich kann es nicht glauben! Wie wollt ihr bloß …? Das geht doch nicht? Shit!"

„Sei bloß still!"

„Und wo ist Irene?"

Sie kam als Letzte aus der Abfertigungshalle. Auf dem Arm trug sie den kleinen Noah, der eingeschlafen war.

„Warum hast du mir nicht gesagt, dass … ?!"

„Pst", machte Irene und deutete auf das Baby. Sie hatte tiefe Augenringe und klang erschöpft: „Er war den ganzen Flug über putzmunter. Ich will nicht, dass er gleich wieder aufwacht."

Erst als wir im Auto saßen und über die Autobahn in Richtung Bodensee fuhren, hatte ich mich so weit gefasst, dass ich wieder klar denken konnte.

„Und jetzt?", fragte ich. „Wie habt ihr euch das vorgestellt?"

Conny saß auf dem Nebensitz und hielt eine Sporttasche auf seinem Schoß, die nicht mehr in den Kofferraum gepasst hatte.

„Serafina wird in Ohnmacht fallen, wenn sie dich sieht!", sagte ich und schüttelte den Kopf. „Sie denkt ja immer noch, du bist tot. Fast alle denken das! Wenn

Allgaier das hört, wird er einen Herzinfarkt bekommen. Und Staatsanwalt Good", ich kicherte fast hysterisch, „oh mein Gott, Conny. Was willst du ihnen bloß erzählen?"

„Die Wahrheit?" Conny trommelte mit den Händen den Rhythmus eines Weihnachtssongs auf seine Sporttasche.

Ich schaltete das Radio aus.

„Nun mal ehrlich", drängte ich. „Die Wahrheit ist so abgefahren, dass sie niemand glauben wird."

„Du wirst mir helfen", sagte er zuversichtlich. „Dir wird man glauben."

Ich spürte seinen Blick von der Seite, doch ich hielt meinen fest auf die Fahrbahn gerichtet.

„Die Wahrheit ist schließlich der Grund, warum wir zurückkommen. Wenn wir nicht aussagen, wird Alfie davonkommen." Er drehte sich zu Joana und Irene um, die auf der Rückbank saßen, dann blickte er wieder nach vorne. „Alfie hat Constanze umgebracht, und dafür soll er büßen."

„Aber die Fingerabdrücke!", erwiderte ich. „Es sind nur Lennox' Fingerabdrücke auf der Tatwaffe! Und nur das zählt vor Gericht."

„Alfie hat Handschuhe getragen. Ist das denn so ungewöhnlich?"

„Kannst du bitte der Reihe nach berichten?"

Ich fuhr langsamer. Links zogen die Autos an uns vorbei.

Dann begann Conny zu erzählen: „Als wir am Weiher standen, habe ich Constanze nicht weggeschickt. Ich wünschte, ich hätte es getan! Dann würde sie jetzt noch leben! Lennox war sehr verwirrt. Ich habe sofort gespürt, dass er etwas Schreckliches getan hatte. Er muss selbst daran wahnsinnig geworden sein. Doch er ließ sich zunächst beruhigen. Dann kam aber Alfie dazu. Er muss alles vom Hochsitz aus beobachtet haben. Er war, wie immer, aggressiv. Er hat Lennox mit dem Gewehr bedroht. Da hat sich Lennox plötzlich meinen Golfschläger geschnappt und ihn gegen Alfie gerichtet. Doch ich habe immer weiter auf ihn eingeredet und tatsächlich hat er irgendwann aufgegeben. Er warf den Schläger Alfie direkt vor die Füße. Verächtlich, verzweifelt, erschöpft. Dann hat er sich einfach umgedreht und ist in den Wald zurückgegangen. Noch während ich Lennox hinterherblickte, holte Alfie bereits zum Schlag aus. Ich hörte Constanze laut schreien. Sie wollte mich warnen. Als ich mich umdrehte, sah ich nur noch, wie Alfie Constanze mitten ins Gesicht traf." Er schluckte. „Constanze hat mir das Leben gerettet, aber sie", er schluckte abermals, „sie ist …" Schweigen. „Wenn ich nur daran denke, dann …"

Seine Stimme erstickte in Wut und in Tränen.

Meine Hände umklammerten das Lenkrad.

„Damit kommt Alfie nicht durch!", hörte ich Conny plötzlich wieder entschieden. „Ich bin es Constanze schuldig, dass ihr Mörder nicht ungestraft davonkommen. Deshalb bin ich hier."

Ruhig und gleichmäßig rollte der Wagen der Grenze entgegen.

„Trotzdem steht Aussage gegen Aussage", sagte ich resigniert. „Alfie und Zacher behaupten, Lennox habe zugeschlagen. Ich glaube dir, aber wird das auch vor Gericht ausreichen? Im Zweifel für den Angeklagten, du kennst den Grundsatz."

Conny schwieg.

„Du vergisst etwas“, sagte Joana. „Ich habe es auch gesehen.“

Ich schüttelte nachdenklich den Kopf. „Aber du liebst Conny! Man wird dich als Zeugin für unglaubwürdig halten. Zumal …“ Ich verstummte. Dann schluckte ich und sagte: „Man wird euch beiden nicht glauben. Mit eurer Geschichte habt ihr euch … nun ja … zu nicht gerade glaubwürdigen Zeugen gemacht. Zumal …“

Ich blickte in den Rückspiegel, um von Irene Hilfe zu erhalten. Doch sie hatte den Kopf gegen das Fenster gelehnt, die Augen geschlossen und schien zu schlafen.

„Ich habe alles auf Video festgehalten“, sagte Joana plötzlich.

„Du hast was?“

„Alles auf Video. Auf meinem Handy. Man sieht deutlich, wie Alfie den Schläger hält und zuschlägt.“

„Nein! Aber warum hast du das nicht früher gesagt?“

„Dann wären Conny und ich aufgeflogen! Anfangs dachte ich noch, ich könnte damit leben. Alles vergessen. Irgendwo neu anfangen.“

Ich konzentrierte mich auf die Straße. Wir näherten uns dem Grenzübergang Thayngen-Bietingen. Vor uns fuhr ein Lastwagen, ich setzte den Blinker und zog langsam links vorbei. In dem Moment, in dem ich beschleunigte, dachte ich an Alfies entgleisendes Gesicht, wenn er von dem Video erfahren würde.

„Eins verstehe ich nicht“, sagte ich dann. „Alfie wusste doch, dass er Constanze erschlagen hat und nicht Conny.“

„Er hätte einen Teufel getan, das bei der Polizei auszusagen.“ Joana streichelte dem Baby über den Kopf.

„Außerdem wusste er ja nicht, dass Conny und Constanze damals vertauscht worden sind. Als dann das Ergebnis der DNS-Analyse vorlag, muss er angenommen haben, dass Constanze doch nicht gestorben war. Vielleicht dachte er, Lennox kam zurück und hat Conny doch noch umgebracht. Aber letztlich habe ich keine Ahnung, was er genau gedacht hat, Alfie hat ja nie offen mit mir geredet. In drei Jahren Ehe hatten wir nicht ein wahres Gespräch."

Ich sah sie im Rückspiegel an. Sie strich sich die Haare aus dem Gesicht als versuchte sie, die Erinnerungen wegzuwischen.

„Aber das Geld!" Plötzlich fiel es mir wieder ein. „Du hast das Geld gestohlen, Conny!"

„Ich werde es zurückgeben." Er klang entschlossen. Nach einer kurzen Pause rang er sich zu einer Erklärung durch: „Joana und ich, wir wollten schon länger einfach abhauen. Deshalb habe ich meine Mutter um das Sparbuch gebeten. Das Geld von dem Schweizer Konto war zunächst nicht dafür gedacht. Ich wollte es einfach nur in Sicherheit bringen, um es später als Beweis vorlegen zu können. Als dann aber der Zufall diese andere, vollkommen verrückte Möglichkeit eröffnete, haben wir es behalten. Wir wussten ja nicht, wie lange es dauern würde, bis wir dort wieder arbeiten konnten. Aber wir haben nicht viel davon ausgegeben. Bis auf ein paar Tausend ist alles noch da. Ich werde mich selbst anzeigen, ich werde es abarbeiten, das verspreche ich, und ich werde vor Gericht meine Geschichte erzählen." Er blickte mich an. „Du wirst mein Zeuge sein, Hector, bei Gott, dass ich kein schlechter Mensch bin. Das Ganze war ein Fehler, ich hätte das Geld niemals auf eigene

Faust abheben sollen! Aber damals kam mir das vollkommen logisch vor. Ich habe viel nachgedacht in den letzten Monaten. Mir ist klar, dass ich mit einer Strafe zu rechnen habe."

„Zumal ..." Ich schluckte. Dann sprach ich es aus: „Ihr seid Halbgeschwister."

„Aber wir wussten es nicht!" Conny starrte auf die Straße. „Wir haben das erst vor sechs Wochen herausgefunden. Danach war uns alles noch auswegloser erschienen. Wenn wir es gewusst hätten, hätten wir doch niemals ..." Er verstummte. „Wir hatten Glück. Noah ist gesund. Doch wir werden das Schicksal nicht noch einmal herausfordern."

Wieder blickte ich in Rückspiegel. Ich wollte Irene um Rat fragen, doch sie schlief.

„Und wo ist das Geld jetzt?", fragte ich stattdessen.

Conny klopfte auf die Sporttasche.

„Was? Ich bin Polizist! Willst du mir sagen, dass ich mit gestohlenem Geld über die Grenze fahren soll?!" Energisch schüttelte ich den Kopf. „Das werde ich auf keinen Fall tun! Und überhaupt! Habt ihr das etwa im Handgepäck einfach so mitgenommen?"

„Irene kennt da einen Trick", sagte Conny und sah mich lange von der Seite an.

„Irene?" Ich blickte in den Rückspiegel, doch sie schien tatsächlich zu schlafen. Dann sah ich Conny an und fragte leise: „Woher kennt Irene solche ... Tricks?"

„Das fragst du sie besser selbst einmal", war alles, was Conny erwiderte.

Wir rollten weiter auf die Grenze zu. Von Weitem erkannte ich bereits die blauen Metallstreben des Zollamts. Während meines Praktikums hatte ich dort eine

Woche gearbeitet. Meine Hände krampften sich um das Lenkrad.

„Ich kann das nicht", sagte ich. „Wirklich nicht."

„Bleib cool", meinte Conny.

„Soll ich fahren?", fragte Irene plötzlich und gähnte.

Ich schüttelte den Kopf und fuhr einfach weiter. Doch als ich die Gesichter der Grenzbeamten erkannte, rief ich laut:

„Fuck!"

„Aber, aber." Joana beugte sich vom Rücksitz nach vorne. „Eine Tasche voll gestohlenem Geld ist noch lange kein Grund, wie ein Kesselflicker zu fluchen."

Wider Willen musste ich lachen. „Wie ein Kesselflicker?", fragte ich und erinnerte mich wieder an den Morgen auf dem Golfplatz, an dem alles begann. Mit einem Blick in den Rückspiegel fügte ich plötzlich vollkommen ruhig hinzu: „Du redest ja schon wie dein Vater. Dabei bist du doch eigentlich ganz anders. Oder täusche ich mich, junge Lady?"

Personenverzeichnis

Gräfin Annabell von Freybach: Tochter aus einem alten schwäbischen Adelsgeschlecht. Tradition und Konvention sind ihre Mission. Lediglich in der Liebe begehrte sie gegen ihren Vater auf und heiratete den gutaussehenden Johannes Häfele. Zusammen gestalteten sie das Herrenhaus *Greenfiel• Hall* in einen modernen Landsitz um, zu dem neben einem Golfplatz auch ein Künstlerhaus gehört. Dort finden regelmäßig Ausstellungen und musikalische Soiréen statt.

Graf Johannes von Freybach: Der in Sipplingen am Bodensee geborene Johannes Häfele hatte eine schwere Kindheit, die ihn mit seiner Schwester Susanne verbindet. Anders als sein alkoholabhängiger Vater hat Johannes sein Leben bewusst gestaltet. Jeder ist seines Glückes Schmied, lautet sein Lebensmotto. Doch würde er dafür auch töten?

Joana von Freybach: Rebellische Tochter von Johannes und Annabell. Mit Alfie an ihrer Seite soll sie einmal Greenfield Hall übernehmen. Hector ist irritiert von diesem Glück. Doch mit der Wendung, die es schließlich nimmt, hat auch er nicht gerechnet.

Alfred von Freybach, genannt **Alfie**, geborener Miller, Ehemann von Joana: Der Chef einer international agierenden Unternehmensberatung verbringt seine Freizeit am liebsten im Wald bei der Jagd. Nur die Liebe, die Joana diesem Mann gegenüber empfindet, lässt Hector hoffen, dass er sich in dem Mann täuscht.

Susanne Seifried: Ängstliche Schwester von Johannes von Freybach. Mit einundzwanzig heiratete sie den Unternehmer Thomas Seifried. Seiner Dominanz kann sie nur wenig entgegensetzen. Doch in der Liebe zu ihrem Sohn Konrad schlummert eine Energie, mit der dieses Wenige zu ungeahnter Kraft heranwächst.

Thomas Seifried: Er machte aus dem kleinen Familienbetrieb seines Vaters ein Unternehmen, das weltweit verkauft. Seifried produziert Dichtungen und wirbt mit dem Slogan: *Wir halten dicht! Versprochen.* Der bodenständige Seifried hat kein Verständnis für die Hirngespinste seines Sohnes. Konrads Eleganz und seine feinen Gesichtszüge sind für ihn bereits ein Hinweis auf Degeneration.

Konrad Seifried, genannt **Conny**: Charismatischer junger Mann, der sich gern bei den Künstlern auf Greenfield Hall aufhält. Sein Vater hält ihn für einen Taugenichts. Erst als er in der Unternehmensberatung von Alfred von Freybach Karriere macht, wendet sich das Blatt. Unklar bleibt allerdings, zu wessen Gunsten.

Serafina Hofmeister, auch **die Hofmeisterin** genannt: Die resolute Haushälterin auf Greenfield Hall lebt in der vormodernen Welt einer gottgegebenen Ordnung. Diese weiß sie durch Märchen und Aberglauben auszuschmücken. Damit kommt sie der Wahrheit oft näher, als es den Anschein hat.

Emily Brandner: Kindermädchen von Joana von Freybach. Da Joana das Baby nur selten aus der Hand gibt, hat Emily auch andere Aufgaben im Haushalt von Greenfield Hall übernommen.

Nina: junges Küchenmädchen.

Erich Zacher: Niemand weiß, was in dem wortkargen Jäger und Förster von Greenfield Hall wirklich vor sich geht.

Tamara de Lempicka: Hebamme und Ärztin, die sich auf Hausgeburten spezialisiert hat. Nach der Geburt von Joanas Baby blieb die Hebamme noch bis zur Taufe auf Greenfield Hall, insgesamt sechs Wochen. Genug Zeit, um alle Familienmitglieder besser kennenzulernen.

Lennox Kleinert: Johannes von Freybach lädt den jungen Mann als Stipendiat nach Greenfield Hall ein, wo er jedoch andere Pläne als die Kunst zu verfolgen scheint.

Constanze von Kodály: Gefeierte Pianistin, seit Jahren ein gern gesehener Gast auf Greenfield Hall, wo sie schon mehrere Konzerte gegeben hat. Annabell von Freybach prophezeit ihr noch eine große Zukunft.

Christine Goldberg: Bankierswitwe vom Starnberger See.

Christian Goldberg, ihr Sohn.

Luise Schätzer, Malerin, Stipendiatin auf Greenfield Hall.

Mignon Durand, Tänzerin aus Paris

Herwig, schwäbischer Bildhauer, Stipendiat auf Greenfield Hall.

Jill, Schweizer Malerin, Stipendiatin auf Greenfield Hall.

Li-Han, japanischer Geiger, Stipendiat auf Greenfield Hall.

Bela, ungarischer Klavierspieler, Stipendiat auf Greenfield Hall.

Die Ermittler:
Irene Adler: Ein Geheimnis rankt sich um ihre Person seit sie in das Haus eingezogen ist, das abgeschieden auf einem markanten Felsvorsprung am Bodensee thront. Niemand weiß genau, woher sie kommt und was sie dort gemacht hat. Als Psychologin besitzt sie einen scharfen, analytischen Verstand und ein gebildetes Herz, mit dem sie die Mitmenschen ihrer Umgebung wohlbeschaut. Das macht sie zu einer hervorragenden Detektivin, die zusammen mit Hector die Ermittlungen vorantreibt.

Timo Hector (Ich-Erzähler): Der junge Kommissar mit Wurzeln in Rom wurde am Bundeskriminalamt in Wiesbaden und Berlin ausgebildet. Dort schloss er sein Studium als Jahrgangsbester ab, was ihm eine glänzende

Karriere beim BKA in Aussicht stellt. Die Ereignisse im Sommer auf Greenfield Hall bringen ihn dazu, seine Pläne zu überdenken.

Hauptkommissar Hubert Allgaier, Polizeipräsidium Ravensburg.

Kaj Good, Staatsanwalt.

Dr. Winfried Tanner, DNS-Experte.

Sherlock, Irenes Kater.

Register der Golfbegriffe für Nichtgolfer

6-Loch-Golfplatz: Ein Golfplatz besteht aus einer bestimmten Anzahl von Spielbahnen bzw. Löchern (Anzahl der Spielbahnen = Anzahl der Löcher). Ein großer Golfplatz hat 18 Löcher, ein kleiner 9. Es gibt aber auch Golfplätze wie Greenfield Hall, die nur 6 Bahnen bzw. Löcher haben. Dazu sagt man auch Kurzplatz.

Bahn Eins, Bahn Zwei usw.: Jede Bahn hat eine Nummer, welche die Spielreihenfolge auf dem Platz angibt.

Par-3-Loch, Par-5-Loch: Der Ausdruck „Par" gibt an, wie viele Schläge ein guter Golfspieler im Durchschnitt braucht, um den Ball auf einer bestimmten Bahn einzulochen. Natürlich braucht ein Anfänger mehr Schläge als ein geübter Spieler oder ein Profi. Für ein Par-3-Loch (für eine Par-3-Bahn) benötigt ein guter Golfspieler 3 Schläge, um einzulochen. Für ein Par-4-Loch entsprechend 4 Schläge und für ein Par-5-Loch also 5 Schläge. Ein „guter" Spieler ist ein Golfer mit einem Handicap von 0. „Par" wird auch als Abkürzung für „Professional Average Result" verstanden, also für das Ergebnis (Result), das ein Profi-Spieler (Professional) im Durchschnitt (Average) auf einer bestimmten Bahn erzielt, um einzulochen.

Handicap: Das Handicap eines Golfspielers gibt an, wie „gut" oder wie „schlecht" er spielt. Ein Anfänger beginnt mit Handicap 54. Durch die erfolgreiche Teilnahme an Turnieren minimiert sich dieser Wert nach unten. Wenn man mehrere Turniere verhaut, geht es wieder nach oben. Ein Handicap unter 10 ist schon sehr gut. Die wenigsten Freizeitspieler schaffen das. Wer ein Handicap von 0 hat, ist meist ein Profi. Wer ein Handicap unter Null hat, ein echter Überflieger.

Birdie: Von einem „Birdie" spricht man, wenn ein Spieler eine Bahn mit einem Schlag weniger als mit dem angegebenen Par abschließt. Zum Beispiel, wenn ein Spieler ein Par-4-Loch mit nur 3 Schlägen schafft. Das ist ein Erfolg.

Eagle: Ein „Eagle" ist noch besser als ein „Birdie". Wenn ein Spieler eine Bahn mit zwei Schlägen weniger als dem angegebenen Par abschließt, spricht man von einem „Eagle". Zum Beispiel wenn er es auf einer Par-5-Bahn schafft, den Ball mit nur drei Schlägen einzulochen.

Albatros: Gesteigert wird das Ganze noch im „Albatros". Hier gelingt es einem Spieler, mit drei Schlägen unter Par einzulochen. Dies ist äußerst selten der Fall und tritt normalerweise nur auf einer Par-5-Bahn auf, wenn ein Spieler den Ball mit nur 2 Schlägen ins Loch bekommt.

Bogey: Von einem „Bogey" spricht man hingegen, wenn ein Spieler eine Bahn mit einem Schlag mehr abschließt. Wenn er zum Beispiel eine Par-3-Bahn mit 4 Schlägen schafft, erzielt er einen Bogey.

Bunker: Eine Art riesiger Sandkasten mitten auf dem Golfplatz. Fliegt der Ball in den Bunker, ist das ärgerlich. Er muss dann aus dem Sand wieder herausspielt werden, wofür spezielle Techniken hilfreich sein können.

Fairway: So nennt man den grünen, gemähten Bereich zwischen dem Abschlagplatz und dem Grün. Es ist gut, wenn man in diesem Bereich bleibt, da er eine offene und ebene Fläche ist, auf der es sich leichter spielt als im hohen Gras, das sich rechts und links des Fairways anschließt. Das hohe Gras nennt man „Rough".

Wasserhindernis: Ein Wasserhindernis ist ein Bereich auf dem Golfplatz, der mit Wasser gefüllt ist, wie zum Beispiel ein Teich oder ein Fluss. Spieler müssen den Ball über das Wasser spielen, was zusätzliche Herausforderung und Strategie erfordert.

Grün: Das Grün ist die sehr kurz gemähte Fläche um das Loch, auf der sich das Ziel befindet. Hier wird der Ball eingelocht.

Fahne: Die Fahne ist eine markante Fahnenstange, die auf dem Grün in der Nähe des Lochs platziert wird. Sie dient aus der Ferne als visueller Hinweis darauf, wo sich das Loch befindet.

Herrenabschlag und **Damenabschlag**: Golfplätze haben verschiedene Abschlagplätze, um den Schwierigkeitsgrad anzupassen. Der Herrenabschlag ist etwas weiter vom Loch entfernt als der Damenabschlag.

Range: Eine „Range“ oder „Driving Rang“ ist ein Bereich auf dem Golfplatz, auf dem Spieler ihre Schläge üben können. Hier können Golfer ihre Technik verbessern und Distanzkontrolle trainieren.

Eisen Sieben und **Eisen Acht**: „Eisen“ sind Golfschläger mit unterschiedlichen Nummern, die für verschiedene Schlagdistanzen verwendet werden. Eisen Sieben und Eisen Acht sind Schläger, die für kürzere Annäherungsschläge genutzt werden.

Driver: Der Driver ist der Golfschläger, der für den Abschlag verwendet wird. Er hat einen großen Kopf und ist darauf ausgelegt, den Ball weit und gerade zu schlagen.

Putter: Spezieller Schläger, der auf dem Grün benutzt wird, um den Ball einzulochen.

Den Ball toppen: Wenn ein Spieler den Ball „toppt“, bedeutet dies, dass er den Ball am oberen Rand trifft, wodurch der Ball nur eine geringe Flugbahn hat und nicht die gewünschte Distanz erreicht.

Den Ball chippen: Beim Chippen handelt es sich um einen kurzen Schlag, der angewendet wird, wenn der Ball bereits in der Nähe des Grüns liegt. Hierbei wird der Ball mit einem Aufwärtsschwung gespielt, um ihn auch über Hindernisse hinweg auf das Grün zu befördern.

Danksagung

Liebe Leserinnen und liebe Leser: Ohne euch wäre dieses Buch nur eine Ansammlung von Wörtern. Eure Augen, Gedanken und Gefühle machen daraus einen lebendigen Kosmos. Ich danke jeder und jedem Einzelnen von Herzen, dass ihr dieses Buch gekauft oder ausgeliehen und gelesen habt. Und natürlich freue ich mich, wenn ihr mir ein paar Sterne im Rezensionshimmel hinterlasst. Wahrscheinlich ist euch nicht bewusst, wie wichtig eure Unterstützung für mich ist, um mich als Autorin weiterentwickeln zu können.

Ein besonderer Dank gebührt den Menschen, die mich auf meinem Schreibweg begleitet haben. In den letzten Jahren war dieser Weg nicht immer einfach gewesen. Ohne eure Freundschaft und Liebe hätte ich es nicht geschafft, wenn ich Zweifel hatte und an Grenzen stieß.

Meiner wunderbaren Mutter danke ich dafür, dass sie mich in allen Bereichen meines Lebens bedingungslos unterstützt.

Meiner einzigartigen Tochter dafür, dass sie einfach nur da ist.

Ich danke meinem Lektor Martin von Arndt. Mit viel Geschick und Erfahrung hat er mir geholfen, meine Figuren und mein Schreiben zu verfeinern. Alex Ziegler danke ich für das genau richtige Cover und für seine wunderbare Art, es zu gestalten.

Dir, liebe Tanja, danke ich für deine Ideen und

Hinweise, die dieses Buch in einem frühen Stadium vorangebracht haben. Darüber hinaus danke dir für all die Gespräche und deine mutige Art, mit der wir dem Leben immer wieder neu begegnen.

Auch dir, liebe Julia, danke ich für wichtige Korrekturhinweise in einer frühen Phase dieses Krimis und dafür, dass du seit Jahrzehnten als Freundin an meiner Seite stehst.

Ebenso danke ich euch, Carmen und Olga, für euren Falkenblick beim Probelesen. Carmen, wie du über Nacht dieses Manuskript noch einmal verbessert hast, war großartig. Und dass du, liebe Olga, gut im Redigieren von Texten bist, war mir schon klar, aber dass du so gut bist, wusste ich nicht.

Eine besondere Freundschaft verbindet mich mittlerweile auch mit dir, liebe Claudia. Nicht nur deine Korrekturleistungen sind von unschätzbarem Wert für mich, sondern auch die Erfahrung, dass die Welt der Literatur tatsächlich Menschen verbindet.

Wichtige Hinweise verdanke ich natürlich auch euch, Alexander und André. Ich bin sehr glücklich, dass ihr nach all den Jahren auch diesmal beim Probelesen wieder mit dabei wart und mir mit euren Hinweisen immer wieder ein Lächeln ins Gesicht zaubert.

Für deine Fachkompetenz als Staatsanwalt und deine Unterstützung aus der Ferne danke ich dir, lieber Kaspar. Du hast mir gezeigt, wie einzigartig Freundschaft sein kann.

Robert, dir danke ich, dass du mir die Welt des Golfens näher gebracht hast und natürlich dafür, dass du mich beim Schreiben unterstützt hast, obwohl du gar nicht so viel damit anfangen kannst.

Auch dir, Michael, möchte ich einmal explizit für deine Freundschaft danken. Ich weiß es sehr zu schätzen, dass du mir bei all den Alltagswidrigkeiten und auf meinen Lesungen so tatkräftig zur Seite stehst.

Auch meinen Kollegen Michael Boenke und Uli Herzog möchte ich an dieser Stelle einmal herzlich danken für all die Lesungen und die wunderbaren Momente, die wir in den letzten Jahren zusammen erlebt haben.

In liebender Erinnerung möchte ich drei ganz besonderen Menschen danken, von denen ich viel zu früh Abschied nehmen musste: Roland, du wirst immer in meinem Herzen bleiben. Wolfgang, danke für die Gespräche über Alfie, über Joana und die Liebe. Die Fahrt mit deinem Motorrad holen wir im Himmel nach. Frank, dir danke ich für deine Hilfe in einer frühen Phase des Manuskripts. Ich weiß, dass dein liebevoller Blick weiterhin über all den Büchern dieser Welt und über unseren Lesungen ruht.

Jedes Buch ist das Produkt einer gemeinsamen Reise, und ihr alle habt einen unverzichtbaren Teil dazu beigetragen.

Mit herzlichen Grüßen und tiefer Dankbarkeit,
Eure Silke

Printed in Poland
by Amazon Fulfillment
Poland Sp. z o.o., Wrocław

24623073R00165